Antonia C. Wesseling

Die Schablone

Ein stiller Thriller

Für alle, die ihre Träume nie aufgeben.
Vergesst nie:
Am Ende gewinnt meist der, der dran geglaubt
hat

1. Kapitel

Er setzte sich vor den Stapel unbeschriebener Blätter, und so wie sein Kopf manchmal ausgefegt und leer war, sammelten sich heute die Ideen nur so an. Er liebte sie, denn sie waren nicht nur seine Zukunft, sie waren viel mehr. Sein Leben. Gestern. Heute. Morgen.

Ebenso wie das Ticken einer alten Standuhr empfand er das Geräusch des prasselnden Regens als wunderschön. Er wusste nicht einmal warum, aber es erinnerte ihn an seine Kindheit.

Manchmal hatte er einfach die Augen schließen müssen, und sobald er sich konzentrierte, kamen ihm die ersten Sätze in den Sinn. Oftmals konnte er gar nichts daran ändern. Sie waren dann einfach da. Nicht anders als die Regentropfen, die auch irgendwann zu einem unbeeinflussbaren Zeitpunkt vom Himmel fielen.

Anfangs hatte Robert das Hämmern in seinem Kopf als Qual empfunden. Jedes Wort, das auf ihn einschlug, war eine Last, die er nicht mehr vergessen durfte, ohne etwas Wichtiges zu verlieren. Irgendwann hatte er sich nicht nur damit abgefunden, nein, irgendwann hatte er es plötzlich geliebt. Nicht nur, weil er es schön fand, sondern auch, weil er der Einzige war, der die Worte hörte. Es machte ihn zu etwas Besonderem.

Und genau das gefiel ihm. Schon vor Jahren hatte er damit angefangen, alles zu notieren und aus den einzelnen Sätzen wurden ganze Bücher. Er musste heute nur noch das Papier riechen und schon befand er sich in der Situation vor drei

Jahren, als er zum ersten Mal den Ausdruck seines vollständigen Manuskripts in den Händen hielt.

Unglaublich.

Nach seinem zweiten Roman, bei dem er auch das Kribbeln in den Fingerspitzen gespürt hatte, als er mit der Handfläche über die Worte strich, reichte es ihm plötzlich nicht mehr aus. Er wollte mehr erreichen, als ein zerstreuter Schriftsteller zu werden, der eines Tages einsam in seinem Zimmerchen hockte und in seinen Papieren zu ersticken schien.

So durfte er niemals enden. Die Menschen sollten seinen Namen kennen, also mussten seine Bücher an die Öffentlichkeit kommen. Er schlief mehrere Nächte darüber, grübelte, ob es gut wäre, wenn er jedem Einblick in seine Gefühlswelt gab.

Eines Morgens kam Robert zu dem Entschluss: Seine Figuren hatten es verdient, geliebt zu werden. Und zwar nicht nur von ihrem Schöpfer, nein, auch von der weiten Welt. Der Gedanke, berühmt zu sein, gefiel ihm immer besser, und das Verlangen nach Zuspruch war irgendwann übermächtig.

Als die Sonne am nächsten Morgen der Welt einen neuen Tag schenkte, erwachte Robert. Kaum hatte er die Decke gefaltet und den Bademantel übergezogen, fiel ihm ein, dass er sich beeilen musste. Heute hatte er besonders viel zu tun. Angefangen beim Hausputz, den er stets am Ersten eines jeden Monats vornahm, bis zu den Vorbereitungen des abendlichen Besuches. Lange schon hatte er niemanden zu Gast gehabt.

Er erinnerte sich nur noch an Tante Olga, die Hals über Kopf aus seinem Haus geflohen war, als die vielen weißen Mäuse sich mit lautem Fiepen angekündigt hatten. Grundsätzlich empfand er Besuch nur bei »besonderen« Leuten als angenehm. Er konnte es nicht leiden, wenn jemand viel auf ihn einredete. Außerdem mochte er es nicht, wenn alte Menschen ihn noch küssen wollten. Es machte ihn eher verrückt. Während er die Fenster öffnete, um die verbrauchte Luft hinauszulassen, dachte er daran, wie schnell die letzten Monate vergangen waren. Es war bereits April und seine Erinnerung an das vergangene Silvester war noch klar. Eher wirkte es auf ihn, als sei es gestern gewesen.

Der Tag heute war ein unscheinbarer. Die Wolken hingen noch müde am Himmel und die Sonne schien verblasst. Von dem Regen des gestrigen Abends war nichts mehr geblieben.

»Na, was soll's. Werde ich mich lieber mal beeilen, bevor sie alle kommen.« Rasch ging er die Treppe nach unten, um sich einen Kaffee zu machen, heiß, mit zwei Stücken Zucker und einem Schuss Milch. Das Aroma stieg ihm in die Nase und für einen kurzen Augenblick war der Stress vergessen. Aber als wäre die Realität sein Gegner, holte sie ihn wieder zurück. Er sah sich in der Küche um.

Die Töpfe standen neben der Spüle, warteten darauf, gespült zu werden. Der Staub auf dem Regal mit den Kochbüchern wuchs jeden Tag um einen Millimeter und er hatte den Eindruck, mit dem Abstauben nicht mehr hinterherzukommen.

Mehrmals hatte er überlegt, eine Putzfrau einzustellen, aber trotz der Entlastung im Haushalt missfiel ihm das. Jemanden, der in seinen Sachen herumwühlte, konnte er nicht gebrauchen.

In seine Gedanken versunken, pustete er die Staubflocken hinunter, trank dann den letzten Schluck Kaffee und stellte die leere Tasse neben das sich stapelnde Geschirr.

»Wenn du groß bist, mein Junge, dann wirst du noch an meine Worte denken«, hatte seine Mutter gesagt, als sie ihm vor vielen Jahren das Hemd ausgezogen und über den Fleck darauf geschimpft hatte.

»Die grausige Arbeit der Hausfrau ist undankbar und beklagenswert.«

Ihre Worte hallten in seinem Kopf. Robert schüttelte sich. Er schaute auf die Uhr. In sieben Stunden kamen seine Gäste und es sah bei ihm aus, als hätte jemand alles auf den Kopf gestellt. Also musste er sich ranhalten.

Im Wohnzimmer musste gekehrt und gewischt werden, in der Küche gespült und abgestaubt, im Badezimmer geputzt und in seinem kleinen Schlafzimmer mangelte es grundsätzlich an Ordnung und Sauberkeit.

Er nahm sich vor, erst einmal sich selber zu waschen und anzuziehen. Als er dies getan hatte, sah er die Welt schon mit anderen Augen. Das Ganze brauchte dann auch seine Zeit. Knappe fünf Stunden später war die Arbeit getan und er lächelte freudig in sich hinein. So konnte es sich sehenlassen.

Die restlichen Stunden wollte er für die Vorbereitung des Abendessens verwenden. Kochen konnte er sehr gut und es bereitete ihm viel Vergnügen. Er war einfach ein Freigeist.

Mit Mathematik oder den Naturwissenschaften konnte er zum Kummer des Vaters nichts anfangen. Geschichten schreiben, Poesie, Zeichnen, Kochen oder Spielen auf dem Klavier. Das waren Dinge, die ihm Genuss brachten. Geld brauchte er kaum.

Das Haus der früh verstorbenen Eltern, in dem er lebte, war abbezahlt, Kleidung brauchte er selten neue und für die restlichen Dinge konnte er mit seinen kleinen Einkünften ausreichend gut leben.

Nachdem er den geschälten Spargel auf den Herd gestellt und die Sauce hollandaise zubereitet hatte, setze er die Kartoffeln auf. Sein Lieblingsessen! Während es kochte, machte er sich an den Tisch. Zuerst legte er die Tischdecke auf. Obwohl sie schon mehrfach gewaschen worden war, bildete er sich ein, seine Großmutter, der die Decke gehört hatte, riechen zu können. Frischer Lavendel aus dem Garten.

Nacheinander stellte er die Teller ab, platzierte Messer und Gabel exakt daneben. Auch Gläser fehlten nicht auf seinem Tisch. Ein paar Feinheiten noch, und bald sah er aus wie im nobelsten Restaurant.

Als die Uhr verriet, dass sie bald kommen würden, fiel ihm auf, dass der Tag schnell vergangen war. Wartend setzte er sich in seinen Sessel. Er war kein normaler Mann seines Alters. Die meisten starteten gerade erst ihre Karriere, gründeten eine Familie oder genossen einfach noch ihre letzte Zeit als junger Mensch. Anfang 30, da konnte man noch so viel erleben, aber er brauchte das alles nicht. Ihm genügte seine kleine Welt.

Die Minuten des Wartens vergingen, und als sein Gefühl ihm sagte, dass der verabredete Zeitpunkt erreicht war, schloss er die Augen.

Sie waren alle da.

Er konnte sie ganz klar sehen, auch wenn sie für den Rest der Welt unsichtbar blieben.

Dann setzte er sich mit ihnen an den Tisch. Genau wie von ihm beschrieben sahen sie aus. Klara hatte diese hellblonden Haare, diese engelsgleiche Art und diese himbeerroten Lippen. Zuerst stellte er ihr Tristan vor, welcher mit seinen pechschwarzen Haaren und der dunklen Haut dem Ebenbild seiner Fantasie entsprach. Anschließend begrüßte er Caroline. Sie trug das karierte Hemd, was er sie in dem zweiten Teil seines Buches ständig hatte tragen lassen. Er hatte sie darin einfach zu gerne gemocht.

Auch Pauline und ihr Freund David schenkten ihm mit ihrer Anwesenheit große Erleichterung. Sicher war er sich nicht gewesen, ob sie erscheinen würden. Schließlich hatte er David am Ende kurz als Täter verdächtigt. Ob sie ihm noch böse waren? Er konnte doch nichts dafür. Böse gemeint hatte er es nicht. Wie könnte er nur einem von ihnen jemals etwas Hinterhältiges antun?

Er liebte sie doch. Jeden von ihnen, sogar Nils. Eigentlich hatte er ihn ebenfalls einladen wollen, aber er wusste nicht, ob Nils reif genug war. Das Ganze brauchte vielleicht lieber noch seine Zeit.

Irgendwann würden sie beide vielleicht ohne Konflikte aufeinandertreffen können, aber bevor dies geschehen würde, musste Robert sich erst im Klaren sein, was ihn und Nils wirklich verband. War es nur das innigste Gefühl der Seelenverwandtschaft oder war es mehr?

2. Kapitel

Nils drängte sich seinem Opfer auf. Indem er ihr unmittelbar nachstellte oder auflauerte. Indem er sie mittelbar bedrängte. Wie ein Jäger sammelte er Informationen über das Objekt seiner Begierde.

Er war lange nicht an der frischen Luft gewesen. Seit einigen Tagen nicht mehr, wenn er genauer darüber nachdachte. Auch wenn der Frühlingswind, die Sonne und die Menschen auf den Straßen ihm schon mehrfach zur Inspiration gedient hatten, liebte er es einfach zuhause zu sein.

Dieser Tag war etwas Besonderes. Er war früh aufgestanden, hatte sich seine Sachen übergezogen und anstatt sich an seine Schreibmaschine, welche er aus nostalgischen Gründen niemals gegen einen Computer austauschen würde, zu setzen, hatte er die Blätter seines Manuskripts eingesammelt und war in die nächste U-Bahn gestiegen.

Und nun saß er da, atmete den Sauerstoff ein, der durch die immer wieder geöffnete Tür hineindrang. Eigentlich mochte er es ganz und gar nicht, mit öffentlichen Verkehrsmitteln unterwegs zu sein, aber ein Auto lohnte sich einfach nicht für ihn.

Glücklicherweise war es ziemlich leer in seinem Wagen, sodass er verträumt aus dem Fenster gucken konnte, ohne von jemandem beobachtet zu werden.

Die Bahn hielt gerade an einer Einkaufsstraße an, als eine Frau mit dunkelroten Haaren und einer pink karierten Bluse einstieg.

»Guten Tag, der Herr.« Sie lachte ihn freundlich an und wollte sich neben ihm niederlassen, jedoch erstickte er ihr Lachen, indem er seine Tasche auf dem Sitz neben sich abstellte. Sie drehte sich um und setzte sich einige Plätze weiter.

Das hätte ihm gerade noch gefehlt. Wenn er eins nicht leiden konnte, dann war es dieser Typ von Frau, der stets Bestätigung brauchte und stundenlang vor dem Spiegel stand.

(»Schatz, findest du, dass ich in dieser Hose dick aussehe?«, fragt die Frau mit den Streichhölzerbeinchen.)

Er lachte auf. Lächerlich fand er das. Mit solchen Leuten wollte er nichts zu tun haben.

Während die Bahn die letzten Haltestellen abfuhr, überlegte er sich, wie er das Gespräch mit der Agentin anfangen konnte. Schon vor Wochen hatte er ihr einen Textauszug geschickt, aber nachdem er keine Rückmeldung erhalten hatte, war er auf die Idee gekommen, ihr persönlich einen Besuch abzustatten. Dazu hatte er diesmal das gesamte Werk mitgenommen. Sie würde ihn ja nicht sofort rauswerfen, oder? Er schob diesen Gedanken beiseite und sah auf. Die Ansage hatte verkündet, dass er nun aussteigen musste.

Es fiel ihm schwer, sich die Aufregung einzugestehen. Vielleicht lag es einfach an seinem starken Ehrgeiz, seiner Zielstrebigkeit und dem Verlangen nach mehr. Schon als kleiner Junge hatte er sich eingeredet, alles schaffen zu müssen, was er wollte.

»Du bist kein Versager! Was du anfängst, bringst du zu Ende.« In der Schaufensterscheibe einer teuren Boutique konnte er sein Spiegelbild sehen. Aber beim genauen Hinsehen sah er nur einen Jungen mit schrecklichen Segelohren, der großen Zahnlücke zwischen den Schneidezähnen und den strubbeligen Haaren. Das war seine Vergangenheit.

Mit zehn Jahren, in einem Alter, in dem andere Kinder noch mit Autos spielten oder Vaters Modelleisenbahnen bewunderten, hatte er sich diese Worte in den Mund gelegt.

Zu derselben Zeit, in der Robert sich durch Menschenmassen hindurch auf einen großen Platz drängte, saß die Literaturagentin und zweifache Mutter Katrin Wich an ihrem Schreibtisch und stöhnte laut auf.

Wieder nichts, dachte sie und löschte die Datei auf ihrem Computer. Frustriert musterte sie ihr Bücherregal. Wo versteckten sich nur die vielen Talente? Es war zum Verrücktwerden.

Die Aprilsonne schien in ihr Fenster, als wollte sie Katrin Wich besänftigen. Wie sehr sie sich nach dem Sommer sehnte, konnte sie gar nicht in Worte fassen.

Ihr Telefon klingelte. Die Stimme am anderen Ende der Leitung gehörte ihrer Sekretärin Frau Schuhmann, die einen Besucher ankündigte.

Katrin lehnte sich zurück und wartete geduldig. Nach gut zwei Minuten öffnete sich die Tür und ein Mann stand vor ihr. Er war Anfang bis Mitte dreißig, trug ein blauweiß kariertes Hemd und eine hellblaue Jeans. Er wirkte gepflegt und freundlich auf sie.

»Guten Tag«, sagte er. Seine Stimme hatte eine angenehme Tonlage.

»Den wünsche ich Ihnen auch.« Mit einer Geste bot sie ihm an, Platz zu nehmen.

»Mein Name ist Schiffer, Robert Schiffer. Ich habe Ihnen vor einigen Wochen meinen Textauszug zukommen lassen und nun ...« Er brach ab, sah ihr tief in die Augen.

Es war seine Technik gewesen. Er wollte charmant auftreten, aber keinesfalls bedrängend. Auch wenn er eigentlich nicht der typische Frauenheld war, wusste er, wie man ihnen schöne Augen machte.

Schon oft war es sein schönstes Lächeln, aber seine dennoch abwesend wirkende Art gewesen, die ihm ein Kompliment eingebracht hatte. Nicht, dass er sich mehr zu Männern hingezogen fühlte ... Nein. Er war insgesamt einfach ein Einzelgänger.

Trotzdem musste er zugeben, dass sie etwas Attraktives hatte. Die blonden Haare, der frische Gesichtsausdruck und die türkisgrünen Augen. Auch wenn sie um einiges älter war als er.

»Einen Moment bitte.« Sie tippte etwas in ihre Tastatur ein und betrachtete den Desktop.

»Gestalkt?« Als sie den Namen seines Werkes ausgesprochen hatte, merkte er, wie sein Herz einen Sprung machte.

»Richtig!« Trotzdem bemühte er sich, locker rüberzukommen.

»Dann tut es mir sehr leid, Herr Schiffer, aber ich war einfach überzeugt davon, dass Ihr Manuskript bei uns nicht richtig ist. Ich konnte kein Potenzial für die Vermittlung an einen Verlag finden. Meiner Meinung nach findet der Leser einfach keine Beziehung zu Ihren Figuren.«

Seine Finger umklammerten fester den Umschlag in seiner rechten Hand. Er spürte, wie er anfing zu schwitzen und ihm übel wurde.

»Sie sind ja ganz blass. Möchten Sie vielleicht einen Schluck Wasser haben?«, hörte er sie noch sprechen.

Dann war plötzlich alles still. Er hörte ein leises Summen, aber wusste nicht einmal, woher er die Melodie kannte. Auf einmal war dort auch wieder diese Stimme.

»Können Sie mich hören?«

Er schlug die Augen wieder auf. Eigentlich hatte er sie doch gar nicht geschlossen? Die Agentin saß vor ihm, sah ihn mit aufgerissenen Augen an.

»Geht es Ihnen gut?«, fragte sie.

Das Nicken kam wie von selbst, obwohl er es gar nicht wollte. Er wollte stattdessen viel lieber aufstehen, aber er war wie gelähmt. Es fühlte sich an wie ein böser Traum, einer, aus dem er so schnell wie möglich erwachen wollte.

Aber es war kein Traum. Er saß in dem Büro von Frau Wich, sah in ihre Augen und wollte lieber gestern als heute in sein eigenes Grab steigen. Die Überzeugung, die er mitgebracht hatte, war binnen weniger Sekunden verpufft und es war nur noch ein Häufchen Elend von ihm, das dort saß.

»Sie finden keine Beziehung zu meinen Figuren?« Seine Stimme war ihm fremd.

»Ja, so ist es leider. Ingesamt haben Sie einen guten Plot entworfen und der Konflikt der Geschichte sagt mir auch sehr zu. Allerdings sind die Charakteristika der Protagonisten nicht ausgereift.«

Er zuckte zusammen. Sie konnte ihm die Enttäuschung ansehen. Jeden Tag schrieb sie zig Absagen an Autoren. Er war einer von vielen. Sie konnte nicht nach Mitgefühl gehen, das Talent und die Umsetzung der Idee waren entscheidend. Schließlich hatte auch sie eine Familie, die ernährt werden musste. Ihr guter Ruf, den sie sich in den letzten Jahren durch viel Arbeit und Fingerspitzengefühl aufgebaut hatte …

»Kann ich sonst noch etwas für Sie tun?« Sie wollte dieses unangenehme Gespräch schnellstmöglich beenden. Ihr gefiel seine Anwesenheit nicht, der anfängliche Charme war verschwunden.

»Nein. Danke. Das war's.« Wie er die Worte, vor allem seinen Dank aussprach, missfiel ihr.

Sie zählte insgcheim die Sekunden, die vergingen, aber er rührte sich nicht. Fieberhaft überlegte sie, wie sie ihn auffordern sollte zu gehen, aber ihr Kopf war leer.

»Ist das Ihre Familie?«, fragte er und betrachtete das Foto, das sie seit dem letzten Weihnachtsfest auf ihrem Schreibtisch stehen hatte.

Sie antworte nicht. Er sollte nichts über sie wissen. Ihr war einfach nicht wohl dabei.

»Hübsche Kinder haben Sie.«

Was dachte er sich nur dabei? Sie drehte das Bild von ihm weg. Er lächelte seltsam. Sie konnte seinen Blick nicht deuten.

»War's das jetzt? Ich muss arbeiten.« Diesmal waren ihre Worte energischer, fast schon wütend!

Endlich stand er auf, zog seine Jacke wieder an, nahm seinen Ordner und drehte sich um.

»Auf Wiedersehen, Frau Wich.«

Ihr zaghaftes »Tschüss« drang erst aus ihrem Mund, als er schon längst die schwere Tür hatte zufallen lassen. Es war, als wäre die Luft dicker geworden. Sie stand auf, ging zum Fenster und atmete ein und aus. Es gab schon merkwürdige Menschen. Aus manchen von ihnen würde sie nie schlau werden.

Als sie auf die Uhr sah, stellte sie erleichtert fest, dass es schon spät geworden war. Auch wenn sie normalerweise erst in einer guten Stunde würde Feierabend machen, beschloss sie nach diesem seltsamen Besucher schon vorzeitig nachhause zu gehen. Vielleicht würde ihr ein bisschen Ruhe guttun.

Sie hatte in letzter Zeit sowieso die Arbeit etwas zu wichtig genommen und ihre Familie in den Hintergrund gestellt.

Insbesondere ihre Tochter würde sich sicherlich freuen, die Mutter früher als sonst zu sehen. Ihr gefiel der Gedanke.

Sie fuhr den Computer runter, packte ihre Sachen zusammen und machte sich auf den Weg nachhause.

3. Kapitel

Manchmal tat sie ihnen ein bisschen Shampoo in ihr feines Puppenhaar. Damit sie schön aussahen, wenn der Vater von der Arbeit kam und ihnen über die Haare strich. Das tat er jeden Abend, weil sie es so mochte, wenn er mit ihnen sprach, als seien sie ebenfalls seine Töchter.

Sie wusch dann das Shampoo aus und legte sie nebeneinander auf ein Handtuch. Die Mutter mochte das nicht, weil sie Angst hatte, dass sie kaputtgingen. Aber sie gingen nicht kaputt. Klara passte da schon ausreichend auf. Jede von ihnen hatte einen Namen. Links lag Lotta, daneben Sophia und die Rechte trug den Namen Katy. Die Puppen waren aus teurem Porzellan und der Vater hatte von jeder seiner Reisen eine für sie mitgebracht.

Jede von ihnen war etwas Besonderes.

Nach Vanille roch es. Louise mochte den Geruch, weil er anders war als die, die ihre Mutter immer kaufte. Das Fläschchen hatte lange im Schrank gestanden, aber dann hatte sie es gestern genommen. Wozu immer aufsparen, wenn man es doch benutzen konnte? Immer wieder drückte sie die Nase in ihre Haare und roch an ihnen. Sie lächelte glücklich.

Plötzlich fiel ihr ein, dass der Tisch noch nicht gedeckt war. Gleich musste ihre Mutter kommen. Sie hatte angerufen, um zu sagen, dass sie früher nachhause käme. Endlich hatten sie mehr Zeit, ehe ihr Vater müde und abgearbeitet ins Bett fallen und ihre Mutter im Bad verschwinden würde.

Sie freute sich. So musste sich Familie anfühlen. Endlich ein paar Momente, die man gemeinsam verbrachte.

Mit den Gedanken an einen schönen Abend legte sie Teller auf, tanzte von einer Schublade zur nächsten und konnte ihr Glück kaum fassen. Jedem anderen Mädchen wäre eine halbe Stunde länger mit der Familie vielleicht ohne Belang, gar gleichgültig erschienen, aber Louise nicht. In den letzten Monaten war sie viel alleine gewesen. Ihr Bruder saß den ganzen Tag in seinem Zimmer, verbrachte ansonsten nur noch Zeit mit seinen Kumpels und seit der Beförderung des Vaters kam dieser immer später nachhause. Von der Mutter ganz zu schweigen, denn diese brachte mittlerweile Arbeit aus dem Büro nachhause und wollte dabei nicht gestört werden.

Als die Stimme ihrer Mutter im Flur erklang, begann Louises Herz zu hüpfen. Sie konnte dagegen nichts tun. Die Freude war einfach zu groß. Sie fiel ihrer Mutter in die Arme und küsste sie. Dabei rutschte dieser etwas aus der Hand.

»Was ist das?«, fragte Louise und musterte die weiße Tüte, die auf dem Boden lag.

»Ich habe Pizza mitgebracht«, sagte ihre Mutter, wartete die Reaktion ihrer Tochter ab und lächelte dann vage.

»Pizza?«

Katrin nickte.

»Du hast gesagt, du kochst und wir essen gemeinsam.« Empört sah Louise zwischen der Tüte und ihrer Mutter hin und her.

»Oh, wie schön du den Tisch gedeckt hast.« Katrin schob Louise eilig in die Küche.

Während das Mädchen versuchte, die aufkommenden Tränen zu verdrängen, raschelte draußen ein Schlüsselbund und die Tür wurde aufgeschlossen.

Eine ihr sehr vertraute Stimme hallte durch den Flur. Die Tonlage war gereizt, gestresst, laut. Es konnte also nur der Vater sein.

»Nein. Ich hatte Ihnen doch gesagt, dass mein Mandant mit der Sache nichts zu tun hat. Wenn sich die Beweislage nicht innerhalb der nächsten 20 Stunden ändert, heißt es ›Im Zweifel für den Angeklagten‹. Sie kennen die Gesetzlage, Herr Dr. Stitz.«

Musste er ausgerechnet jetzt ein Telefonat führen? Louise konnte Erwachsene manchmal einfach nicht verstehen. Sie war kein Kind, das viel Aufmerksamkeit brauchte, aber trotzdem gab es doch hin und wieder mal Tage, an denen sie hoffte, jemand sei einfach für sie da.

»Hallo«, sagte sie, legte den Kopf schief und betrachtete den Vater dabei, wie er hektisch das Jackett über den Bügel fallen ließ und die Schuhe in den Schrank stellte.

»Komm her, meine Kleine.«

Er hatte aufgelegt, sah seine Tochter endlich an und winkte ihr zu. Schüchtern, als sei ihr Gegenüber ein Fremder, ging sie auf ihn zu und ließ sich über den Kopf streicheln.

»Und? Heute irgendetwas Spannendes erlebt?«

Steckte in seinen Worten etwa wirklich eine Art Interesse? Gerade wollte sie ansetzen, da wurde ihr Vater ganz aufgeregt und wühlte in seiner Tasche. Sein Handy vibrierte.

»Moment«, murmelte er, angelte mit Daumen und Zeigefinger das Teil aus einem Haufen Dokumente und meldete sich dann. Am anderen Ende der Leitung rief ihm jemand aufgebracht etwas entgegen, bevor er wild anfing zu gestikulieren.

»Ich hab Hunger.« Louise nahm sich einen Teller, setzte sich auf das Sofa und griff nach einem Stück der Pizza.

»Wollten wir nicht gemeinsam essen?« Verwirrt sah Katrin auf den gedeckten Tisch.

»Papa telefoniert noch und Lars ist oben.« Sie zuckte mit den Schultern und biss dann in die Pizza. Der Boden schmeckte wie Pappe, aber das war ihr in diesem Moment mehr als egal.

Lars war ein Junge von sechzehn Jahren. Er war durchschnittlich beliebt in der Schule, verbrachte viel Zeit mit guten Freunden, genoss jedoch auch nicht selten ruhige Momente in seinem Zimmer. Er ging manchmal ins Kino, mochte keine Hausaufgaben und schwänzte hin und wieder die Schule.

Alles in allem war er wie die Anderen.

Eines unterschied ihn allerdings von seinen Mitschülern: die auffallend enge Beziehung zu seiner kleinen Schwester.

Als er an diesem Abend die Eltern nachhause kommen hörte, stöhnte er nicht anders als sonst laut auf. Er hatte nichts dagegen, wenn sie länger arbeiteten, denn sobald sie daheim waren, füllten sich die Räume mit Stress und Streit. Er war alt genug, um alleine zurechtzukommen, und scherte sich keinesfalls um ihre Anwesenheit. Im Gegensatz zu Louise hatte er aufgehört, sich um jede Umarmung, jedes noch so freundliche Wort zu bemühen.

Weil er aber dennoch wusste, dass sie noch zu jung war, um die Situation endgültig zu akzeptieren, und um jede Art von Liebe kämpfte, konnte er sich überwinden, nach unten zu gehen.

»Hi«, sagte er, setzte sich neben seine Schwester auf das Sofa und griff ebenfalls nach einem Pizzastück.

»Halt!«, rief Katrin, runzelte die Stirn und wies auf den Tisch. »Louise hat sich gewünscht, dass wir zusammen essen und jetzt, wo ich schon nicht kochen konnte, möchte ich ihr wenigstens diesen Wunsch erfüllen.«

Sowohl Louise selbst als auch ihr Bruder verschluckten sich fast.

»Zusammen?«, wiederholte Lars irritiert.

»Richtig!« Katrin nickte bestimmt und bat die anderen drei, Platz zu nehmen.

Während Louise sich die Anweisung nicht zweimal sagen ließ, beäugte Lars das Geschehen misstrauisch. Was spielte sich hier ab? Die hoffnungsvolle Mimik seiner Schwester ließ ihn sich setzen.

»Lasst es euch schmecken.« Katrin schnitt die Pizza durch und biss ebenfalls hinein.

Schweigsam saßen sie also alle da, schauten auf ihre Teller und taten so, als seien sie eine ganz normale Familie beim Abendessen.

Alle waren in ihren Gedanken versunken. Während Louise an das idyllische Bild einer Gemeinschaft dachte, sortierte der Vater im Kopf seine Arbeit. Katrin beschäftigte sich immer noch mit dem außergewöhnlichen Besucher und Lars schweifte mal hier und mal dort.

»Wir schreiben bald Mathe.« Es war wieder einmal die Jüngste, die mit ihrer kindlichen Verständnislosigkeit das unangenehme Schweigen brach.

»Wir können vielleicht am Wochenende mal zusammen lernen«, schlug der Vater vor.

Louise nickte begeistert.

»Bist du am Wochenende nicht in Berlin?« Lars hatte bei den Worten des Vaters aufmerksam zugehört.

Christoph verzog das Gesicht. »Tut mir leid, Kleine. Das habe ich vollkommen vergessen.«

»Wie immer«, schimpfte diese.

»Sie hat Recht, Christoph.« Katrin meldete sich zu Wort.

Empört sah ihr Mann sie an. »Dass du mir wieder in den Rücken fällst ...«

Katrin zuckte mit den Schultern.

»Wir können doch auch ein Videogespräch führen – wie beim letzten Mal.«

»Wie beim letzten Mal? Als du vergessen hast, dass du nach England fliegst, obwohl mein Geburtstag war?«, wollte sie rufen. Oder aber »Nein, das können wir nicht. Das ist nicht das Gleiche. Ich will, dass du dir Zeit für mich nimmst.«

Aber sie schluckte ihre Gedanken runter und ersetzte sie durch ein schlichtes »Okay, Paps.«

Es war wie immer. Er versprach ihr etwas. Er hielt es nicht ein. Er enttäuschte sie. Sie schwieg versöhnlich und versuchte eine Diskussion zu vermeiden.

»Kann ich aufstehen? Ich muss noch was machen.« Lars wartete die Antwort seiner Eltern gar nicht ab, nahm seinen Teller und stellte ihn neben die Spüle. Dann verschwand er wieder in seinem Zimmer. Laute Musik drang wenige Sekunden später nach unten. Louise stand ebenfalls auf, ließ Mutter und Vater schweigend am Tisch sitzen und ging in Gedanken versunken nach oben.

Sie ließ sich auf ihr Bett fallen, lauschte der Musik und sang leise mit. Noch 100 Tage, dann war sie 13. Sie freute sich, denn ihr Vater hatte ihr endlich einmal hoch und heilig versprochen, da zu sein. Ob er zu seinem Wort stand und sie nicht versetzte? Ob ihre Mutter wirklich Erdbeerkuchen machen und nicht den aus dem Supermarkt auf den Tisch stellen würde?

Ihr Kopf dröhnte. Sie war plötzlich müde. Sie hörte ihre Mutter die restlichen Teller abräumen, etwas fiel zu Boden und sie fluchte laut auf, gab dem Vater die Schuld. Wie immer. Alles war wie immer.

Noch in Jeans und Bluse bekleidet, fielen ihr die Augen zu. Sie war nicht so glücklich, wie es für ihre Freundinnen manchmal aussah. In ihrem Inneren war es leer, dunkel ...

und auch wenn sie ein fröhliches, aufgewecktes Mädchen war, hausten tief in ihr drinnen Trauer und Verzweiflung.

Ihr Unterbewusstsein nahm nur noch den herabprasselnden Regen wahr. Alles andere war ausgeblendet. Es machte nur noch platsch, platsch, platsch.

Irgendwann zuckte sie einmal noch zusammen. Es blitzte plötzlich und ihr Zimmer erhellte sich. Sie hatte eigentlich nichts gegen Gewitter, aber heute zeigte sich der Himmel von einer ganz fremden Seite. Eigentlich regnete es in der Gegend eher weniger und ein solches Unwetter hatte es ewig nicht mehr gegeben.

Lars lag in seinem Bett, den Kopf auf beide Arme gelegt und ließ sich das Verhalten seiner Eltern noch einmal durch den Kopf gehen. Was war bei ihnen nur los?

Er wusste, dass er weitaus mehr davon verstand als seine kleine Schwester, jedoch war auch ihm unklar, was dahintersteckte.

Während er grübelte, hörte er die Schritte auf dem dunklen Parkettboden. Sie kamen immer näher und näher. Plötzlich riss jemand die Tür auf. Eine Gestalt stand in dem Rahmen. Es war Louise.

»Was machst du hier«, wisperte er ihr zu, weil er von seinen Eltern nicht mehr gehört werden wollte.

»Ich hab Angst«, kam es von ihr zurück.

»Dann komm her.« Erst jetzt sah er, dass sie ihre Bettdecke hinter sich herzog. Er schmunzelte. Der Schatten auf dem Boden war riesig und ähnelte ihrer zierlichen Gestalt in keiner Weise.

»Darf ich bei dir schlafen?« Ihre Stimme war so weich, so lieb, aber dennoch traurig.

»Sicher.« Er machte ihr Platz, half ihr auf sein Bett und legte dann seine Hand in ihre.

»Alles klar bei dir?«

Sie nickte, bis ihr auffiel, dass er dies in der Dunkelheit nicht wahrnehmen konnte.

»Jap«, murmelte sie dann, drückte seine Hand ein bisschen stärker und legte ihren Kopf in das Kissen.

»Du brauchst nicht traurig zu sein. Du hast doch mich.« Obwohl er wusste, dass sie noch zu jung war, um auf die Eltern zu verzichten, wollte er, dass sie wusste, dass wenigstens er immer für sie da war.

»Lars?«

»Ja?«

»Ich hab dich lieb.«

»Ich hab dich auch lieb, Schwesterherz.«

4. Kapitel

Er packte sie, riss ihr die Kleider vom Leib und sah in ihre blauen Augen. Sie erinnerten ihn nicht zum ersten Mal an Wasser und er konnte nicht anders, als sie schön zu finden.

Als sie in ihrem Hemd und dem kleinen Höschen vor ihm saß und zitterte wie Espenlaub, musste er lächeln.

Es kam wie von selber. Er strich ihr über die Wange, welche nass von den vielen Tränen war.

»Wein doch nicht«, wisperte er in ihr Ohr.

Er konnte sehen, dass sie Gänsehaut hatte. Ihre blonden Haare fielen über ihre Schulter. Vorsichtig legte er sie in seine Hände. Sie waren weich und auch jener Glanz, den sie schon am ersten Tag ihrer Begegnung hatten, war nicht verschwunden.

Endlich war sie ihm ganz nah. So nah wie nie. Sein Herz schlug ihm bis zum Hals. Er wollte, dass dieser Moment nie aufhörte. Er wollte, dass die Angst in ihren Augen für immer blieb. Denn er liebte sie. Aber er liebte ebenso ihre Angst.

In seinen Füßen kribbelte es. Eigentlich war er nicht der Typ für viel Bewegung, aber heute zog es ihn nach draußen. Er hatte vieles zu verarbeiten und er wollte die Luft spüren.

Deshalb zog er sich die Schuhe an, schlüpfte in den beigen Frühlingsmantel und verließ das Haus. Ein Spaziergang würde ihm sicherlich guttun. Nicht nur, weil ihm dabei die besten Ideen kamen. Manchmal war es einfach nur entspannend, durch die Natur zu ziehen, Beobachtungen zu machen und schlechte Laune zu verdrängen. Mit den Händen in den Jackentaschen lief er über den Bürgersteig hin zu einem kleinen See. Hier verbrachte er manchmal warme Nachmittage, weil sein Garten zu klein für die unbändige Fantasie war.

Er brauchte die Freiheit und konnte mit dem wilden Gestrüpp hinter dem Zaun nichts anfangen. An diesem Tag ließ er seine Lieblingsbank links liegen und lief weiter. Mehrmals atmete er tief ein und aus und schloss die Augen. Dabei konzentrierte er sich nur auf die Geräusche, die er wahrnehmen konnte. Zwitschernde Vögel konnte er hören und irgendwo in der Nähe quakte ein Frosch. Er dachte über sein Leben nach und über die Ungerechtigkeit.

»Ich finde keine Beziehung zu Ihren Figuren.« Er konnte ihre Stimme noch ganz genau hören.

Wütend nahm er einen Stein und warf ihn in den See. Er hüpfte über das Wasser. Was für ein Jammer! Er hatte damit einfach nicht gerechnet.

Es war mehr die Bestätigung gewesen, die er sich abholen wollte, als die Frage nach einer Meinung. Sein Buch lehnte niemand einfach so ab! Diese Inkompetenz gehörte bestraft. Wie unfähig musste eine Literaturagentin sein, um die Leidenschaft und das Talent nicht zu erkennen? Er wusste, dass heutzutage die Agenturen mit Müll zugeschüttet wurden. Es gab immer mehr Menschen, die etwas von sich erzählen oder aber einfach nur bekanntwerden wollten.

Bei ihm war es anders. Im Gegensatz zu diesen Leuten war er zum Schreiben geboren. Sein Talent war kein Zufall, sondern eine Gabe. Es lag ihm im Blut.

»Du hattest einfach nur Pech«, sagte auf einmal jemand hinter ihm.

Er drehte sich um.

»Grüß Gott, Klara. Was machst du denn hier?« Erfreut begrüßte er das nette Mädchen.

»Ich wollte mich noch einmal für das fantastische Essen letztens bedanken.«

»Das ist doch keiner Rede wert. Du weißt doch, dass ich alles tun würde, um euch zu erfreuen.«

Klara nickte freundlich.

»Und was machst du hier?« Sie ging weiter, kickte einen Stein vor sich her und sah ihn schließlich an.

»Ich schweife in meinen Gedanken«, antwortete Robert.

»Schon wieder? Wie oft machst du denn das?«

Robert lachte auf. »Na, wenn ich das nicht sooft machen würde, gäbe es dich doch nicht.«

Jetzt lachte sie. »Stimmt. Da wirst du wohl Recht haben.«

Robert registrierte nun ein älteres Ehepaar, das sich immer wieder zu ihm umdrehte. Was die Menschen immer guckten? Sie verstanden vielleicht einfach nicht, wie eine anständige Unterhaltung aussah. Dabei war doch nichts dabei. Er konnte schließlich nichts dazu, wenn immer mehr Leute die Beziehung zu ihren Büchern und den dazugehörigen Protagonisten verloren. Es war zwar sehr bedauernswert, aber nicht zu ändern.

»Willst du noch mit zu mir kommen? Du kannst wieder bei mir essen.« Robert gefiel der Gedanke, dass er nicht alleine war, sondern eine so wunderbare Gestalt wie Klara ihn begleitete.

»Nein. Ich muss jetzt wieder los. Ich habe heute nicht mehr viel Zeit. Mein Eiskunstlauftraining beginnt gleich.«

»Oh. Naja. Bist du wohl gerade auf Seite 257, oder?«

Klara rümpfte die Nase.

»Bei der Stelle hättest du dir aber was Besseres einfallen lassen können, anstatt mich vor versammelter Mannschaft zu blamieren.«

Sie war ihm nicht böse, wusste sie doch, dass darauf die weitere Handlung des Buches aufbaute und sie als Hauptfigur die Verantwortung für den Verlauf hatte.

»Was machst du heute noch?« Seltsamerweise war es ihm unangenehm, dass er nichts Aufregendes vorhatte, sondern wie sonst auch den Tagen entgegenlebte. Er ignorierte ihre Frage einfach, kratzte sich am Kopf und blieb stehen.

»Wie geht es den anderen?«

Klara lachte laut auf.

»Benjamin muss momentan echt viel lernen und hat kaum Zeit für mich. Mama und Papa arbeiten immer noch zu viel und Nils ...« Sie brach ab, obwohl sie wusste, dass genau er es war, dem Roberts Interesse galt.

»Naja. Er kommt noch nicht allzu gut damit klar, wie das Ganze sein Ende nimmt. Mittlerweile habe ich fast den Eindruck, dass er wütend auf dich ist.«

Robert zuckte zusammen. Er hatte den Ausgang seines Romanes doch nur verraten, weil er dachte, damit die Unruhen bei ihnen zu reduzieren. Klara hatte schließlich solche Angst gehabt.

Nächtelang hatte er wachgelegen, nächtelang hatte er sich schlecht gefühlt. Sie waren ihm manchmal einfach zu nah. Er konnte es selbst nicht ganz verstehen. So viele Stunden hatte er mit ihnen verbracht.

Die Worte waren ihm anfangs nur aus den Fingern gekrochen, aber bald war ein Fluss entstanden und die Sätze waren nicht mehr zu halten gewesen.

Solche Verbindungen hatte er noch nie gespürt, es war unglaublich.

Da war es kein Wunder, dass er manchmal den Eindruck hatte, mit seinen Figuren leben zu können. Und trotzdem bildete sich eine einfache Agentin wie Katrin Wich ein, keine

Beziehung zu seinen Liebsten zu finden. Was wusste sie schon von ihm? Es wäre für sie so gewesen, als würde er ihrer Tochter die Klinge an den Hals legen.

Sein Herz klopfte. Er war so erregt, dass er hätte schreien können. Das Schicksal war ein Monster, und besäße es Menschengestalt, hätte er es gepackt und vernichtet.

Robert seufzte. Ihm gefiel das Ganze nicht. Wie lange das alles noch hielt? Es konnte nur eine Frage der Zeit sein, bis Nils sich das nicht mehr gefallen ließ und versuchen würde, ihn durch Worte zu vernichten. Auch wenn die Worte nur in Roberts Kopf existierten, waren sie in der Lage, dies zu tun.

Er konnte einfach nicht verstehen, warum niemand von ihnen in der Gestalt eines realen Menschen auf der Welt lebte. Er wollte nicht akzeptieren, dass sie nur Gedankenwesen waren. Die Form, in der Klara eben noch vor ihm gestanden hatte ...

Klara wirkte so lebendig. Melancholie breitete sich in ihm aus. Er hätte weinen können. Er wusste nicht, wann er zum letzten Mal geweint hatte. Wenn ihn etwas traurig machte, versuchte er zu verdrängen. Das hatte ihm der Vater eingetrichtert. Weinen bedeutete Schwäche zeigen und das wollte er nicht.

»Klara?« Er hörte seine eigene Stimme. Sie war ihm erneut fremd und er hatte den Eindruck, als wären die Laute nicht aus seinem eigenen Mund gedrungen. Das Mädchen, das gerade noch vor ihm gestanden hatte, war verschwunden. Hatte er sich ihre Anwesenheit denn wirklich nur eingebildet, weil er sich das so gewünscht hatte? Sein Unterbewusstsein wusste natürlich, dass all die Dinge, die sie ihm erzählt hatte, nur aus seinen eigenen Gedanken kamen.

War Nils ihm denn in Wirklichkeit nicht böse? Er erstarrte. Wenn Klara und all die anderen Romanfiguren der virtuellen Welt angehörten, was galt für Nils?

Sein Kopf schmerzte und er beschloss, nachhause zu gehen. Vielleicht tat ihm das Gedankenspiel einfach nicht gut und er würde sich daheim besser fühlen. Das Hämmern hinter der Stirn blieb jedoch. Er konnte förmlich zählen, wie oft auf ihn eingeschlagen wurde. War er wirklich so alleine?

Er lief durch das ganze Haus, ließ kein Zimmer aus und schloss alle Fenster. Aus irgendeinem Grund hatte er Angst, dass sich jemand Zutritt verschaffen würde. Aber wer sollte es eigentlich sein? Wie es den anderen Schriftstellern dieser Welt erging? Gab es auch in deren Leben Momente, in denen die Figuren ihrer Fantasie erwachten und die Realität Platz für sie räumte? Zu gerne hätte er sich mit diesen Menschen ausgetauscht. Ob sie ihn verstehen würden?

Er fühlte sich, als sei er ein Vater, dessen Kinder ihm entglitten waren. Seiner Meinung nach hatten all die, die diese Empfindung nicht hatten, die Bezeichnung Schriftsteller nicht verdient.

Ein einziges Mal hatte er eine Lesung besucht. Sie hatte zwei Straßen weiter in einem wunderbaren Café stattgefunden und er hatte sich vorher gut überlegt, hinzugehen. Die Neugier war es gewesen, die die Eifersucht besiegt hatte.

Fast zwei Stunden hatte er den Worten gelauscht. Er war der Letzte gewesen, der den Raum verließ. Fasziniert war er gewesen, aber zugleich voller Neid.

Nie hatte er sich dies eingestanden, dafür war er zu stolz.

Vor seinem geistigen Auge wiederholte sich die Begegnung mit dem Autor. Selbstsicher, nahezu arrogant hatte dieser den Sätzen einen Klang gegeben, und auch, wenn Robert es nicht gerne sagte, musste er sich eingestehen: Sein Buch war gut gewesen. Sehr gut sogar.

Plötzlich überwältigte ihn jedoch ein fremdes Gefühl. Es war die Scham. Zum ersten Mal erröteten seine Wangen und er dachte daran, wie der Autor ihn ansehen würde. Voller Spott. Er wollte nicht so betrachtet werden. Er wollte verstanden werden, aber er konnte nicht sicher genug sein, dass dieser es tat. Also wollte er nichts riskieren und ließ die Finger von der Sache. Stattdessen kochte er sich einen Kaffee, genoss den bitteren Geschmack und versuchte zu lächeln.

Irgendwann, er wusste diese Zeit nicht genauer zu bestimmen, würde ihn jemand verstehen. Vielleicht musste er sich einfach erst einmal selbst in Klaren sein, was er fühlte. Wer war Klara? Wer war Nils? Wer war er überhaupt?

Er nahm sein Manuskript, setzte sich an den Schreibtisch, dessen Lampe die Blätter erleuchtete, und begann Zeile für Zeile zu lesen.

5. Kapitel

Das Röcheln neben ihr ließ sie erwachen. »Mama? Papa? Ben?« Ihre Stimme war schwach.

»Komm!«

Sie stand auf. Ihre Füße waren so schwach, dass sie fürchtete zu fallen.

»Was ist los?« Es war so stickig und das Atmen fiel ihr schwer. »Ist etwas angebrannt?«

»Es brennt« Die Stimme war so kratzig, dass Klara nur erahnen konnte, dass sie ihrer Mutter gehörte.

Klara wurde panisch. Jetzt sah sie es: draußen! Der Rasen brannte. »Jemand hat den Schuppen angezündet«, dachte sie sofort. «Hilfe!«, kreischte sie.

Das Letzte, was sie wahrnahm, war etwas Kühles und den Geruch von Erde.

Jemand hatte ihm einmal gesagt, man könne jeden Traum nur einmal träumen, doch es fiel ihm schwer, dies zu glauben. Jedes Mal dann, wenn er ihr aufhelfen wollte, stolperte er, seine Füße wurden schwer wie Beton und er konnte sich nicht mehr regen. Jedes Mal hauchte sie ihm zu: Familie, Lars. Unsere Familie ... Dabei wurde sie immer schmaler, bis sie irgendwann so verblasste, dass man sie nicht mehr sehen konnte.

Lars schreckte auf. Sein Knie schmerzte, denn vor Panik war er gegen den Bettkasten gestoßen. Beinahe wäre er auf seine Sonnenbrille gefallen, wenn er sich nicht im letzten Moment mit dem Ellenbogen abgefangen hätte.

Er hatte jegliches Zeitgefühl verloren, aber weil es draußen noch sehr dunkel war, wusste er, dass er wieder einschlafen konnte. Er legte sich auf die Seite und versuchte in der Dunkelheit etwas erkennen zu können. Plötzlich bewegte sich neben ihm etwas. Er zuckte zusammen, sein Herz hämmerte gegen die linke Brust. Aber da fiel ihm ein, dass schließlich am vergangenen Abend seine Schwester gekommen war. Sie war wohl eingeschlafen.

Mit den Fingerspitzen fuhr er das Kopfende ab. Irgendwo dort musste sein Handy liegen. Das Display erhellte sich und die Dinge im Zimmer nahmen für sein Auge wieder Form an.

Er mustere seine Schwester. Wie ein Murmeltier hatte sie sich in ihr Kissen gekuschelt. Er rückte näher an sie und spürte, wie ihm wärmer wurde. Sie war bei ihm und er würde sie schützen. Träume waren nur Fantasien.

Vorsichtig legte er seine Hand auf ihren Arm, weil ihm die Berührung Beruhigung schenkte. Solange ihr Herz klopfte, war er glücklich. Manchmal fühlte er sich nicht als ihr Bruder. Viel mehr als ihr Beschützer. Sie war so sensibel. Er merkte, dass sie ihn so brauchte.

»Danke«, flüsterte er. »Danke, dass es dich gibt.«

Sie gähnte. Wieso musste Schule auch nur so früh beginnen? Lars war schon wach. Er hatte seine Sachen gepackt und sich angezogen.

»Morgen«, sagte er. Sie murmelte ein »Morgen« zurück und stand widerwillig auf. In der Küche warteten eine Schale Obst und Müsli. Sie kaute energisch darauf herum, obwohl sie kein Fan davon war.

Während sie die Milch in die knusprigen Flocken eingoss, lauschte sie dem Sprecher im Radio.

»Wo ist Mama?«, fragte sie Lars, der in diesem Moment die Küche betrat.

»Sie wollte gleich los, wartet noch auf einen Handwerker.« Louise nickte in Gedanken versunken. Sie stellte ihre leere Müslischale in die Spüle und ging die Treppe nach oben. Während sie ihre Bücher zusammenpackte, überlegte sie, was sie heute noch machen würde.

Im Badezimmer ließ sie das klare Wasser über das Gesicht laufen, putzte sich die Zähne und machte aus ihrem blonden Haar einen Zopf.

»Kommst du?« Rasch warf sie einen letzten Blick in den Spiegel, dann eilte sie nach unten.

Katrin hörte noch die Tür zuschlagen. Sie genoss die Ruhe, die plötzlich eingetreten war. Manchmal war sie froh, wenn die Kinder aus dem Haus waren und sie alleine war. In ihrem Büro überfiel sie schließlich früh genug der Stress. Sie nahm das Geschirr, räumte es in die Spülmaschine ein und sah sich im Haus um. Auch wenn hier und da mal etwas herumstand, wirkte alles sehr aufgeräumt und sauber.

Katrin hasste Unordnung, pflegte Dinge, die ihr wichtig waren, bis aufs Äußerste und konnte unstrukturierte Angelegenheiten auf den Todnicht leiden.

Ein Blick auf die Uhr verriet ihr, dass sie sich beeilen musste. Sie war gern vor ihrer Sekretärin im Büro, um sich in Ruhe einen Kaffee zu kochen, ohne gleich mit dringenden Arbeiten belästigt zu werden.

Frühstücken verschob sie auf später. Dafür blieb ihr jetzt keine Zeit. Als sie aus dem Fenster sah, nahm sie noch zwei kleine Punkte in der Ferne war.

Das mussten Lars und Louise sein. Sie lächelte kurz. Dann packte sie die Tageszeitung in ihre Tasche, legte ihren weißen

Blazer mit viel Sorgfalt über den Arm. Im Spiegel musterte sie sich. Alles im allem hatte sie zu wenig Schlaf bekommen. Auch mit viel Schminke hatte sie dies nicht verdecken können. Eigentlich war sie eher ein Freund von Dezentem, aber unmöglich hätte sie heute darauf verzichten können. Sie trug einen weißen Hosenanzug, die dazugehörende Bluse und gleichfarbige Ballerinas. Ihre Haare hatte sie mit einer Sonnenbrille zurückgesteckt und am linken Arm hing eine Lacktasche.

Vielleicht war sie ein bisschen zu schick angezogen, dafür, dass sie nur an ihrem Schreibtisch saß und las. Jedoch legte sie großen Wert auf die richtige Garderobe. Lieber ein bisschen zu aufgetakelt als underdressed, dachte sie sich, zog den Lippenstift nach und die Tür hinter sich zu.

Louise auf ihrem Fahrrad hatte es nicht eilig, nachhause zu kommen. Dort erwartete sie schließlich nichts außer einem leergefegten Haus, einem Fertiggericht auf dem Küchentisch mit dem Zettel »Wie war es in der Schule? Essen steht auf dem Tisch. Kuss Mama«.

Es interessierte doch eh niemanden wirklich, wie es in der Schule gewesen war. In der Frage steckte kein Interesse; die Mutter wollte sich von niemandem sagen lassen müssen, dass sie sich nicht um ihre Kinder kümmerte.

Aber Louise wollte gar nicht erzählen, was geschehen war, nicht beichten müssen, dass sie nur um zwei Punkte im Deutschtest der Klassenschlechtesten voraus war.

Doch wer brauchte schon Deutsch? Schon wieder etwas, das sie lieber für sich behielt, anstelle ihrer Mutter davon zu erzählen. Die war der Meinung, dass Deutsch wichtig war, aber Louise selber war das alles egal. Wofür musste sie in der Rechtschreibung gut sein, wenn sie doch eh nicht vorhatte, in diesem Land zu bleiben? Nicht, dass es ihr missfiel ... Nein! Sie fühlte sich im Großen und Ganzen sehr wohl hier, aber sie hatte andere Pläne. Wenn sie erwachsen war, würde sie zu ihrem Brieffreund Stefano nach Italien ziehen und eine römische Künstlerin werden, niemals aber Agentin für Bücher. Das war nichts für sie.

An diesem Tag machte Louise sogar noch einen Umweg, ehe sie in die Seitenstraße zu ihrem Haus abbog. Die Luft war klar und der Wind vermittelte ihr ein Gefühl von Freiheit und Glück. Sie grüßte ihre Nachbarin Frau Wittiger, die ihren Eingang fegte.

»Ja, da fällt mir ja der Besen aus der Hand. Dich habe ich lange nicht mehr gesehen, Louise.«

Diese bremste leicht ab, lachte schüchtern und blieb auf dem Sattel sitzen.

»Ich hatte viel für die Schule zu tun.«

»Habt ihr nicht bald Ferien?«

Louise nickte. »In zwei Wochen beginnen sie.«

Ferien. Ein magisches Wort. Verreisen würden sie nicht, aber trotzdem liebte Louise die freie Zeit, die ihr dann zur Verfügung stand. Wenn auch nur für eine kurze Weile hatte man doch den Eindruck, all die Last, die die Schule einem auf die Schultern packte, zu verlieren und den Genuss des Lebens zu spüren.

»Na dann machs gut und grüß mir deine Familie«, rief Frau Wittiger ihr nach, als sie schon in die Pedale getreten hatte.

»Mach ich!« Wieder einmal hatte sie auf jemanden vergnügt gewirkt. Im Laufe der Zeit hatte sie gelernt, Heiterkeit und Freude zu simulieren und die Melancholie zu verstecken.

Sie ging an der Haustür vorbei in den Garten. Manchmal vergaß sie ihren Schlüssel und für solche Fälle ließ ihre Mutter die Gartentür offenstehen. Einbrecher verirrten sich kaum in diese Gegend, denn die Polizeistation in der Nachbarstraße und die Wachfirma, die stündlich durch die Straßen fuhr, schienen sie abzuschrecken.

Leise öffnete sie die angelehnte Tür. Auf dem Sofa war ihre Katze Sissi eingeschlafen. Sie schnurrte, als sie Louise wahrnahm, sodass diese sich zu ihr gesellte.

»Naaaaa.« Sie legte sich neben das Tier und drückte ihren Kopf sanft auf das weiche Fell. Sissi war eine normale Hauskatze, hatte ein Tigermuster. Ihre Füße waren allerdings weiß. Früher hatte Louise immer kichern müssen, wenn die Katze durch das Haus geschlichen war.

»Hast du wieder deine Söckchen angezogen, Sissi?«

Mittlerweile war sie fast sechs Jahre alt, ziemlich verschlafen und faul. Niemand wunderte sich, dass sie ein paar Gramm zu viel auf den Rippen hatte, aber genauso wenig störte es jemanden. Sie war ein Teil von ihnen allen und ohne ihre Ruhe spendende Anwesenheit würde etwas fehlen. Nahezu jede Nacht kroch sie unter Luises Bettdecke, schnurrte manchmal so laut, dass das Mädchen erwachte. Böse war sie ihr deswegen nie, viel mehr erfreut. »Schnurren« bedeutete, dass die Katze glücklich war und genau das wollte Louise.

Sie stand auf, ging an den Kühlschrank. Dort durchsuchte sie alle Fächer, aber fand nichts, was nach ihrem Geschmack war. Sie mochte kein Fleisch, denn sie fand den Gedanken, in das Fleisch eines Lebewesens zu beißen, abstoßend. Trotzdem war sie keine Vegetarierin, ihre Mutter hatte keine Zeit, auf Extrawünsche einzugehen. Es musste gegessen werden, was auf den Tisch kam – wenn sie denn mal kochte.

Schließlich schmierte Louise sich zwei Brötchen mit Käse und verzog sich damit in ihr Zimmer. Dort fühlte sie sich unbeobachtet und hatte ihre Privatsphäre. In den anderen Räumen war es manchmal nur ein Bild, was sie beunruhigte, denn selbst diese hatten oft ein Gesicht. Nicht zu vergessen der Natursteinboden im Eingangsbereich, dessen Muster es nicht an einem Ausdruck fehlte.

In ihrem Zimmer setzte sie sich an den Schreibtisch, biss in die erste Hälfte des Brötchens hinein und schaute aus dem Fenster. Sie beobachtete, wie Frau Wittiger weiter den Asphalt kehrte, und wünschte sich ganz weit fort. Eigentlich war es ihr egal, wohin, Hauptsache, sie war nicht alleine.

***

Robert hatte genau fünf Stunden dort einfach nur gesessen. Abgesehen von dem Umblättern der Seiten hatte er keine Regung gezeigt. Er war sprachlos und hatte Ehrfurcht vor seinen eigenen Worten. Nicht einen Satz konnte er finden, der keinen Gefallen bei ihm fand. Wie verliebt in seine Art zu schreiben, blickte er auf die einzelnen Buchstaben.

»Verdammt«, fluchte er. »Wenn ich nur wüsste, WAS es ist ...«

Er wollte seinen Fehler finden, er wollte wissen, was es war, das Katrin Wich nicht zugesagt hatte.

Er stand auf, lief unruhig in seinem Zimmer hin und her und dachte nach. Dann ging er ins Wohnzimmer, setzte sich auf das Sofa. Er brauchte dringend Entspannung. Deshalb beschloss er, den Kamin anzuzünden.

Schon als Kind hatte er oft lange davor gesessen. Er empfand Feuer als faszinierend, aber es war eines der wenigen Dinge, vor denen er Angst kriegen konnte, wenn es ihm zu nahe kam. Nicht, weil er den Tod fürchtete, denn selbst vor ihm hatte er keine Angst. Viel mehr war es das Gefühl: Feuer frisst Bücher!

Er schüttelte sich. Es war schon unglaublich, dass er sich um die Vernichtung seiner Werke mehr sorgte als um sein eigenes Ende. Wie eine Mutter, dachte er. Aber er wollte keine Mutter sein. Er wollte ein stolzer Vater sein. Frauen waren schwache Personen. Sie waren zerbrechlich und leicht verwundbar.

Er betrachtete das von ihm gezeichnete Deckblatt. Zwei Abende hatte er sich hierhin gesetzt, seine Fantasie in ein Bild gepackt und Klara ein Gesicht gegeben. Auf der Vorderseite war von allen eine Abbildung. Klara, ihr Bruder Benjamin und ihre Eltern, so, wie er sie während seines Schreibens vor Augen gehabt hatte.

Plötzlich wurden seine Lider schwer, aber es war nicht die Müdigkeit, sondern etwas anderes, Stärkeres. Als er seine Augen geschlossen hatte, sah er sie. Mutter, Vater, Tochter, Sohn. Aber anstatt die Augen wieder zu öffnen, dachte er an Katrin Wich, an ihren Mann, ihren Sohn und ihre Tochter.

Er lächelte. Er genoss es, der Einzige zu sein, der diese schmutzigen Gedanken hatte. Langsam öffnete er wieder die Augen, sah in den Kamin, aus dem kleine Flammen sprühten.

»Fürchtet euch«, hauchte er in die Luft. »Ich habe die Schablone des Grauens auf euch geworfen.«

6. Kapitel

Wieder einmal erwachte sie vom Licht, das durch den seidigen Vorhang in ihr Zimmer schien. Mehrmals drehte sie sich um, wollte weiterschlafen, zu gut hatte sie sich in ihrem Traum gefühlt. Geflogen war sie. Wie ein Vogel.

Der Schwerelosigkeit war sie ausgesetzt gewesen und ein Luftzug hatte ihre Haare um die Ohren gewirbelt. Gigantisch war es gewesen. Dieses Gefühl wollte sie nicht vergessen. Sie hatte gewollt, dass sich dies alles nicht als Traum erwies, aber als sie die Augen aufschlug, wusste sie, dass die Hoffnung umsonst gewesen war.

Als sie einige Zeit später einfach aufstand, gähnte sie erst einmal laut, streckte die Arme aus und schaute sich in ihrem Zimmer um. Es war ordentlich, wie immer. Unten klapperte ihre Mutter mit dem Geschirr. Sie freute sich auf diesen Tag, ohne zu wissen, warum.

Wochenende – etwas Unglaubliches! Plötzlich überwältigte sie ein Schrecken und riss sie um. Sie schrie laut auf, fiel rücklings aufs Bett. Auf dem Boden waren überall Scherben. Die Puppe war kaputt. Jemand hatte ihr den Kopf abgeschlagen.

Manchmal hatte Robert das Gefühl, dass seine Worte sich selbstständig machten. Er konnte es gar nicht genau beschreiben und es war qualvoll für einen Menschen wie ihn, wenn einem die Worte fehlten. Wo sie doch gemeinsam an einem Ziel, dem Buch arbeiteten.

In anderen Berufen waren es die Sekretärinnen oder die Mitarbeiter, die einem Ratschläge gaben, Kritik äußerten und einen weiterbringen konnten, aber als Schriftsteller brauchte man seine Worte. Robert musste nur auf die Tastatur seiner Schreibmaschine schauen und schon formten sich die Buchstaben vor seinem geistigen Auge zu den passenden Sätzen. Vielleicht konnte er es so einem Außenstehenden beschreiben.

Er betrachtete wieder den Roman, der neben ihm lag und den er eigenhändig gebunden hatte. Heute war es, als wäre eine Barriere in seinem Kopf entstanden. Ihn blendete das Weiß der Seiten und er war zu frustriert darüber, dass er für heute Schluss machte. Wie sollte er sich nur auf die Handlung seines neuen Buches konzentrieren, wenn die Figuren seines abgeschlossenen Romans noch immer in seinem Kopf spukten?

Möglicherweise konnte ihm ja Nils weiterhelfen. Wenn er verstehen würde, was Nils und ihn verband ... Er schlug die Seiten des Kapitels auf, vor dem es ihm graute. Es war eine Art Abscheu, die ihn überfiel, sobald er über Nils' Begierde nach Klara las, und er bekam Angst vor sich selbst. Wie hatte er diese Sätze nur formulieren können?

Sein Vater hatte dieses Bild des Mädchens über das alte Bett im Schlafzimmer aufgehängt. Er hatte ihn dann gerufen, ihm das Bild gezeigt, und als er gefragt hatte, was das Mädchen da mache, hatte der Vater nur die Augen zusammengekniffen, wie er es oft getan hatte, und unheimlich gegrinst.

Nils hatte noch heute das Lächeln des Vaters vor Augen und erinnerte sich daran, wie verständnislos er das tanzende Mädchen in dem hauchdünnen Kleid angesehen hatte.

»Wieso ist die Mama denn jetzt ausgezogen?« Seine eigene Stimme hallte in seinem Kopf.

»Deine Mutter, ja, die ist nun weg, weil sie nicht verstanden hat, was Liebe ist.«

Nils lehnte den Kopf an das Bein seines Vaters.

»Und wieso hat sie gesagt, dass ich mitkommen muss?«

Wieder dieses Lächeln.

»Ich denke, sie hat nicht gewusst, wie viel du mir bedeutest.«

Nils hatte dann gestrahlt und seinen Vater stolz angesehen.

»Ich hab dich lieb, Papa.«

»Ich liebe dich auch, mein Sohn.«

Erst mit fast 15 hatte Nils dann verstanden, dass diese Art von Liebe nicht von der Natur für die Beziehung von Vater und Sohn vorgesehen war. Anfangs wollte er das alles nicht wahrhaben, aber als er auch in der Schule anfing, gehänselt zu werden, weil sein Erzeuger ein Kinderficker sei, musste er sich eingestehen, dass er in dem Haus einer Bestie groß geworden war.

Dass seine Mutter ihn damals alleine zurückgelassen hatte, ohne den wehrlosen Jungen aus den Händen eines Pädophilen zu befreien, hatte er ihr nie verziehen. Dies war auch der Grund, warum er zig Briefe, die er von ihr erhalten hatte, zurückgeschickt hatte. Ungeöffnet.

Eigentlich müsste ein jeder verstehen, wie ein solcher Junge sich nur in die falsche Richtung entwickeln konnte. Denn hieß es nicht schon immer: wie der Vater, so der Sohn?

Mittlerweile war Nils 32 Jahre alt, hatte Deutsch und Chemie studiert und unterrichtete an einem Gymnasium in der Stadt. Jeden Morgen setzte er sich in die Straßenbahn, pfiff leise vor sich hin und war mit dem Gedanken schon in der ersten Unterrichtsstunde. Wer würde wieder seine Hausaufgaben vergessen? Wer würde wieder eine Frage stellen, die er schon tausend Mal beantwortet hatte? Würde irgendwer wieder etwas so Unverschämtes machen, dass ihm der Kragen platzte und er ihn zu der Schuldirektorin verwies?

Von außen betrachtet war Nils ein ganz normaler Mann. Jedoch pflegte er zu seiner Mutter ein äußerst eigenartiges Verhältnis. Allerdings hatte auch er hinzugelernt und er wusste, dass manche Dinge im Schweigen besser aufbewahrt waren.

Innerlich kochte er, während er die Tür aufschloss, um ihr die Hühnersuppe zu bringen, innerlich kämpfte er mit der Wut und dem Hass, während er den Inhalt des Topfes in eine Schüssel füllte und es ihr ans Sterbebett brachte. Er wusste, dass sie todkrank war und nur deshalb konnte er all jene Gefühle verdrängen und ein Sohn für sie sein.

Die Briefe, die er hatte zurückgehen lassen, lagen noch immer ungelesen bei ihr in einer Kiste unter dem Bett.

Nils wusste nicht einmal, ob sie sich noch daran erinnerte. Der Vater saß auch heute noch für all das, was er der kleinen Rosalie angetan hatte, im Gefängnis. Weder über das Mädchen noch über den Vater wurde mehr gesprochen. Das Thema war ein Tabu für seine Mutter. Für ihn war seine Familie gestorben.

Er konnte an keinem Spielplatz mehr vorbeigehen, ohne mit diesem Verlangen bestraft zu werden. Er erkannte in sich seinen Vater wieder und er verstand, dass man nicht dagegen ankämpfen konnte. Es war so für ihn bestimmt. Dass es irgendwann aufhören würde, war unwahrscheinlich.

Ihn quälte der Gedanke an den nächsten Tag, denn auch dieser würde ihn wieder vor die Herausforderung stellen, sie zu unterrichten. Bei einer nämlich war der Drang nach Berührungen am größten. Ein Foto von ihr hatte er in seine Brieftasche gesteckt. Um sich selbst zu therapieren, sich der Folter auszusetzen.

Normale Menschen hatten für diese Form von Liebe kein Verständnis. Sie hassten seinen Vater, also würden sie ihn auch hassen, und das Grausame war, dass er es sogar verstehen konnte. Dafür erinnerte er sich noch zu sehr an seine Kindheit. Er hatte nach und nach immer mehr Furcht bekommen, wenn der Vater ihm auch nur über den Rücken gestreichelt hatte.

Nils wusste nicht, warum es ausgerechnet die kleine Klara war, die mit ihren elf Jahren genau seinen Vorstellungen entsprach. Er stellte sich vor, wie er ihr durch das Haar fahren würde, wie sich ihre Nackenhaare aufstellten, wenn er mit den Händen über ihre Schenkel glitt.

Manchmal waren seine Fantasien so lebendig, dass es ihn schmerzte. Er kannte Klaras Eltern nicht gut genug, um zu wissen, was für Menschen sie waren, aber er war der Meinung, dass sie sie nicht verdient hatten. Niemand hatte sie verdient.

Abends lag er in seinem Bett und musste an sie denken, tagsüber fuhr er mit den Fingern die Buchstaben ihres Namens nach. Sie war den ganzen Tag bei ihm. Wie eine Prägung waren ihre Daten in seinem Hirn eingebrannt.

Einmal war er zum Eiskunstlauftraining gefahren, hatte sie zwei Stunden lang beobachtet. Wie eine Königin war sie über das Eis geglitten, und wäre sie gefallen, hätte er nicht dafür garantieren können, sie nicht aufzufangen. Dass das Mädchen nicht an ihm, einem erwachsenen Mann, interessiert war, gestand er sich niemals ein.

Wenn ihre kleinen, zarten Finger in die Luft flogen, weil sie etwas zu sagen hatte, überfiel ihn die Sehnsucht nach ihrer Stimme, und ehe er sich im Klassenraum nach anderen Freiwilligen umsehen konnte, war ihr Name erklungen.

Nicht selten erwischte er sich selber dabei, wie er verträumt nach draußen sah, sich vorstellte, wie sie hinter dem Fenster stand und ihm winkte.

Anfangs, als Nils klar wurde, dass er anders war, dass er niemals eine gleichaltrige Frau heiraten konnte, dass er niemals Kinder bekommen wollte, hatte er durchaus gelitten, aber dieses Gefühl war fort.

Er hatte verstanden, dass es etwas Besonderes war, was er fühlen konnte, und er hatte auch verstanden, dass sein Vater damals genau diese Gedanken gehabt haben musste.

Er dachte ungern an seine Vergangenheit zurück. Dass sein Vater sich nach denselben Liebesspielen gesehnt hatte, wie er heute, war für ihn abstoßend.

»Liebe kleine Klara, komm doch zu mir«, wisperte er, bevor er schlafen ging. Er konnte kein Mädchen ihres Alters ansehen, ohne diese Sehnsucht zu verspüren. Alle waren für ihn attraktiv, aber Klaras Anziehungskraft wirkte am stärksten. Ihm war klar, dass es keine Liebe mehr war, sondern Verlangen. Wie ein blutdurstiger Vampir, wie eine frischgebackene Mutter, wie ein Marathonläufer im Endspurt, so fühlte er sich. Nils wurde von Tag zu Tag bewusster, dass dieses Streben niemals aufhören würde.

Klara würde älter werden und irgendwann wäre sie erwachsen ... Wenn ihre kindliche Figur, die zarte Stimme und das naive Gedankengut ihr entschwinden würden und aus ihr eine selbstständige Persönlichkeit, eine erwachsene Frau entstand ... Ob seine Begierde dann nachlassen würde? Wäre es dann Zeit für ein nächstes Mädchen, das an Klaras Stelle an sein Herz gefesselt wäre?

Eines stand fest: Bis aus dem engelsgleichen, verspielten Kind eine Dame geworden war, konnte er nicht mehr warten.

Seine Sucht nach ihrer Nähe gehörte in naher Zukunft gestillt.

7. Kapitel

Sie hatte sich ein Bad eingelassen. Das Fließen des Wassers war so laut gewesen, dass der erste Anruf in dem Geräusch untergegangen war. Die Anzeige am Telefon verriet ihr aber, dass es ihn gegeben hatte. Dort stand ganz deutlich: verpasster Anruf!

Sie dachte sich nichts dabei. Vielleicht waren es ihre Eltern gewesen, die wissen wollten, ob alles in Ordnung sei. Vielleicht aber auch ihre Großmutter, die hören wollte, wie es ihnen ging. Es konnten tausend Leute gewesen sein, aber wer auch immer: Wenn es wichtig war, sollte er nochmal anrufen.

Klara steckte ihren Finger in das Wasser. Es war noch zu heiß, um hineinzusteigen. Sie wollte lieber noch ein paar Minuten warten. Lange hatte sie nicht mehr gebadet. Die Zeit war ihr wertvoll. Manche Kinder verbrachten noch viel Zeit beim Spielen, aber sie versuchte auch jetzt schon, mit möglichst viel Engagement bestmögliche Leistungen zu erzielen. Man konnte nicht alles haben. Dass ihr bereits solche reifen Gedanken im Alter von elf Jahren kamen, war ein großer Vorteil, den sie nutzen wollte.

Während sie in Gedanken versunken auf den Schaum sah, der immer höher stieg, nahm sie wieder das Klingeln wahr. Sie rutschte vom Badewannenrand, summte leise eine Melodie und rannte die Treppe nach unten.

Sie meldete sich und wartete auf die Reaktion ihres Gesprächspartners. Erst hörte sie ein Flüstern, aber sie konnte nichts verstehen.

»Hallo?«

Aber niemand antwortete. Die Leitung war tot. Der Anrufer hatte aufgelegt.

Louise ging seit ihrem fünften Lebensjahr zum Handballtraining, das jeden Montag und jeden Mittwoch in der großen Sporthalle neben der Schule stattfand. Heute hatte sie erst weniger Lust gehabt sich aufzumachen, aber letztlich konnte sie nur durch regelmäßiges Trainieren in die Mädchenmannschaft der Schule aufgenommen werden. Die Anforderungen waren hoch. Viele Mädchen waren größer als sie und konnten damit mehr Tore erzielen.

Mit ihrer Sporttasche, die ihr an der Schulter hing, lief sie müde nachhause. Dort würde noch ein Haufen Hausaufgaben auf sie warten, für die sie weder Motivation noch Zeit aufbringen konnte.

Auf dem Display ihres Handys leuchteten ihr die Zahlen der Uhrzeit entgegen und gestresst stellte sie fest, dass sie eigentlich schon hätte daheim sein müssen.

Als sie gerade in die Karl-May-Straße abbiegen wollte, hörte sie etwas. Es klang wie ein Rascheln, aber als sie sich beunruhigt umdrehte, war es verschwunden.

Die Tatsache, dass die Sonne bereits untergegangen war und nur der Mond die Straßen erhellte, machte ihr Angst. Verängstigt schaute sie auf die Straßenlaterne. Die Scheibe war kaputt geschlagen worden und das Licht aus. Sie kniff mit den Händen in ihren Pullover und schaute stur geradeaus. Wieder dieses Rascheln und auf einmal hörte sie auch eine Art Pochen.

»Du bist nicht alleine. Hier wohnen überall Leute«, wisperte sie sich zu, aber die Worte schenkten ihr keine Beruhigung.

»Weißt du, wie viele Kinder im Jahr entführt werden? Die meisten Täter stammen aus ihrem Umfeld. Jeder noch so harmlose Nachbar könnte sich also im Nachhinein als Vergewaltiger herausstellen ... Gruselig, oder?« Als stünde ihre Freundin direkt neben ihr, so real wirkten diese Worte auf sie. Verstohlen blickte sie durch das Fenster eines Hauses in einen schwach erhellten Raum. Was sich dahinter wohl abspielte? Möglicherweise wurde hinter diesen Mauern gerade ein kaltblütiger Mord begangen ...

»Ach was«, dachte sie. »Ich sehe mal wieder Gespenster.« Sie zwang sich an etwas anderes zu denken, aber umso mehr sie diese gruseligen Gedanken zu verdrängen versuchte, desto klarer wurde ihr: Das Pochen, das Rascheln und die Schritte, die jetzt auf dem asphaltierten Grund hallten, waren keine Einbildungen.

Jemand verfolgte sie! Panische Angst machte sich in ihr breit. Sie kannte diese Situation nur aus dem Tatort, den ihre Eltern manchmal sahen, und schon dort hatte sie sich jedes Mal vor Aufregung unter der Decke versteckt, weil sie die Anspannung nicht ertragen konnte.

Sie merkte, wie sie automatisch schneller lief. Am liebsten wollte sie rennen, aber sie hatte Sorge, dass ihr Verfolger seinen Schritt dann auch beschleunigte. Er durfte nicht wissen, dass sie ihn bemerkt hatte, denn wohlmöglich würde er sie dann schnappen.

Sie versuchte sich einzureden, dass es auch ein harmloser Passant sein konnte. Es war erst neun Uhr. Da war es nicht ungewöhnlich, dass der ein oder andere noch auf den Straßen unterwegs war. Aber wer schlich so unauffällig herum, wenn er nichts Kriminelles im Sinn hatte?

Ihr Herz klopfte so laut, dass sie es hören konnte. Ihr Puls raste und sie wusste: Die Angst, die sie spürte, war nicht vergleichbar mit der, die sie beim Krimischauen gehabt hatte. Diese Angst war Todesangst!

»Alles wird gut«, sagte sie sich leise, weil sie Ruhe bewahren musste. Warum war sie nicht mit dem Bus gefahren? Dort wäre sie nicht alleine. Es waren noch gut fünf Minuten, bis sie zuhause war, aber sie konnte erahnen, dass diese kurze Zeit ihr zum Verhängnis werden konnte.

Sie zitterte am ganzen Körper. Wenn sie doch nur bei ihren Eltern anrufen könnte ... Jedoch wagte sie es nicht, in die Tasche zu greifen, um ihr Handy herauszuholen. Noch nie in ihrem Leben hatte sie sich so gewünscht, auf jemanden zu treffen, der ihr vertraut war.

»Gleich ist es geschafft. Gleich bist du zuhause.«

Ihre Knie wurden ganz weich und jeder Schritt, den sie machte, fiel ihr schwer. Es fühlte sich an, als wäre jede Kraft aus ihrem Körper entwichen. Wenn ihr Verfolger sie wenigstens angreifen würde, dann könnte sie wegrennen. Aber solange er einfach nur hinter ihr herlief, brachte sie nicht genügend Mut auf, es zu tun.

Plötzlich hörte sie ein Geräusch. Ihr war etwas aus der Tasche gefallen und sie würde sich bücken müssen. Sie blieb stehen und schaute sich suchend auf dem Boden um. Eigentlich wollte sie lieber weitergehen, aber was, wenn es etwas Wichtiges gewesen war? Ihr blieb keine Zeit zum Überlegen und die Dunkelheit war zu mächtig, um den Verlust zu identifizieren.

Etwas blinkte an der Bordsteinkante. Sie bückte sich rasch, griff danach und stellte entsetzt fest, dass es nur der Verschluss einer Bierdose gewesen war. Weil sie wissen wollte, wie viel Abstand sie noch hatte, sah sie sich um. Sie hatte plötzlich gar nicht mehr richtig nachgedacht, der Deckel hatte sie abgelenkt.

»Oh Hilfe.« Sie dachte, ihr Herz bliebe stehen, aber eine Sekunde später stellte sie fest, dass sie sich geirrt hatte: Sowohl der Bürgersteig als auch die Straße waren menschenleer.

Erleichtert, aber immer noch zittrig, zog sie ihre Tasche enger an den Körper und lief weiter. Auch wenn der Verfolger niemals existiert haben mochte, wollte sie schnellstmöglich zuhause sein. Denn auch wenn es dort nicht so harmonieerfüllt war, wie sie es sich wünschte, war sie vor bösartigen Kreaturen in Sicherheit.

Völlig aufgelöst, mit zerzausten Haaren, einem schweißnassen Hemd und laut keuchend stürmte sie durch die Tür. Im Flur ließ sie sich dann erleichtert auf den Boden fallen.

»Ich lebe.« Kurzatmig stieß sie die Worte hinaus. Sie konnte ihr Glück kaum fassen. Aus dem Wohnzimmer drangen Laute. Es waren ihre Eltern. Die Tonlagen waren gereizt. In diesem Moment war ihr sogar das egal. Sollten sie sich doch fertigmachen ... Hauptsache, sie war am Leben.

Es vergingen bestimmt fünf Minuten, die sie einfach damit verbrachte, auf den Fliesen zu liegen. Sie fragte sich, ob sie sich das Ganze tatsächlich nur eingebildet hatte. War sie wirklich so ein Angsthase, dass sie Gespenster sah?

Verzweifelt fuhr sie durch ihre Haare. Sie konnte ihren Bruder förmlich lachen hören, wenn sie ihm die Geschichte erzählen würde.

Auf einmal wurde ihr klar, dass sie dies nicht tun würde. Auch wenn Lars immer für sie da wäre, wollte sie in seinen Augen nicht mehr das kleine Mädchen sein. Sie wollte von ihm ernst genommen werden. Die Gefahr, der sie gerade entkommen war, war ihr nicht mehr bewusst.

Erschöpft setzte sie sich auf ihr Bett, ließ die Tasche auf den Boden fallen und schloss die Augen. Sie war todmüde.

Ein paar Minuten verstrichen, in denen sie keine Regung zeigte. Dann quälte sie sich vom Bett und ging ins Badezimmer.

Im Spiegel sah ihr eine unvertraute Person entgegen. Blass, mit dunklen Ringen unter den Augen und herunterhängenden Mundwinkeln. Mit einem Waschlappen rubbelte sie ihr Gesicht sauber und putzte sich schnell die Zähne. Ihr Herz klopfte immer noch ganz schnell, und als sie durch das Badezimmerfenster nach draußen sah, bekam sie erneut Gänsehaut.

Dunkelheit war schon etwas Gruseliges. Tagsüber lief man einfach durch die Gegend und verschwendete keinen Gedanken an Verbrechen, und sobald der Himmel die Farbe von Tinte annahm, fürchtete man sich beim leisesten Geräusch.

Louise erinnerte sich noch genau an einen Abend, an dem sie vor Angst beinah gestorben wäre. Sie war damals knapp zehn Jahre alt gewesen, und als ihre Eltern zu einem Restaurantbesuch aufbrachen und ihr Bruder bei einem Freund übernachtete, hatte sie sich strikt geweigert, auswärts zu schlafen.

»Ich kann doch auf mich selber aufpassen«, hatte sie gesagt.

Ihr Vater hatte gelacht und ihr über den Kopf gestrichen. »Wir werden früh zurückkommen.«

Dass ausgerechnet an diesem Abend ein Unfall passieren würde und ihre Eltern fast zwei Stunden im Stau verbrachten, hatte zu dieser Zeit niemand ahnen können.

Anfangs hatte Louise sich vor den Fernseher gesetzt und einen Film geschaut, aber als dort der Abspann lief, hatte sie sich nicht mehr getraut, an dem großen Fenster neben der Treppe vorbeizulaufen, weil sie sich einbildete, einen Schatten zu sehen. Zusammengekauert und völlig verstört hatten ihre Eltern sie dann gegen 22 Uhr im Wandschrank aufgefunden.

Noch heute konnte Louise manchmal diese Angst spüren. Jedenfalls war sie seither nie mehr abends alleine geblieben. Ihre Eltern akzeptierten das. Solange sie sich unsicher fühlte, sollte sie das lieber lassen. Sie selber ärgerte sich nicht selten über ihre Ängstlichkeit.

Mehrmals hatte sie bereits versucht, sich zu überwinden, indem sie sich nachts in den Garten gestellt oder heimlich im Internet Horrorfilme gesehen hatte. Wie in einer Therapie war es ihr Ziel gewesen, sich mit den Ängsten zu konfrontieren. Die Folgen davon waren tränenreiche Nächte gewesen, von denen jedoch niemand wusste.

Mit einer Bürste kämmte sie ihre langen blonden Haare durch, schlüpfte dann in ihr Nachthemd und zog sich schließlich in ihr Zimmer zurück. Anstatt sich jedoch ins Bett zu legen, durchforstete sie ihr Bücherregal nach etwas Lesbarem. Zu aufgewühlt war sie, um nun einschlafen zu können.

Mit Daumen und Zeigefinger holte sie ein Buch heraus, blätterte vorsichtig darin und überlegte. Die Zusammenfassung klang nicht gerade interessant, deshalb zog sie den danebenstehenden Roman hervor. Sie hatte ihn zu Weihnachten geschenkt bekommen und er war immer noch ungelesen.

Mit einer Taschenlampe in der anderen Hand, setzte sie sich auf ihr Bett, zog die Bettdecke über die Oberschenkel und legte das Buch ab, in der Hoffnung, nach ein paar Seiten besser einschlafen zu können, begann sie zu lesen. Jedoch brauchte es nicht lange und ihr fielen auch schon die Augen zu.

8. Kapitel

Julia Freis saß in ihrem Auto und schaute müde durch die Windschutzscheibe. Es war ein anstrengender Tag gewesen und sie merkte immer mehr, wie sie die Arbeit als Tierärztin belastete.

Zu oft sah sie mit an, wie Kinder ihre Tiere unter Tränen verabschieden mussten, bevor sie nach einer letzten Spritze für immer einschliefen. Vielleicht war dies auch der Grund dafür gewesen, warum sie sich anfangs dagegen gewehrt hatte, ein Haustier für ihre Tochter Klara und ihren Sohn Benjamin anzuschaffen. Aber es war die Liebe zu ihrer Familie, die diese Sorge in den Hintergrund gestellt und sie anders hatte handeln lassen.

Mittlerweile hatten sie den kleinen Kater Puck auch mehr in ihr Herz geschlossen, als Julia lieb war, denn sie wusste: Auch seine Zeit würde irgendwann ablaufen. Sie hoffte inständig, dass dies erst geschehen würde, wenn die Kinder aus dem Haus waren und sie die intensive Beziehung zu dem Tier verloren hatten.

Dass der Tod des Vierbeiners allerdings so nah war, konnte auch sie nicht ahnen, bevor sie das Tier wenige Tage später regungslos mit einer tödlichen Dosis Rattengift auffand.

Ihre Mutter schien den Vorhang zugezogen zu haben, denn als Louise am nächsten Morgen erwachte, war es schon fast 12 Uhr. Sie wusste nicht, ob sie in ihrem Leben schon einmal so lange geschlafen hatte, denn normalerweise wurde sie wach, sobald sich der Raum mit Licht füllte. Meist vergaß sie abends das Zimmer abzudunkeln, was sich dann am frühen Morgen rächte.

Auch wenn es schon so spät war, blieb das Bett eine Art Magnetfeld, das sie nicht loslassen wollte. Louise gähnte laut, räkelte sich und war mit den Gedanken noch bei dem, was sie in der Nacht geträumt hatte.

Schön war ihr Traum gewesen. Sie war mit einem Delfin im Indischen Ozean geschwommen. Ein Blick auf ihren Nachtisch ließ sie verstehen. Der Wellenreiter. Das Buch, das sie vergangenen Abend noch gelesen hatte.

»... Wie ein Fisch glitt das Mädchen durchs Wasser und ein jeder, der sie sehen konnte, musste sich fragen: Wer ist das Mädchen, dessen Bewegungen einem Tier des Ozeans gleichen?

Als sich plötzlich der Himmel verdunkelte, es anfing zu gewittern und die Natur den Menschen wieder einmal unter Beweis stellte, dass sie mächtiger war als alles andere, war es nur ein Junge namens Simon, der den Fischschwanz sehen konnte. Und ehe Simon einen klaren Gedanken fassen konnte, hatte ein Delfin, der in der Dunkelheit wie ein Seeungeheuer wirkte, die Meerjungfrau hinter sich hergezogen und in der Tiefe des Meeres verschluckt.«

Louise las sich die ersten Zeilen des Buches noch einmal durch und schmunzelte. »Die Meerjungfrau«, lächelte sie, während sie das Bild ihres Traumes im Kopf hatte. »Ich war die Meerjungfrau.«

Sie schüttelte gedankenversunken den Kopf. Träume waren schon etwas Verrücktes. Nachts schien einem alles so einfach und logisch, was am Morgen große Verwirrung auslöste.

Sie schaute in ihren Schrank, zog einen Rock heraus und musterte ihn. Ob das Wetter mitspielte? Sie öffnete das Fenster, hielt das Gesicht nach draußen und atmete ein und aus.

Am Himmel strahlte die Sonne und die Luft war warm. Freudig griff sie nach einem einfarbigen T-Shirt und zog sich an.

Als sie auf dem Weg nach unten an einem Spiegel vorbeilief, lächelte sie sich an. Heute gefiel sie sich schon viel besser. Der Schlaf hatte ihr nach dem Schrecken am gestrigen Abend mehr als gutgetan.

»Guten Morgen«, rief sie, als sie die Küche betrat.

»Hey, du Schlafmütze.« Ihre Mutter stand vor der Küchenablage und las ausgiebig in der Zeitung. Dabei mümmelte sie an einem trockenen Brötchen. »Du kannst dir was aus der Tüte nehmen«, murmelte sie.

Die ließ sich das nicht zweimal sagen. Hungrig biss sie in ein Croissant und sah nach draußen. »Wahnsinn! Erst April und schon so einen Sonnenschein.« Sie freute sich riesig darüber.

»Wo ist Papa?«, fragte sie, weil ihr die Vorstellung gefallen würde, mit ihren Eltern und Lars eine Fahrradtour zu machen. Sie bekam keine Antwort. »Mama?«, fragte sie nach. Endlich schaute diese auf.

»Wo ist Papa?« Weil ihre Mutter trotzdem keine Anstalten machte, ihre Frage zu beantworten, stellte sie diese erneut.

»Weg.«

»Weg?«

»Er ist gestern Abend schon weggefahren. Ich dachte, du hättest das mitbekommen.« Ihre Mutter schien das überhaupt nicht zu stören.

»Nein. Ich habe geschlafen. Wohin ist er denn?« Verständnislos sah sie ihre Mutter an. Die zuckte nur mit den Schultern.

Da kam Leben in Louise. »Kannst du mir vielleicht mal sagen, was hier los ist?«

Katrin biss erneut in ihr Brötchen.

»Die beiden haben sich gestritten.« Louise zuckte zusammen. In erster Linie, weil sie nicht mitbekommen hatte, dass ihr Bruder die ganze Zeit auf dem Sofa gesessen und das Gespräch zwischen Louise und ihrer Mutter belauscht hatte.

Erst dann wurde ihr klar, was Lars gerade gesagt hatte. »Ihr hattet Streit und jetzt ist Papa WEG?«

Endlich zeigte ihre Mutter Bewegung. »Er beruhigt sich schon wieder.« Sie lief zum Kühlschrank und holte den Orangensaft heraus. Während sie sich ein Glas einschenkte, fuhr sie sich durch die Haare.

Lars grinste wütend. »Und wenn nicht, dann haben wir wenigstens nur noch ein Elternteil, das uns enttäuschen kann.«

Er biss sich auf die Zunge. Eigentlich hatte er sich zusammenreißen wollen, damit Louise sich nicht noch mehr Sorgen machte.

Entsetzt sah Louise ihn an. »Du meinst, er kommt nicht mehr wieder?«

Lars schwieg. Besser sagte er jetzt nichts mehr.

»Unsinn«, rief Katrin. »Natürlich kommt er wieder. Wir hatten nur eine kleine Meinungsverschiedenheit. Nach einer Nacht im Hotel kriegt er sich wieder ein.«

Louise fragte erst gar nicht nach, warum die Eltern sich gestritten hatten, denn so genau wollte sie es nicht wissen. Als hätte ihr Croissant in diesem Moment an Geschmack verloren, vermittelte es den Eindruck, auf Pappe zu beißen. »Ich bin satt«, murmelte sie und legte es zurück.

Eben hatte sie noch kurz überlegt, ihren Eltern von dem schrecklichen Abend zu erzählen, aber die Stimmung war nicht passend dafür. Niemand würde sie in diesem Moment ernst nehmen. Louise schämte sich plötzlich gewaltig, denn schon seit Wochen kam ihr immer wieder der Wunsch, weit weg von ihrer Familie zu sein. Früher hatte sie sich manchmal gewünscht, bei ihrer besten Freundin einziehen zu dürfen. Nachdem sie bei dieser zuhause gewesen war und die dort herrschende Idylle kennen gelernt hatte, war es doch nicht verwerflich, dass sie ihre eigenen Eltern hatte austauschen wollen.

Genau das hatte sie sich jedoch nächtelang vorgeworfen. Wie eine Verräterin hatte sie sich gefühlt. Waren diese Gedanken denn so falsch gewesen? Trübsal blasend lief sie im Flur auf und ab. Wann endlich würde ihr Vater kommen? Immer wieder warf sie einen Blick aus dem Fenster. »Wo bist du nur?«, flüsterte sie leise. In ihr herrschte Unruhe. Las man nicht so oft von Autounfällen mit Toten? Was, wenn ihm etwas passiert war? Vielleicht war er am gestrigen Abend auf der Autobahn verunglückt. Hätte die Polizei sie dann nicht schon benachrichtigt? Wie lange dauerte es wohl, bis diese die Angehörigen ausfindig gemacht hatten?

Sie schüttelte den Kopf. Schon wieder hatte sie sich in eine Sache unbegründet hineingesteigert.

Als sie einen Schatten vor der Haustür sah, war es schon fast halb zwei. Sie hatte fast die ganze Zeit auf der Treppe gesessen und gewartet. Endlich! Sie sprang auf, hastete zur Tür und riss sie auf.

»Wo warst du?« Ihr kullerten die Tränen aus den Augen. Ihr Vater stellte seine Tasche ab und nahm sie in den Arm. Louise war ihm lange nicht mehr so nah gewesen. Diesmal konnte sie sein Herz klopfen hören.

»Papa ist da!« Sie wusste nicht, wie ihre Mutter reagieren würde, aber trotzdem wollte sie es sie wissenlassen.

Tatsächlich kam diese aus der Küche. »Ach«, sagte sie mit einem gereizten Unterton.

»Komm schon her!« Ihr Vater lächelte vage und winkte ihr zu. Diesmal nahm er ihre Mutter in den Arm. Louise wusste nicht, wann sie zuletzt gesehen hatte, dass ihre Eltern sich umarmten.

Sie schliefen nachts in einem Bett, aber Louise wusste genau, dass sie dies nur noch taten, weil keiner von ihnen sich eingestehen wollte, dass all jene Gefühle von damals verschüttet worden waren.

Louise wischte sich die Tränen weg und sah verlegen zu ihren Eltern. Sie hörte, wie ihr Vater etwas flüsterte, aber es schien nur für ihre Mutter bestimmt zu sein, denn diese lächelte ihn versöhnlich an.

Die Wut war verschwunden. Lars hatte Unrecht gehabt. Natürlich war ihr Vater zurückgekommen. Sie fragte sich, wie sie nur daran hatte zweifeln können. Er gehörte doch trotz allem irgendwie hierher.

Viele ihrer Freundinnen hatten getrennte Eltern, und auch wenn ihre Klassenkameradin Theresa einst zu ihr gesagt hatte, sie fände es nicht tragisch, dass ihre Mutter alleinerziehend war, konnte sich Louise ein Leben ohne ein Elternteil nicht vorstellen.

»Er ist wieder da«, rief sie in das Zimmer ihres Bruders hinein.

»Wer?« Verwirrt sah Lars von seinem Handy auf.

»Papa natürlich.«

»Ja dann ist doch alles prima.« Sie kannte ihn nur zu gut, um zu wissen, dass seine Freude vorgetäuscht war. Wie konnte ihm das Ganze nur so gleichgültig sein?

Katrin musste zugeben, dass sie erleichtert war. Auch wenn in ihrer Ehe mit Christoph nicht immer alles so glatt lief, wusste sie, dass tief in ihr drin noch Gefühle für ihn waren.

Manchmal tat es ihr auch weh, nicht zu wissen, wie er noch zu ihr stand. Manchmal wünschte sie sich so sehr, dass er ihr noch einmal sagte, dass er sie liebte. Genau wie damals, als sie in ihrem weißen Kleid vor dem Altar gestanden hatte.

Sie atmete einmal tief ein und aus und pustete sich eine lästige Haarsträhne aus dem Gesicht.

An jenem Tag, an dem die beiden sich ihr Ja-Wort gaben, überfiel sie immer wieder die Sehnsucht nach seinen Berührungen. Sie hätte ihn vor der ganzen Welt geküsst und fragte sich, warum sie mittlerweile gehemmt war, ihn auch nur zu umarmen. Zwischen ihnen beiden war nichts mehr wie früher. Die Arbeit hatte sie verändert. Damals hatten sie sich Zeit füreinander genommen. Wenn einer von ihnen reden wollte, hatten sie stundenlang zusammengesessen und waren zu einer Lösung gekommen. Die Arbeit hatten ihnen diese Momente geraubt.

Sie musste zugeben, dass es sich gut angefühlt hatte, ihn zu umarmen. Liebevoll hatte er ihr über den Rücken gestrichen und es war, als wäre die Zeit 20 Jahre zurückgedreht worden.

»Ich hab euch vermisst«, hatte er ihr zugeflüstert.

Genau diese Worte hatte er benutzt und sie hatten ein solches Kribbeln in ihr erzeugt, dass sie fast über sich selbst lachen musste. Gehörten solche Gefühle nicht in die Teenagerzeit?

Eines stand jedenfalls fest: Es hatte sich gut angefühlt. So gut, dass sie ihn am liebsten festhalten wollte. Jedoch wollte sie ihn keinesfalls bedrängen. Sie wollte nicht die sein, die mehr liebte. Es musste mindestens Gleichstand sein ...

Er war einen Schritt auf sie zugegangen, lag es nicht nun an ihr, etwas zu unternehmen, was ihm zeigte, dass er ihr noch etwas bedeutete?

Ehe Christoph wusste, wie ihm geschah, hatte er sie in den Arm genommen. Tatsächlich hatte es sich gut angefühlt. Der Streit war vergessen, zumindest hatte niemand von ihnen noch ein Wort darüber verloren. Dies hatte ihn sehr erleichtert. Manchmal wusste er gar nicht warum, aber dann waren sie einfach zu gereizt, zu gestresst, um etwas herunterzuschlucken.

Oft ärgerte er sich nachher über sich selbst, aber er konnte absolut nichts dagegen machen. Die Arbeit nahm ihn zu sehr ein. Er blickte sich in seinem Arbeitszimmer um. Katrin hatte sich in die Küche gestellt und angekündigt, etwas Leckeres zu kochen. Manchmal wünschte Christoph sich an den Punkt zurück, als sie noch eine richtige Familie waren. Eine, die einander zuhörte, die sich brauchte.

Er sah durch die angelehnte Tür, wie Louise die Treppe hinunter kam. Sie hatte Sissi über ihre Schulter gelegt. Er lächelte in sich hinein. Bei ihr hatte er noch nicht versagt. Für sie war noch nicht alles zu spät. Er musste nur endlich verstehen, dass er nicht nur Anwalt, sondern auch Vater war.

9. Kapitel

In ihren Morgenmantel gehüllt, huschte sie durch den Flur. Keinesfalls wollte sie von der lästigen Nachbarin gesehen werden, die es sich zur Angewohnheit gemacht hatte, vom gegenüberliegenden Fenster aus ins Haus zu schauen. Ehe Julia sich fertigmachte, musste sie einfach einen Blick in die Tageszeitung werfen.

Schon oft genug waren die aktuellen Nachrichten bei ihr zu kurz gekommen, sodass sie erst durch ihre Assistentinnen erfahren hatte, was in der Welt passiert war. Rasch zog sie die Zeitung aus dem Briefkasten, schlug sie auf und blätterte ein wenig in ihr herum. Eigentlich wollte sie nur zu dem Politik teil kommen, aber irgendetwas ließ sie die Todesanzeigen überfliegen.

Plötzlich gefror ihr das Blut in den Adern. Sie las den Namen ihres Mannes. Philipp Freis, gestorben am 4. April 2014. Sie riss die Augen auf. Der Tag war heute.

Lars hatte über das Wochenende eine Menge Hausaufgaben aufbekommen, die förmlich danach schrien, gemacht zu werden. Es war nicht so, dass er faul war, aber trotzdem gab es Tage, an denen die Motivation weit in den Keller sackte.

Als er auf die Uhr sah, stellte er fest, dass er den ganzen Tag hauptsächlich in seinem Zimmer verbracht hatte. Hier und da mal eine Seite gelesen, ein paar Nachrichten ver-schickt oder im Internet gesurft. Die Zeit war wie im Fluge vergangen und viel zu schnell Nachmittag geworden. Plötz-lich fühlte er sich gestresst, sah sich in seinem Zimmer um und beschloss erst einmal für Ordnung zu sorgen.

Der Boden war mit Kleidungsstücken übersät, Schulbücher fanden sich an Orten wieder, wo sie nichts zu suchen hatten, und längst gelesene Zeitschriften flogen hier und da herum. Er wusste, dass spätestens am nächsten Morgen, wenn seine Mutter im Zimmer durchsaugen wollte, die regelmäßige Diskussion stattfinden würde: »Wieso tobt hier schon wieder das Chaos?«

Genervt fegte er ein Fußballmagazin unters Bett, stapelte die Bücher zu einem Haufen und beförderte die getragenen Anziehsachen in die Wäschetruhe im Badezimmer.

Lars atmete tief aus, kratzte sich am Kopf und überlegte, ob sein Zimmer wohl nun dem Anforderungsprofil seiner Mutter entsprach. Wohl kaum, dachte er und legte sich auf den Boden, um die Zeitschriften wieder unter dem Bett hervorzuholen. Das Versteck war zu offensichtlich und sah ihm einfach zu ähnlich, als dass seine Mutter es durchgehen ließe.

Während er versuchte, an die Zeitschriften zu kommen, die er noch gerade mühsam verstaut hatte, entdeckte er seinen Hausaufgabenplaner, den er vor einigen Tagen aus Wut über eine schlecht ausgefallene Klausur dort hingeworfen hatte.

Allein der Anblick genügte, ihm ein schlechtes Gewissen einzujagen und sich daran zu erinnern, was er noch alles erledigen musste. Seit Tagen wartete eine Lektüre für den Deutschunterricht, die er widerwillig hatte bestellen müssen, in der Buchhandlung auf ihn.

Er verzog das Gesicht, warf erneut einen Blick auf die Uhr, als sei seit dem letzten Mal schon viel Zeit vergangen. Hektisch griff er nach einem Geldschein, den er als Notgeld an seine Pinnwand geheftet hatte, steckte ihn in die Hosentasche und verließ das Zimmer. Das Aufräumen musste dann doch noch warten. Schule geht vor. Er schmunzelte. Wer hätte gedacht, dass er diesen Spruch doch nochmal brauchen würde ...

Die Luft war glücklicherweise warm. Er brauchte keine Jacke mitzunehmen, denn sein T-Shirt und der dünne Strickpulli reichten bei dem Sonnenschein aus. Zu seiner Freude war er dem gemeinsamen Essen entkommen, das seine Mutter zubereitet hatte. Er hatte ein Gefühl in seinem Bauch, das eindeutig Hunger bedeutete, ignoriert und war an den gefüllten Kochtöpfen vorbei ins Freie gegangen.

»Ich habe es eilig.«

Seine Mutter hatte irgendwie enttäuscht ausgesehen, die Augenbrauen leicht nach oben und die Mundwinkel hinuntergezogen. Aber das war ihm egal. Wenn es ihm nicht gut ging, zeigte auch niemand Interesse.

Wie du mir, so ich dir. Die Worte klangen für ihn mehr nach dem Titel eines Thrillers, aber sie passten einfach zu dem, was er gerade dachte.

Er steckte die Hände in die Hosentasche, lief im zügigen Schritt die Straße entlang in Richtung Straßenbahn und überlegte, was er mit seiner kleinen Tour durch die Stadt alles verbinden konnte.

Er könnte seine Schuhe vom Schuster abholen. Bei denen war die Sohle leicht gelöst und seine Mutter hatte sie vor über einer Woche dort abgegeben, den Abholzettel in seine Hosentasche gesteckt.

Außerdem könnte er im Supermarkt neues Katzenfutter kaufen. Anfangs war er sich immer seltsam vorgekommen, wenn er bepackt mit Toilettenpapier und Waschmittel an der Kasse gestanden hatte, in einer Schlange von Menschen, die im Normalfall mindestens über 30 waren. Mittlerweile war er daran gewöhnt. Ihre Eltern hatten einfach nicht mehr genug

Zeit um die Familieneinkäufe regelmäßig zu erledigen, und so blieb dies oft an Louise oder ihm hängen.

Die letzten Meter musste er sprinten, denn die Anzeige, die er von Weitem sehen konnte, zeigte an, dass die nächste Bahn in der kommenden Minute vorfahren würde.

Für ihn als trainierten Handballer waren die paar Meter eigentlich kein Problem, aber als er dann die Treppe zum Bahnsteig hochgerannt war, hastig den Knopf zum Öffnen der Türen gedrückt und sich in letzter Sekunde bei der Platzwahl gegen einen kleinen Jungen durchgesetzt hatte, musste er erst einmal durchatmen.

»Geschafft«, keuchte er und sah sich in seinem Wagon um.

Am Wochenende waren die öffentlichen Verkehrsmittel selten voll, aber heute schien es, als hätte das tolle Wetter den Menschen die Lust zum Shoppen geschenkt. Tatsächlich stiegen auch die meisten von ihnen an seiner Haltestelle aus, sodass er sich an zwei dicklichen Frauen nach draußen vorbeidrängeln musste, ehe der Bahnfahrer die Türen wieder geschlossen hatte.

Erleichtert lief er dann in Richtung Einkaufsmeile. Zuerst wollte er sein Buch abholen, bevor er es vergaß. Er steuerte die Buchhandlung an, drückte die Tür auf und erschreckte sich leicht, als eine Glocke seinen Eintritt ankündigte.

»Guten Tag.« Ein Mädchen, sie war höchstens so alt wie er, mit braungelockten Haaren und einem lockeren Seitenzopf, lächelte ihm entgegen. Arbeitete sie tatsächlich schon hier? Ja, sie trug ein Schild. Lars traute sich aber nicht den Namen abzulesen, da er keinen Blick auf ihren Oberkörper wagen wollte.

»Kann ich behilflich sein?« Ihr Lächeln verwandelte sich in ein Strahlen, und als sie auf ihn zukam, fiel sein Blick auf ihre Ohrringe. Sie waren recht groß, hatten die Farbe von Moos und wackelten lustig, wenn sie sich bewegte.

»Ich möchte gerne eine Lektüre abholen. Ich habe es auf den Namen Wich bestellt. Ich bin übrigens Lars.« Eigentlich war es absolut nicht seine Art, so direkt die Initiative zu ergreifen. Normalerweise wartete er schüchtern ab, beobachtete die Mädchen und suchte dann das Gespräch. Aber hatte er nicht letztens noch gehört, dass Mädchen es sexy fanden, wenn Jungs sich etwas zutrauten? Ich bin mutig, ich bin mutig. Die Worte pulsierten in seinem Kopf.

»Stella.« Sie lächelte. Sie lächelte? Ja! Tatsächlich. Dann ging sie zu einem Regal, das hinter der Kasse stand, fuhr langsam über den Rücken der einzelnen Bücher und studierte die Titel.

»Ah. Da haben wir es ja. Das macht dann 7,99.«

Er zuckte zusammen. Plötzlich war er so in Gedanken gewesen, dass er gar nicht mehr aufgepasst hatte.

»Ähm.« Schnell griff er in die Hosentasche, in die er eben noch das Geld eingepackt hatte. Sein Herz begann zu poltern. Der Schein war weg. Hastig durchforstete er die anderen Taschen, merkte, wie ihm das Blut in den Kopf stieg und er knallrot wurde.

Er wollte gerade verzweifelt den Schwund melden, da erfasste er etwas in seiner hinteren Hosentasche. Erleichtert atmete er durch. Schon als kleiner Junge hatte er sich vor einer solchen Situation gefürchtet. Tausend Mal hatte er die Münzen gezählt, ehe die Einkäufe auf das Band gelegt wurden.

Immer großzügig hatte er die jeweiligen Preise zusammengerechnet und trotzdem jedes Mal mit großer Anspannung vor der Kasse gestanden.

Stella sah ihn fragend an. »Hier, bitte.«

Sie nickte dankend, öffnete die Kasse und wechselte den 10-Euro-Schein. Lars' Herz polterte immer noch in einem rasanten Tempo. So als würde der Takt mit der Wanduhr um die Wette stolpern. Denn Lars hatte plötzlich den Eindruck, als verginge auch die Zeit schneller und schneller. Er wollte am liebsten noch bleiben, Zeit mit dem Mädchen verbringen.

»Ich suche noch ...«

Nein, eigentlich suchte er überhaupt nichts. Jedoch war ihm gerade der Einfall gekommen, dass er noch nach einem Buch suchen konnte. Das würde ihm nicht nur ein Lob seiner Mutter bringen, sondern auch mehr Zeit mit Stella. Diese sah auf die Uhr, biss sich auf die Lippe und murmelte dann: »Wir schließen jeden Augenblick.«

Auch Lars sah auf die Uhr. »Mist«, dachte er. Da traf er einmal auf ein nettes Mädchen und schon machte das Schicksal ihm einen Strich durch die Rechnung. Manchmal hatte er wirklich das Gefühl, jemand hätte es auf ihn abgesehen. Irgendetwas Übernatürliches? »Ach was«, schimpfte er leise.

Stelle sah ihn verwirrt an. »Doch. Es tut mir leid. 18 Uhr ist Ladenschluss. »

Das Blut schoss ihm in den Kopf. »Ach so. Nein. Ich habe etwas anderes gedacht.« Er lächelte verlegen. Was musste Stella nur von ihm denken? Erst machte er so ein Drama wegen des Geldes und dann dachte er auch noch laut? Nichts wie weg, befahl er sich. Aufgeregt drückte er den Bucheinband gegen die Brust, schirmte die Hand vor die Stirn, um von der Sonne nicht allzu geblendet zu werden, und drehte sich um.

»Man sieht sich.« Mit diesen Worten verließ er den Buchladen.

Als Lars das nächste Mal auf das Display seines Handys sah, zeigte die Anzeige bereits 18:02 Uhr. Ungläubig betrachtete er die leuchtenden Zahlen. So schnell war die Zeit tatsächlich vergangen?

Die Passanten waren in Gespräche verwickelt, lachten über Witze und genossen das schöne Wetter. Und er ... er musste die ganze Zeit an Stella denken. Plötzlich wollte er dringend weg. Unbedingt nachhause. Nachdem Lars außer Sichtweite war, spurtete er los.

In seiner Eile vergaß er völlig, dass er noch hatte einkaufen wollen. Die Welt fühlte sich leicht an. So als würde Lars über dem Grund schweben. Wie schön alles sein konnte. Stella und er. Er wollte nicht mehr von ihr getrennt sein, das Leben ohne sie verbringen. Wahnsinn, dachte er. Wie ein so kleiner Moment einen packen und das Gleichgewicht des Lebens außer Kraft setzen konnte. Die ganze Zeit musste er an ihre Augen denken. Wie sie gestrahlt hatten.

Mit Stella würde er glücklich werden. Mit Stella würde er an das Ende dieser Welt gehen. In seinem Bauch schwirrte alles. Es war das Glück, das sich heimlich in ihm verlaufen hatte. Lars merkte, wie er immer schneller lief. Jedoch wäre er am liebsten wieder zurückgekehrt. Zurück zu Stella, zurück zu dem perfekten Leben. Lars hatte sich oft Gedanken über die Zukunft gemacht. Darüber, wie alles werden sollte. Aber nun machte alles einen Sinn.

Er wollte mit Stella glücklich werden. Kinder kriegen. Sich um diese sorgen und immer für sie da sein. Er wäre ein guter Vater. Da war Lars sich sicher. Vatersein bedeutete Verantwortung übernehmen, Liebe zeigen und immer füreinander da sein. Eines Tages wäre er dafür bereit, da war Lars sich sicher. Er wollte, dass seine Kinder glücklich werden würden, genauso wie sie es verdienten. Immer wieder musste Lars daran denken, wie er sich über Stella beugen und ihr liebevolle Dinge zuflüstern würde. Nur um ihr zu zeigen, wie viel sie ihm bedeutete. Und das tat sie. Lars hatte dies sofort gespürt, tief in ihm drin. Irgendwas hatte sie von Anfang an ausgestrahlt, Vertrautheit, Geborgenheit und Sicherheit. Lars schluckte. Plötzlich war dort was in seinem Bauch. Nein, es waren nicht nur die Schmetterlinge, die man aus allen Büchern kannte. Es war viel, viel mehr. Es war Glück. Ja, es war eindeutig Glück.

Erst als er die Haustür aufschloss, kam ihm das mit dem Einkaufen wieder in den Sinn.

»Ich bin zurück«, rief er und lief die Treppe nach oben.

Der Tag hatte eine seltsame Wendung genommen, aber nun musste er sich wirklich an seine Pflichten machen. Doch in seinem Bauch kribbelte etwas. Es war ein Gefühl, das Lars nicht zuordnen konnte. Es fühlte sich nach etwas Starkem an, etwas, was einem den Boden unter den Füßen wegreißen konnte. Lars setzte sich auf seinen Schreibtischstuhl und blickte nach draußen.

Schon alleine bei dem Gedanken an seine Physikhausaufgaben drehte sich ihm der Magen um und er beschloss, sie auf den nächsten Tag zu verschieben. Er schloss die Augen und stellte sich vor, wie Stella mit ihm einen Weg ins Nirgendwo antreten würde. Ein Berg? Nein! Ein Fels? Nein! Ein winziger kleiner Stein? Nein! Er würde auf keine Probleme mehr stoßen. Er würde perfekt leben.

Von unten drangen Stimmen hoch, seine Eltern und Louise. Sie unterhielten sich. Etwas machte ihn misstrauisch. Es war die Tatsache, dass niemand von ihnen gereizt klang. Lars hörte seine Schwester lachen. Ihr Lachen klang herzlich, glücklich. Er merkte, dass sich ein Lächeln in sein Gesicht geschlichen hatte. Ob er auch nach unten gehen sollte? Er hatte jedoch Angst, die Stimmung zu ruinieren.

Louise war in den Augen ihrer Eltern der Sonnenschein. Er selbst spielte die Rolle des Großen, des Vernünftigen, aber auch des Eigenwilligen. Dass er sich manchmal nach der Harmonie in einer Familie sehnte, ahnte niemand.

Er setzte sich Kopfhörer auf, schaltete Musik an und räumte die restlichen Dinge vom Fußboden. Vielleicht konnte er so einen kleinen, aber unauffälligen Schritt auf seine Eltern zugehen.

Schließlich warf er sich auf sein Bett, bewegungslos, den Blick stur an die Decke gerichtet. Sein Denken war eine Sinfonie aus Verzweiflung und Sehnsucht. Eine Diashow bizarrer Bilder, deren Hauptmotiv aus alten Zeiten bestand, kurz und dunkel, wie das Aufleuchten einer kaputten Glühbirne. Manchmal drangen solche Bilder tiefer in einen, als man es eigentlich zulassen wollte. Sie stachen einem dann einfach ins Herz.

Er schlug mit den Fäusten wütend neben sich auf die Matratze. So fest, dass sein Körper nachfederte. Oftmals tat es einfach nur gut, gegen etwas einzuhämmern. Er wollte Schmerzen empfinden, er war so wütend, dass er sich kaum noch kontrollieren konnte.

Seine Augen wurden feucht und es kündigten sich Tränen an. Er kniff die Lider so feste zu, dass sie keine Chancen hatten herauszudringen. Erinnerungen, die er tief in sich weggeschlossen hatte, kamen mit Gewalt zurück und er konnte sie nicht mehr aufhalten. Wie er mit seinem Vater auf dem Lederstuhl gesessen und er ihm Geschichten vorgelesen hatte. Lars musste noch sehr klein gewesen sein, denn er erinnerte sich daran, dass er genau auf Vaters Schoß gepasst hatte.

Viele Leute hatten ihn schon darauf angesprochen, welch eine Ähnlichkeit er äußerlich mit seinem Vater hatte. Lars musste zugeben, dass er einige Male Stolz verspürt hatte. Niemals wollte er so werden wie sein Vater, niemals wollte er auch ein solch zerstörtes Familienleben führen, niemals wollte er seine Arbeit so wichtig nehmen, dass er seine Kinder vergessen würde. Aber etwas in ihm drin schien auch Bewunderung zu sein. Sein Vater war erfolgreich, brachte viel Geld mit nachhause und hatte ein sympathisches Auftreten.

Die dunklen, immer ordentlich frisierten Haare, das charmante Lächeln, die stabile Statur. Louise wies keinerlei Ähnlichkeiten mit ihren Eltern auf. Die hellblonden Haare waren auf niemanden zurückzuführen und die blass-blauen Augen, in denen man oft versank, wenn man ihnen eine Sekunde schenkte, waren ebenfalls einzigartig in ihrer Verwandtschaft.

Im Gegensatz zu Lars und seinen Eltern besaß sie einen hellen Teint. Nur die zierliche Gestalt hatte sie von ihrer Mutter bekommen.

Lars erinnerte sich noch daran, wie sie weinend auf ihrem Bett gesessen hatte, das Gesicht von Tränen verquollen, die Haare verwuselt und die Mundwinkel weit nach unten gezogen.

»Vielleicht gehöre ich ja gar nicht hierher. Was, wenn sie mich nur gefunden haben?«

Zuerst hatte Lars gelacht, weil er die Vorstellung natürlich abwegig fand. Als er schließlich die Ernsthaftigkeit in ihrem Blick gesehen hatte, war er auf ihr Bett gestiegen und hatte sich neben sie gesetzt. Die Tatsache, dass er die Mutter im Kreißsaal besucht und die Fingerchen seiner neugeborenen Schwester behutsam gestreichelt hatte, konnte sie endlich beruhigen.

Er riss die Augen auf, sein Oberkörper schnellte hoch, es war, als sei er kurz vor dem Ertrinken aus der Tiefe eines Gewässers aufgestiegen. Schon wieder hatte er die Stimmen seiner Familie gehört. Sie hatten sich in seinen Kopf eingebrannt und verursachten ein Gefühl von Ungerechtigkeit.

Wieso hatte er hier auf seiner Decke gelegen, während sie sich alle unten vergnügt hatten?

Er konnte sich zwar nicht erklären, wie der plötzliche Sinneswandel seiner Eltern entstanden war, aber tatsächlich hatten sie sich wieder eingekriegt. Langsam und leise, als würde er etwas Verbotenes tun, ging er zur Tür. Und als würden seine Finger bei der Berührung der Klinke verbrennen, streckte er seine Hand danach aus.

Entschlossen drückte er sie hinunter, zog die Tür auf und dachte noch darüber nach, wie erschreckend es war, dass er so zögerlich zu seiner eigenen Familie gehen musste, weil man schließlich nie wusste, wann wieder ein Streit wie ein Vulkan ausbrechen würde.

10. Kapitel

Mit der einen Hand die Tasche umklammernd, mit der anderen hysterisch winkend rannte sie über den matschigen Grund. Ihr Atem war fast so laut wie die Schritte, die beinah über den Boden flogen. Noch nie hatte sie eine solche Angst verspürt, noch nie war sie so um ihr Leben gerannt. Diesmal war es nicht irgendwie dahingesagt. Diesmal ging es wirklich um Leben und Tod. Was würde er mit ihr machen, wenn er sie in Besitz genommen hatte? Eben war er noch ihr Lehrer gewesen, jetzt war er ein Monster. Seine Augen, so stechend wie die eines Reptils, sein Mund so gierig wie der eines Vampirs, seine Hände so verkrampft wie ... wie ... Klara hatte gar nicht den Eindruck, sich dem Licht zu nähern. Plötzlich war sie einfach losgejagt, hatte beschlossen, selber zwischen Sterben und Leben zu entscheiden, anstatt zu zittern und zu warten, ob er sie bald gehen ließ. Ihre Beine hatten ihr Schicksal wie automatisch in die Hand genommen.

Noch nie hatte sie sich so nach dem Aufheulen eines Motors, nach einer menschlichen Stimme, nach dem Geruch von Benzin gesehnt wie in diesem Augenblick. Und als sie dann in der Ferne die Sonne sehen konnte, fühlte sie auch schon, wie er sie von hinten packte und sein Gewicht ihren zarten Körper auf die Erde, die sich für sie plötzlich anfühlte wie Beton, gedrückt hatte.

Wenige Sekunden später verlor sie das Bewusstsein.

Tagelang hatte er sich von der Schreibmaschine ferngehalten. Er hatte einfach mal sehen wollen, wie lange es brauchte, bis er durchdrehte. Tatsächlich hatten seine Finger angefangen zu zittern, jede Bewegung war ihm schwergefallen, und jedes Mal, wenn er die Augen geschlossen hatte, waren die leeren Seiten in seinen Kopf geschlichen.

Er fühlte sich gestresst. Sein Buch musste vollendet werden. Er durfte keinen Rückschlag akzeptieren. Er musste um »Gestalkt« kämpfen, durfte aber sein aktuelles Manuskript nicht vergessen. Das war er den neuen Figuren schuldig.

Noch hatte er zwar keine wirkliche Beziehung zu ihnen aufgebaut, aber trotzdem verdienten sie es weiterzuleben. Er wusste, dass er die gleiche Verantwortung für sie hatte, wie ein Vater für seine Kinder.

Schließlich steckte in jedem Autor ein Vater, einer, der die Hand schützend über seine Kinder, seine Figuren hält, sie verteidigt und am Ende vielleicht sogar alles für sie gibt. Das vielleicht war in seinem Fall rot durchgestrichen.

Robert zweifelte nicht eine Sekunde daran, für Klara, ihre Familie und für Nils würde er an seine Grenzen gehen. Wo diese lagen, konnte er nicht so genau definieren. Mehrmals in seinem Leben hatte er gedacht, sie erreicht zu haben. Als er nächtelang über Klaras Verschwinden nachgedacht, sich tagsüber müde und vollkommen aufgelöst durch den Alltag gequält hatte ... Als er überlegt hatte, das Manuskript über die Geschichte des pädophilen Nils und der kleinen Klara zur Seite zu legen und aufzugeben.

Jedoch hatte er feststellen müssen, dass das Ende noch nicht nah war und dass seine Grenzen noch nicht erreicht waren. Dafür war er zu stark. In seinem Leben hatte er oft genug Entscheidungen treffen, sich oft genug vor seinem Inneren selbst verteidigen müssen und war oft genug in einen Konflikt zwischen Nils und sich, Robert gekommen.

Er kannte den Preis, den das Leben hatte, und er wusste somit auch, dass er verdammt hoch war. Ob es sich lohnte zu kämpfen, erfuhr man immer erst am Ende.

Robert schüttelte sich, wehrte sich gegen die traurigen Gedanken und versuchte einen geistigen Punkt hinter den Fluss der Gefühle, der ihn plötzlich in einen Strom gerissen hatte, zu setzen. Er gab der Versuchung nach und ließ seine Ideen auf dem Papier nieder.

Jedes Wort, das aus seinem Kopf geflossen war, bedeutete eine Erleichterung. Leser waren durchschaubar, wie Robert fand. Es genügte oftmals einfach das sympathische Auftreten eines Menschen und schon hatte er sich in das Herz der Leute geschlichen. Doch dies konnte ebenso die Fassade, eine Ablenkung sein, die für Spannung sorgte. Heutzutage reichte es nicht mehr, eine gute Idee, ausgereifte Charaktere und einen ansprechenden Sprachstil zu besitzen.

Ein Haus, völlig aus Glas, kalt und ungemütlich, Marmorboden, hochglänzend und glatt wie ein Spiegel ... Der ideale Tatort, um in einem jeden Leser das Bild von Grauen zu erzeugen. Man musste sich von anderen Werken unterscheiden, auffallen, um nicht in dem überschwemmten Markt unterzugehen.

Ein Mann, eiskalt und böse, groß, dunkel gekleidet. Drei Frauen, jung und schön, unschuldig. Sie alle sind seine Opfer.

Robert fand den Inhalt seines momentanen Manuskripts sehr gelungen. Er war fasziniert von dem Täter, der mit seiner kaltblütigen Art die Schlinge um den Hals derer zog, die ihm zu nahe kamen. Trotzdem waren die Verbindungen zwischen ihm und diesem Mann nicht annähernd vergleichbar mit denen, die von Anfang an bei Nils und ihm da gewesen waren.

Nicht selten hatte Robert den Eindruck, sich selbst zu sehen. Auch wenn er selber, anders als Nils, nicht an Kindern interessiert war, hatten sie das gleiche Gedankengut.

Anfangs hatte Robert sein Verhältnis zu Nils freundschaftlich empfunden. Es war etwas Neues für ihn gewesen, denn er konnte sich nicht daran erinnern, jemals einen Freund gehabt zu haben.

Eine Ausnahme war in seiner Kindheit der schüchterne Tom gewesen, bei dem sich jedoch hinterher herausgestellt hatte, dass sein Vater nur scharf auf den Posten gewesen war, den Roberts Vater als Mitglied des Vorstandes zu vergeben hatte. Die grausame Lektion, die er gelernt hatte.

In Filmen liebten alle die zarte, hellblonde Prinzessin, aber in der Realität war alles anders. Freundschaft im wahren Leben war für ihn nur ein zweischneidiges Schwert. Töten oder getötet werden!

Bei Nils, auch wenn er ausschließlich seiner Fantasie ausgesetzt war, war alles ANDERS gewesen. Für seinen Verstand, der sich jedoch, wenn es um seine Figuren ging, nicht selten versteckt hielt, war die Tatsache nicht fraglich, schließlich konnte zwischen einem Menschen auf dieser Erde und einer virtuellen Person keine Freundschaft herrschen. Für sein Herz allerdings spielte das keine Rolle.

Robert setzte sich auf seinen Sessel, stützte die Arme auf die Knie und legte seinen Kopf hinein. Meist kamen ihm die besten Sätze in den Sinn, wenn er nicht Trübsinn blasend vor der Maschine hockte und nur auf sie wartete.

Als er nach draußen sah, stellte er fest, dass die Sonne wieder schien. Deshalb stand er auf, öffnete die Gartentür und schloss die Augen. Die Luft roch nach Frühling, Blüten, Wärme und dem bedingungslosen Gefühl von Freiheit. Er nahm das Zwitschern der Vögel wahr, dass ihm Ruhe zusprach.

»Die Luft klar und kalt. Drei rote Flecken. Blut. Als Frederik mit den Händen durch den Schnee fuhr, spürte er, wie sich seine Nackenhaare aufstellten. Eben hatte dort noch diese Frau gelegen. Sie war jung gewesen. Und schön. Ihre Haut hatte sich von dem Schnee kaum unterschieden, so weiß war sie gewesen, ihr Haar so schwarz wie Ebenholz und ihre Lippen so rot wie Blut.

Und nun waren von ihr nur noch diese Blutstropfen übrig. Sie war tot, das hatte er auf den ersten Blick gesehen.

Ihre Augen, sie waren so blau wie das Meer gewesen, hatten ihn angesehen. Starr und ohne Regung. Frederik war sich sicher, dass der Täter noch da gewesen war, als er sie aufgefunden hatte. So eine Frau ließ kein Mann, der sie erst als Ebenbild einer Märchenprinzessin erschaffen hatte, einfach zurück. Frederik hatte seine Anwesenheit gespürt. Und trotzdem pulsierte nun die Frage in seinem Kopf: Wo war sie, wo war Schneewittchen?«

Robert wunderte sich über sich selber. Wie kam er bei einem solchen Wetter auf den Winter? Seine einzige Erklärung dafür war, dass er in den vielen Jahren als Schriftsteller einfach ein Gefühl dafür entwickelt hatte, zu welcher Jahreszeit seine Geschichten am besten spielen sollten.

Die Geschichte mit Klara war nicht ohne Grund im Hochsommer geschehen. In Roberts Herz war alles warm gewesen und voller Emotionen, während er die Menschen aus diesem Buch erfunden hatte.

Frederik, die drei wunderschönen Frauen und der Täter selber waren ihm so fremd wie noch nie. Möglicherweise war es der starke Kontrast von seinem Lieblingswerk und diesem, der diese Kälte erzeugt hatte.

Vielleicht aber auch die Distanz zu diesen neuen Figuren, die er momentan nicht überwinden konnte. Die Nähe, die er zu seinem abgeschlossenen Werk noch hatte, war zu enorm, um sich an etwas Neues zu gewöhnen.

Robert fasste einen Entschluss: Ehe er die Mordgeschichte fortsetzte, wollte er erst endgültig mit der anderen abschließen können. Endgültig, dachte er.

11. Kapitel

Nils erinnerte sich noch genau daran, wie er einst in der Küche gesessen hatte. Es war an einem dieser Tage gewesen, an denen die Luft so schwül gewesen war, dass man sich am liebsten jede Minute neu unter die Dusche stellen würde. Aber er hatte still am Küchentisch gesessen. Seine Mutter, mit der hellblauen Schürze über die Brust gebunden, hatte am Herd gestanden und in dem Topf mit Rotkohl gerührt.

»Wärest du nur brav geblieben, dann müsstest du nicht hier drinnen deinen Arrest absitzen und könntest jetzt mit den anderen spielen gehen.«

Nils hatte nur den Kopf gesenkt. Erwidert hatte er jedoch auf die Bemerkung seiner Mutter nichts. Sie war ihm egal.

Als sein Vater nachhause kam, hatten die beiden angefangen wild zu streiten, bis seine Mutter den Teller mit den Kartoffelklößen vor Wut auf die Fliesen fallen ließ. Noch heute war dieses Bild der vielen Scherben in seinem Kopf. Noch heute verband er mit dem Klang des Geschirrs Wut und Verzweiflung.

Zwei Tage später war seine Mutter nachts ausgezogen. Ohne ein Wort des Abschieds. Sie war sogar dazu zu feige gewesen. Scherben verbanden viele Menschen mit Glück. Für Nils standen sie für Verrat, Hass und Kälte. Vielleicht hatte bei ihm genau das diese Verzweiflung ausgelöst.

Klara lag in ihrem Bett, als er sich an jenem Abend zu ihrem Haus aufmachte und sich im Blickwinkel zu ihrem Zimmer versteckte. Erst war er sehr enttäuscht gewesen.

Zwanzig Minuten Autofahrt und jetzt konnte er sie nicht beobachten, denn das Bett stand in einem für ihn nicht einsehbaren Winkel. Aber dann zeigte sich in ihrem Zimmer doch noch Regung. Das Mädchen war aufgestanden. Sie hielt in ihrem linken Arm eine Puppe. Die Entfernung war zum Glück nicht sonderlich groß und Nils konnte durch sein Fernglas sogar erkennen, wie diese aussah. Ihr Körper war aus weißem Porzellan, ihre Haare lang und dunkelbraun und das Kleid, das ihr fast bis zu den Füßen ging, hatte die Farbe des Himmels. Als Nils sah, wie liebevoll Klara mit ihr umging, wie freundlich sie ihr zulächelte und wie sie ihr einen Kuss auf das Haar drückte, packte ihn die Wut. Sie war verdammt noch mal nur eine Puppe. Er war ein Mensch. Er hatte Gefühle. Gefühle für sie. Wie konnte sie ihm das nur antun? Und wieso ausgerechnet eine Puppe aus Porzellan?

In seinem Kopf tanzte wieder das Bild der vielen Scherben und er wollte nur eins: Dieses Ding, das ihm seine Klara nahm, musste zerstört werden. Seine Hände verkrampften, er merkte, wie er Kraft bekam, und steckte das Fernglas in seine Jackentasche. Er wartete noch, bis das Licht erloschen war, dann huschte er durch die Dunkelheit näher heran. Nils nahm die Tatsache, dass das Fenster im unteren Stock gekippt war, als Einladung. Das Schicksal war auf seiner Seite, dachte er, während er sich Zutritt verschaffte. Der Weg zu Klaras Zimmer war schnell gefunden. Obwohl er noch nie in diesem Haus gewesen war, machten seine Füße die Schritte wie automatisch. Es fühlte sich richtig für ihn an. Klara gehörte ihm, er hatte ein Recht ihr nahe zu sein. In der oberen Etage roch es anders. Nach Parfüm vielleicht, er konnte es nicht genau sagen, denn er hatte noch nie eins besessen und kannte sich dementsprechend mit solchen Sachen nicht aus. Auch wusste er nicht, ob ihm dieser Geruch gefiel. Im Flur war es stockdunkel, aber seine Augen gewöhnten sich rasch an die Finsternis und er konnte wenigs-

tens die groben Umrisse erkennen. Als seine Hände die Tür-
klinge von Klaras Zimmer umfasst hatten, musste er sich eingestehen, dass sie zitterten.

Er drang in ihr Reich ein, all die Dinge, die er nun zu
sehen bekommen würde, gehörten zu ihr. Leise öffnete sich
die Tür. Im ersten Augenblick erschrak er, denn es war im
Gegensatz zu dem, was er erwartet hatte, nicht dunkel. Eine
kleine Lampe, die auf dem Schreibtisch stand, erleuchtete
den gesamten Raum. Es schien, als hätte der Schlaf die kleine
Klara übermannt, denn das Licht brannte immer noch,
obwohl sie friedlich schlief. Sein Herz schlug sehr schnell,
denn plötzlich war die Sorge da, dass sie vielleicht erwachen
würde. Aber dann beruhigte er sich. Sie würde ihn nicht verraten. Sie gehörten doch zusammen. Wie Romeo und Julia,
Tristan und Isolde, Adam und Eva, Tarzan und Jane und wie
Bonnie und Clyde. Auf einmal fielen ihm tausend Liebes-
paare der Geschichte ein und er musste lächeln. Ja, sie
gehörten zusammen. Klara hatte ihr Zimmer hellblau gestrichen. Er mochte hellblau. Die Möbel waren weiß und aus
einem schönen Holz. Er mochte weiß. Er mochte das Holz.
Vor ihrem Fenster waren seidige Vorhänge gespannt. Er wunderte sich, dass er sie bei den vielen Besuchen, die er ihr
bereits abgestattet hatte, nie von außen gesehen hatte. Aber er
mochte sie. An der Wand hingen überall Bilder. Manche
waren von bekannten Sportlern, aber die meisten von ihrer
Familie oder Freunden. Auch auf dem Schreibtisch lagen
Fotos, die anscheinend darauf warteten, eingeklebt zu
werden. Ein Blick darauf genügte, um ihn in ihren Bann zu
ziehen.

Es war ein Bild von Klara. Sie hatte die Haare wie eine
Ballerina hochgesteckt, trug ein Sommerkleid und strahlte
mit der Sonne, die an einem südländischen Strand am

Himmel schien, um die Wette. Er mochte das Bild, dachte gar nicht nach, ob Klara das Bild vermissen würde, und steckte es sich schnell in die Tasche. Dann musterte er ihr Bücherregal. Es waren ausschließlich Kinderbücher. Von Märchenbuch zum Comic und von Abenteuergeschichten zu Liebesromanen war alles vertreten. Er mochte ihre Bücher, obwohl er keines davon gelesen hatte. Dort saß dann auch diese Puppe. Sie lächelte ihn an und er empfand dieses Lachen als böses Grinsen.

»Sie gehört mir«, flüsterte er ihr zu, bevor er sie am Haarschopf packte und dann gegen das Regal scheppern ließ. Kurz hatte er befürchtet, dass Klara von dem Geräusch erwachen würde, aber hinter ihm blieb es still. Anscheinend hatte sie einen festen Schlaf. Er betrachtete die Scherben, die am Boden lagen. So wie Klara diese Puppe angesehen hatte ... Sie war doch nur aus Porzellan. Sie hatte es so verdient. Niemand hatte das Recht, ihn um seine Klara zu bringen. Niemand! Und schon gar nicht so ein lebloses Etwas. Dann wandte er sich davon ab, sah zu Klaras Bett. Zuvor hatte er den Blick vermieden. Das Schönste sollte zum Schluss kommen. Sie lag mit dem Gesicht zur Wand, weshalb er sie nicht so gut sehen konnte. Jedoch genügte es ihm, sie einfach nur bei sich zu haben. Er mochte sie nicht. NEIN! Er verehrte sie!

12. Kapitel

Klara war nun seit genau zwölf Stunden verschwunden. Die Panik, die sich im Haus verteilt hatte ... Für Julia war die Situation unerträglich. Verzweifelt, ohne zu wissen, was sie tun sollte, tigerte sie durch den Flur, wartete darauf, dass ihre Tochter, auf irgendeine Weise ein Lebenszeichen von sich geben würde.

Das Telefon blieb jedoch stumm. Vor der Haustür lag er noch: der Zettel! Julia hatte nicht gewagt, ihn hereinzuholen. Sie wusste nicht, worin ihre genaue Angst bestand, aber es war, als würden ihre Finger in Flammen aufgehen, sobald sie Berührung zu dem Papier hatten. »Keine Polizei, sonst ist sie tot.« Das waren genau die Worte gewesen, die dort gestanden hatten. Immer wieder sah Julia durch das Fenster.

Wann würde ihr Mann endlich hier auftauchen? Er musste sofort kommen. Wenn wir Klara nicht bald finden, ist sie tot, dachte Julia und irgendetwas in ihr gab ihr zu verstehen, dass sie mit dem Gedanken verdammt Recht hatte.

Wie ein Murmeltier, das vom Schlaf gar nicht genug bekommen konnte, kroch Louise aus ihrer Bettdecke. Als sie sich aufsetzen wollte, durchfuhr sie ein Stich im Kopf. Sie hatte die Nacht geschlafen wie ein Stein.

Die Nächte zuvor war sie von seltsamen Träumen geplagt worden, die sie noch am Morgen zum Grübeln gebracht hatten. Nachdem sie dann wieder ein klares Bild vor Augen hatte, stand sie auf, lugte durch den Vorhang auf die Straße, auf der der Briefträger mit seinem Fahrrad fuhr, und zog dann den Schrank auf. Er war ordentlich sortiert. Links lagen übereinander mehrere blaue Jeans. Darüber ein etwas kleinerer Stapel mit farbigen Hosen und ganz oben befanden sich die, die sie nur zu besonderen Anlässen trug.

In der Mitte des Schranks waren zwei Schubladen befüllt mit Schals, Tüchern und Wäsche. Louise griff allerdings nach rechts, wo neben Jacken, Shirts und Pullovern ihr Morgenmantel hing. Sie hüllte sich darin ein und wollte gerade ins Badezimmer gehen, um sich zu waschen, als ihr fast das Herz stehen blieb.

NEIN! Das konnte nur ein böser Albtraum sein. Das, was sie sah, war Einbildung, ja bloßes Hirngespinst. Auf dem Boden lagen Fetzen. Mehr nahm sie zunächst nicht wahr. Erst als sie sich bückte, um sich genauer anzusehen, was von ihrem geliebten Jack, dem kleinen Stofftierhund, den ihr Vater ihr einst von einer Geschäftsreise mitgebracht hatte, übrig geblieben war, sah sie, dass jemand das Tier mit purer Gewalt auseinandergenommen haben musste.

Louise kam erst gar nicht dazu, über den Verlust ihres Lieblings zu trauern. Es war viel mehr die Tatsache, WIE er zugerichtet war. Wenige Zentimeter von ihrem Nachttisch entfernt fand sie seinen Kopf, hinter der Kommode, in der sich ihre CD-Sammlung befand, versteckte sich der Schwanz, und auch die Pfoten machte sie bunt verteilt im Zimmer ausfindig.

Bei den Fetzen musste es sich demnach um den Körper handeln. Sie hörte sich schreien. Auf eine seltsame Weise hatte sie panische Angst.

Was war passiert? Sie sah zum Fenster. Ihre Hände zitterten. Ihre Lippen bebten. Sie sammelte alle Stücke auf, sprang zur Tür, riss diese auf und stürmte schluchzend die Treppe nach unten.

»Mama!« Vollkommen aufgelöst, schockiert und entsetzt ließ sie den in kleinste Teile zerfetzten Jack auf den Küchentisch fallen.

Katrin sah auf. Louise musterte deren zerzauste Haare und wies dann auf den Tisch. »Was hast du denn mit dem Hund gemacht?«

»Ich? Ich habe Jack doch nicht zerstört.«

Katrin zuckte mit den Schultern, als sei nichts passiert.

Sie griff nach ihrer Kaffeetasse und nahm einen Schluck. »Dann kann ich dir das auch nicht erklären. Ich muss gleich kurz weg, aber mach dir keine Sorgen. Wir kriegen den wieder geflickt.«

Louise riss die Augen auf. Ungläubig sah sie ihre Mutter an. Sie konnte nicht fassen, dass ihre Mutter so gleichgültig mit der Sache umging. Jemand musste hier gewesen sein. Bei dem Gedanken zog sich alles in ihrem Bauch zusammen. Ein Einbrecher? Aber wieso Jack? Was konnte jemand gegen ihn haben? Sie schüttelte den Kopf.

Und was, wenn Sissi ...? Die Vorstellung, dass die kleine dicke Katze das Stofftier in einen solchen Zustand versetzt hatte, machte sie zwar traurig, aber anderseits war dies eindeutig beruhigender als der Gedanke, dass jemand in der Nacht da gewesen sein musste.

Fassungslos ging Louise wieder zurück in ihr Zimmer. Sie fühlte sich ungerecht behandelt, alleingelassen und einfach unverstanden. Es fehlte nur noch, dass ihre Mutter vorschlug, einen neuen Jack zu kaufen.

Es klopfte an der Tür. Ihre Mutter, die sich entschuldigen wollte? Den Gedanken verwarf sie, denn ihre Mutter würde niemals klopfen. Meist platzte sie einfach herein, ganz egal, ob Louise gerade beschäftigt war.

»Ja?« Louise brachte nur ein leises Krächzen heraus.

»Hey. Ich hab mitbekommen, was passiert ist.« Ihr Bruder stand im Türrahmen. »Wenn du willst, dann flicke ich ihn dir.«

Louise nickte stumm. Dann brachte sie ein einfaches »Danke« heraus.

Sie ließ sich umarmen und lehnte den Kopf an den stabil gebauten Körper ihres Bruders.

»Jemand muss hier gewesen sein!«, flüsterte sie.

... Ganz leise ...

Später war Louise sich sicher, dass er es nicht gehört hatte.

Der Gedanke an die Geschehnisse ging Louise nicht mehr aus dem Kopf. Ihr lief immer wieder ein Schauer über den Rücken. Sie kämpfte gegen die Panik. In der Schule konnte sie sich kaum konzentrieren. Es war einfach nur grausam. Mehrfach wurde sie unaufgefordert von einem Lehrer drangenommen, konnte aber die Frage nie beantworten, weil sie nicht einmal wusste, was dieser überhaupt gefragt hatte.

Was war mit Jack passiert? Wer hatte ihn so zugerichtet? Und wie war dieser Jemand in ihr Zimmer gelangt?

Im Sportunterricht stand sie schließlich abwesend auf der Mitte des Felds, ohne sich auf den Ball zu konzentrieren, weil sie mit ihrem Versuch, wegen Kopfschmerzen nicht an der Stunde teilnehmen zu können, kläglich gescheitert war.

»Louise?!«, dröhnte die Stimme ihrer Lehrerin.

Immer noch in Gedanken versunken, näherte sie sich ihr.

»Was ist denn heute mit dir los?« Frau Fried sah sie verständnislos an.

Louise zuckte mit den Schultern und verwies schließlich noch mal auf die Kopfschmerzen. Glücklicherweise durfte sie sich auf die Bank setzen und ihre Mitschüler beim Handball beobachten. Eigentlich freute sie sich immer auf die Sportstunden, vor allem, wenn Handball gespielt wurde. Aber heute war ihr einfach nicht danach zumute.

Sie legte den Kopf in die auf die Oberschenkel gestützten Hände und seufzte. Wie gerne sie nun einfach nachhause gehen würde. Die Uhr zeigte erst kurz nach 12 und das hieß, dass sie noch eine gute Stunde bleiben musste.

Plötzlich öffnete sich die Tür zu der Turnhalle und zwei Jungs, sie waren ungefähr so alt wie Lars, kamen herein. Der eine trug eine dunkelblaue Jeans und ein weißes, leicht aufgeknöpftes Hemd. Auf seiner Hüfte hing ein Markengürtel, das fiel Louise direkt in die Augen, weil sie wusste, dass ihre Eltern ihr so etwas niemals kaufen würden. Der andere Junge, er hatte strohblondes Haar, trug eine beige Stoffhose, ein hellblaues Polohemd und eine silberne Kette.

Louise fand, dass die beiden ziemlich cool wirkten, und fragte sich zum wiederholten Mal, wieso die Jungen aus der Oberstufe immer besser aussahen als die aus den eigenen Jahrgängen.

Sie steuerten die Sportlehrerin an und deuteten dann auf das Spielfeld. Frau Fried sah sich in der Halle um. Sie nickte ein paar Mal und schien dann zu überlegen. Auf einmal begann sie zu strahlen, blickte zu Louise und sagte etwas zu den Jungen.

Als diese dann auf sie zukamen, fing ihr Herz an zu klopfen. Es hämmerte gegen ihre Brust und sie fuhr sich nervös durch das Haar.

»Hey.« Der Blonde lächelte sie zögernd an.

»Hi«, antworte Louise und hoffte insgeheim, dass ihre Stimme nicht allzu kindlich klang.

»Wir haben gerade mit Frau Fried gesprochen. Wir sind auf der Suche nach Mädchen, die unsere Schule bei einem wichtigen Handballspiel vertreten.«

Jetzt klopfte ihr Herz noch schneller. Das war ja der Wahnsinn. Vielleicht würden sich endlich die vielen harten Trainingseinheiten bezahlt machen …

»Hast du Lust mitzuspielen?« Diesmal war es der andere Junge, der fragte.

In Louises Kopf lief ein aufregender Film. Sie stellte sich vor, wie sie durch ein Stadion rannte, mit dem Blick auf die Anzeige, die den Spielstand verriet. Plötzlich erwischte sie sich, wie sie anfing zu strahlen, weil sie in ihrer Fantasie einen Korb geworfen hatte. Als sie merkte, dass sie immer noch nicht geantwortet hatte, nickte sie heftig.

»Klar, ich freu mich.«

13. Kapitel

Es waren nur ein paar Minuten vergangen, in denen Nils sich von Klara hatte fernhalten müssen.

Er war nur rasch nach unten, um ihr etwas zu trinken zu holen, aber als er wieder bei ihr war, überfiel ihn die Sehnsucht so sehr, als seien Jahre dazwischen vergangen.

Er musste an sich halten, um sich nicht auf sie zu stürzen. Einerseits genoss er die Furcht, die sie ihm entgegenbrachte, anderseits wollte er auch von ihr gemocht werden. »Möchtest du einen Kakao?« Statt einer Antwort fingen ihre Lippen an zu beben.

Schließlich streckte sie ihre dünnen Ärmchen, die, er wusste nicht, ob es nur Einbildung war, in den letzten Tagen noch dürrer geworden waren.

Versorgte er sie zu schlecht?

Sein Herz hämmerte gegen die Brust. Er nahm sich vor, in den nächsten Tagen fürsorglicher mit ihr umzugehen. Je zierlicher, je zerbrechlicher sie auf ihn wirkte, desto mehr Anziehungskraft hatte sie zwar auf ihn, aber es fiel ihm dennoch schwer, sie so leidend zu sehen. »Hast du Hunger?« Seine Stimme zitterte. Sie nickte stumm.

Er wusste, dass er sich nun wieder von ihr trennen musste, sei es auch erneut für kurze Zeit, trotzdem zog sich alles in ihm zusammen. »Okay. Ich hole dir etwas«, murmelte er.

Während er zu der großen Tasche mit den Nahrungsmitteln ging, dachte er noch daran, dass sie jetzt seins war, und er hoffte inständig, dass sich nie etwas daran ändern würde.

Als Louise die Haustür aufschloss, schoss ihr direkt ein Gedanke in den Kopf: Nudelauflauf! Der ganze Flur roch danach. Passend zu ihrem Bärenhunger! Sie warf die Jacke mit der Schultasche in die Ecke und lief freudig in die Küche. »Du bist ja schon zuhause«, begrüßte sie die Mutter, die eigentlich immer erst am Abend nachhause kam.

»Ich habe meine Arbeit hier erledigt. Ich gehe aber ...«

Sie kam nicht dazu, den Satz zu Ende zu sprechen, denn Louise kniete sich vor den Ofen und bat sie das Mittagessen, das sie gemacht hatte, herauszuholen. Katrin blickte auf die Uhr und ließ sich dazu hinreißen. Louise erinnerte sich nicht mehr daran, wann ihre Mutter zuletzt selber gekocht hatte.

»Ich dachte, ich mache es wieder gut, weil ...« Sie zögerte, fuhr aber dann fort: »weil ich letztens ja nicht dazu gekommen bin.«

... Und du Pizza geholt hast, dachte Louise, beschloss aber nicht nachtragend zu sein und den Moment einfach zu genießen.

Während sie sich das Essen auf der Zunge zergehen ließ, überlegte sie, wie sie ihrer Mutter von dem Handballspiel erzählen sollte. Die Vorfreude war unbeschreiblich groß. Sie brauchte sich nur vorzustellen, wie sie mit den Fingerspitzen über das Leder des Balls strich, und schon kribbelte alles.

»Was hast du da eigentlich in den Haaren?« Erst jetzt fielen ihr die kleinen Lockenwickler auf, die ihre Mutter in die Haarspitzen eingerollt hatte.

»Lockenwickler.« Ihre Wangen färbten sich leicht rosa und sie sah, fast verlegen, auf ihren Teller, von dem sie so gut wie nichts gegessen hatte.

»Das sehe ich doch. Ich meine, was machst du damit?« Dass die Form, in der sie ihre Fragen stellte, misslungen war,

wusste sie, war aber zu verwirrt, um sich verständlich auszu-
drücken.

»Ich dachte mir, ich mache mal etwas mit meinen Haaren.
Die hängen doch sonst immer nur langweilig herunter.«

Louise lächelte nur, anstatt zu fragen, woher der plötzliche
Sinneswandel kam.

»Wann kommt eigentlich dein Bruder? Ich war eben in
euren Zimmern, habe aber nur deinen Stundenplan
gefunden. Bei Lars wütet schließlich mal wieder das Chaos.«
Ihre Mutter war in ihrem Zimmer gewesen?

Wer bist du und was hast du mit meiner Mutter gemacht?

»Er kommt erst in einer Stunde«, antwortete sie, um Katrin
in ihren guten Vorsätzen zu unterstützen.

»Hm ...« Diese nahm ihren Teller, stellte ihn auf den von
Louise und räumte das Geschirr in die Spülmaschine.

»Hast du keinen Hunger?«

Sie murmelte etwas von Nervosität und keinen Appetit,
bevor sie in Gedanken versunken im Bad verschwand.

Kurz schlich sich der Gedanke in Louises Kopf durch den
Türspalt zu sehen, denn die Neugier war groß. Dann aber
siegte ihr Anstand und sie verzog sich auf ihr Zimmer. Die
Sonne schien so herrlich durch das Fenster, dass sie in ihre
Sportsachen schlüpfte und nach draußen ging.

Das Tor, das Lars mit ihr an der Hauswand befestigt hatte,
erfüllte seinen Trainingszweck recht gut und hatte schon
manche triste Tage versüßt. Während sie dort mit dem Ball
herumlief und ein Tor nach dem anderen erzielte, wünschte
sie sich, dass Lars nachhause kam und mit ihr spielte.

Sie merkte nicht, wie die Zeit verging. Trotzdem kam Lars
nicht. Ihre Laune sank jede Minute und war schließlich endgültig im Keller. Müde ging sie zurück ins Haus, wo sie auf
ihren Bruder stieß.

»Du bist ja schon da!«, sagte sie, sah auf die Uhr und realisierte dann erst, wie spät es bereits geworden war.

Lars sah sie verwirrt an. Louise ging an ihm vorbei. Sie wollte rasch duschen gehen, denn sie musste noch Hausaufgaben erledigen und wollte endlich einmal pünktlich im Bett liegen. Das Buch, das sie zurzeit las, wartete seit Tagen auf diesen Moment und wollte sie in seinen Bann ziehen.

Als sie an der Badezimmertür ihrer Eltern vorbeilief, stieß sie mit ihrer Mutter zusammen. Diese trug ein cremefarbenes Kleid und hatte aus den leicht gewellten Haaren eine elegante Hochsteckfrisur gezaubert.

»Wow«, durchfuhr es Louise. »Wie siehst du denn aus?«

»Ich hatte doch gesagt, dass ich gleich nochmal losmuss.«

Fragend blickte Louise ihre Mutter an.

»Dein Vater und ich gehen in die Oper.«

Es fühlte sich für Louise an wie ein Schlag gegen den Kopf. Nicht, dass ihr das, was sie gerade gehört hatte, nicht gefiel, sondern weil es so absurd in ihren Ohren klang.

»Bitte was?« Sie wollte einfach nur sichergehen, dass sie alles richtig verstanden hatte, aber ihre Mutter nahm die Nachfrage falsch auf.

Sie antwortete nicht und drehte sich um. »Machst du mir mal das Kleid zu?«

Wie in Hypnose gehorchte Louise und zog den Reißverschluss bis ganz nach oben. »Fertig«, murmelte sie dann und ging kopfschüttelnd ins Badezimmer.

Eltern waren schon manchmal wie von einem anderen Planeten. Seit Jahren war nicht ein Funken Zuneigung von ihnen ausgegangen und jetzt gingen sie zusammen in die Oper? Was war nur in sie gefahren? Trotzdem freute sich Louise. Vielleicht kamen sie sich etwas näher. Vielleicht erfüllte sich doch noch ihr Traum von einer richtigen Familie.

Das Wasser tat ihr gut. Manchmal fühlte man sich nach einer kalten Dusche wie neu geboren. Als sie sich in ihr Handtuch gehüllt hatte, drehte sie sich auf den nackten Füßen mehrfach um die eigene Achse.

Gut gelaunt trällerte sie wie eine Opernsängerin irgendwelche bedeutungslosen Wörter, ohne darauf Rücksicht zu nehmen, ob jemand ihr zuhörte.

Sie schickte ein Stoßgebet in den Himmel: »Bitte lass Mama und Papa sich heute gut verstehen.« Sie seufzte.

Sie hörte bis hoch in ihr Zimmer, wie unten die Haustür aufgeschlossen wurde. Die Uhr zeigte erst kurz vor 19 Uhr, aber es musste trotzdem ihr Vater sein. Er hatte also tatsächlich früh Feierabend gemacht. Louise wünschte, sie könnte unbemerkt mit in die Oper kommen, sich eine Reihe hinter ihre Eltern setzen und beobachten, was passierte. Seit sie denken konnte, waren die beiden miteinander umgangen, als seien sie gute Bekannte füreinander.

Sie hatte auf einmal ein Gefühl im Bauch, als hätte ihr jemand ein Loch in den Magen geschlagen. Was, wenn etwas Schlimmes geschehen war? War es nicht immer so? Hielten schreckliche Erlebnisse einen nicht immer zusammen? Ihr Herz klopfte schneller. Vielleicht war die Hoffnung auf Besserung umsonst gewesen und es steckte ein großes Unheil hinter der Sache? Ein ungutes Gefühl zog in ihr auf.

Sie wollte zu Lars gehen, mit ihm reden und sie wollte hören, dass alles gut war. Schon wieder merkte sie, wie sie gegen die aufkommenden Tränen kämpfen musste. Schnell wischte sie mit dem Handrücken über die Augen und zwang sich dazu, an etwas anderes zu denken.

Sie musste endlich aufhören, überall Gespenster zu sehen. Erst die Sache mit Jack und dann auch noch das hier. Manchmal fühlte sie sich noch wie ein Baby und nicht wie fast 13.

Entschlossen griff sie nach ihrem Hausaufgabenheft, las sich die Arbeitsaufträge durch und erledigte schließlich Schritt für Schritt, was die Lehrer der Klasse aufgegeben hatten.

Die Ablenkung tat ihr gut, und als sie eine Stunde später nach unten ging, schaffte sie sogar ein kleines Lächeln. Ihre Eltern waren aufgebrochen und Lars saß vor dem Fernseher, studierte die Programmzeitschrift. Er sah auf, als sie in das Wohnzimmer kam.

»Na, was machen wir zwei denn heute Schönes? Wenn unsere Eltern es sich mal gut gehen lassen, müssen wir uns doch auch amüsieren.«

Nun lachte Louise sogar laut auf.

»Was hast du denn im Angebot?« Sie kicherte.

»Zwischen Rosamunde Pilcher und Sherlock Holmes ist alles dabei.«

Louise rümpfte die Nase. »Ich dachte eigentlich an etwas anderes als Fernsehen.«

Als sie Lars begeisterungsloses Gesicht sah, lachte sie erneut.

»War nur ein Scherz. Ich bin für etwas Spannendes.« Sie wusste, dass sie ihrem Bruder damit eine Freude machte, wollte endlich ihren Ruf als Angsthase verlieren und ernst genommen werden.

Dass ihr schon bei dem Gedanken an den Tatort-Vorspann mulmig wurde, brauchte er nicht zu wissen. Anscheinend kannte er sie einfach zu gut, um ihr den Wunsch abzukaufen.

»Bist du dir sicher? Du hast doch sonst auch immer Angst.«

Louise schüttelte den Kopf. »Da war ich doch noch klein. Wir gucken Tatort.«

Die Aussage schien ihm zu reichen, denn er schaltete auf den ersten Kanal um und legte sich entspannt hin.

»Haben wir Cola?«, fragte er und setzte seinen Hundeblick auf.

»Ja, aber ich bin nicht deine Dienerin.« Grinsend ließ seine Schwester sich auf den Sessel fallen.

Lars sprang auf, stürzte sich auf sie und fing an, sie so heftig zu kitzeln, dass aus ihrem Grinsen ein lautes Lachen wurde. Sie konnte sich gar nicht mehr beruhigen, schnappte nach Luft und flehte ihn an, aufzuhören. Beinah wäre sie sogar vom Sessel gefallen, hätte Lars sie nicht aufgefangen.

»Bist du dir sicher, dass du deinem allerliebsten Bruder keine Cola bringen möchtest?«

»Oh bitte!! Hör auf!! Lars, hör auf!! Ich hole sie dir!« Sie prustete, versuchte sich loszureißen, aber er war einfach zu stark, um von ihr überlistet zu werden.

»Ganz sicher?« Er verstellte seine Stimme, sodass er klang wie ein Monster. Sie gluckerte.

»Ganz sicher!!!«

Er hörte auf, ging wieder zurück auf das Sofa und wartete, dass sie aufstand.

Immer noch lachend lief sie in die Küche, zog den Kühlschrank auf und holte die Cola heraus. Während sie diese in zwei Gläser einschenkte, hörte sie die von ihr gefürchtete Melodie des Krimis und zuckte zusammen.

Ehe sie es sich ebenfalls wieder auf ihrem Platz bequem gemacht hatte, erschien auf dem Bildschirm eine finstere

Landschaft und sie merkte schon, wie ihr ein Schauer über den Rücken lief. Na, das konnte ja heiter werden.

Louise versuchte möglichst viel Zeit in der Küche zu verbringen, wo sie vorgab, irgendetwas zu trinken zu holen. Weil ihr Bruder ihr Verhalten sehr genau registrierte, hatte es den Nachteil, dass sie die Getränke auch trinken musste, wenn sie keinen Durst verspürte. Den einzigen positiven Effekt hatte dies, weil sie einen weiteren guten Grund hatte, für einen Moment zu verschwinden. Nämlich auf die Toilette.

Als sie wieder auf dem Weg ins Wohnzimmer war, ärgerte sie sich. Ein ganzer Abend ihres kostbaren Wochenendes verschwendet. Und das nur, weil sie zu feige war. Zu feige, um auf den flimmernden Bildschirm des Fernsehers zu gucken oder aber auch zu feige, um Lars zu sagen, dass Krimis einfach noch nichts für sie waren und sie lieber etwas »Schönes« sehen wollte.

Die restlichen Minuten, die der Kommissar und seine Gehilfin damit verbrachten, den Mord an einer pakistanischen Zwangsprostituierten aufzuklären, musste sie aber dann auf ihrem Sessel ausharren.

Manchmal schaute sie einfach unauffällig zur Seite, wenn es ihr zu spannend wurde, aber alles in allem war sie stolz, als der Abspann ertönte und sie immer noch lebte.

Draußen war es dunkel geworden und sie war schon sehr müde, aber Lars schaltete noch auf einen anderen Sender, wo eine Unterhaltungssendung lief. Ein Schauspieler aus ihrer ehemaligen Lieblingssendung war zu Gast und erzählte etwas über sein Leben. Zwar kannte Louise jenes durch die tausend Magazine, Internetberichte und den Tratsch in der Schule wahrscheinlich mindestens so gut wie er, aber sie musste zugeben, dass ihr das Zuschauen um Längen mehr gefiel als Tatort.

»Wann Mama und Papa wohl kommen ...«, murmelte sie vor sich hin und überlegte, was ihre Eltern wohl noch machten.

Lars zuckte mit den Schultern. »Freu dich doch, dass sie endlich Zeit miteinander verbringen.«

Und das tat Louise auch. Sie wünschte sich, dass sie die ganze Nacht wegblieben, den ganzen nächsten Tag, die ganze nächste Woche. Hauptsache, sie waren beieinander und beschäftigten sich mit dem anderen. Alles sonst war ihr egal.

Nach einer weiteren Stunde machte Lars den Fernseher aus und die Ruhe, die sich im Zimmer verbreitete, empfand sie als ein wenig unheimlich.

»Geh ruhig schon mal nach oben. Ich räume die Sachen noch weg.«

Lars griff nach den leeren Gläsern und brachte sie in die Küche. Louise zögerte. Alleine nach oben gehen, hieß für sie, alleine an der großen Glasscheibe vorbeilaufen. Warten bedeutete für sie jedoch, Lars einzugestehen, dass ihr dies ein Problem bereitete.

»Okay, danke.« Sie nickte, biss sich auf die Lippe und schloss die Augen.

Du machst das jetzt, dachte sie. Stell dir vor, es ist taghell draußen, und geh!

Bevor sie die Augen wieder aufmachen konnte, durchfuhr sie es wie ein Blitz. Es fühlte sich an, als habe ihr jemand ein Messer in das Herz gesteckt, so gewaltig war der Schreck durch ihren Körper gegangen.

Sie schrie kurz auf, sprang einen Schritt zurück und ging in die Hocke, die Hände schützend über den Kopf. Da nahm sie auch schon ein Lachen wahr.

Lars hatte die Gläser in die Spülmaschine eingeräumt und das Spektakel seiner Schwester aufmerksam verfolgt.

»Ich geh mal dran«, sagte er dann und ging in den Flur.

Louises Herz fuhr immer noch Achterbahn, auch als die letzte Gehirnzelle verstanden hatte, dass jenes Messer im Herz nur ein Anruf auf dem Telefon im Flur gewesen war.

»Mensch«, fluchte sie leise.

Dann horchte sie auf. Es war still. Normalerweise müsste sie doch nun die Stimme ihres Bruders hören, wenn er am Telefon mit jemandem sprach.

Und überhaupt, wer rief um diese Uhrzeit noch bei wem an? Vielleicht waren es ja ihre Eltern, dachte sie. Vielleicht wollten sie ihre Rückkehr ankündigen oder auch ausrichten, dass es noch dauerte.

Dann schüttelte sie den Kopf. Nein. Ihre Eltern würden nicht anrufen. Sie mussten davon ausgehen, dass ihre Kinder schon längst schliefen.

Sie lauschte noch einmal.

»Lars?«, flüsterte sie, weil sie immer noch nichts hörte.

»Louise?« Lars! Auf einmal ging Licht im Flur an. »Da ist niemand. Der Anrufer hat aufgelegt.«

14. Kapitel

Benjamin sah durch das große Fenster über dem Küchentisch und blickte in den Garten. Die Sonne strahlte und es war heiß draußen. Normalerweise würde er bei dem Wetter etwas unternehmen. Rad fahren, abhängen mit seinen Kumpels, Eis essen oder mit Ohrstöpseln ausgerüstet auf der Liege schlafen.

Klara war schon so ewig weg. Zumindest fühlte es sich so für ihn an. Dass es erst ein paar Stunden waren, konnte er kaum glauben. In ihm tobte die Angst. Entführt! Das Wort war einfach immer so fern gewesen. Irgendwie hörte man zwar immer wieder davon, aber man verdrängte es zu schnell.

Wahrscheinlich war es eine Schutzfunktion des eigenen Körpers, um einen nicht in den Wahnsinn zu treiben. Wenn man vor allem Angst hätte ... Aber es konnte jedem passieren.

Der hübschen Joggerin im Park, dem älteren Herrn, der morgens immer die Brötchen holen ging, und dem vierfachen Familienvater von nebenan. Aber diesen Menschen war es nicht passiert. Es handelte sich um Klara, seine geliebte Schwester. Das Schicksal ist ein mieser Verräter, dachte er und wischte die Tränen aus seinem Gesicht.

Lars spürte, wie ihm ein Schauer über den Rücken lief. Es hatte genau drei Mal geklingelt. Genau drei Mal war diese Stille am anderen Ende gewesen. Er musste sich eingestehen, dass ihm nicht wohl zumute war.

Wie versteinert standen die beiden noch vor dem Telefon. Würde der Unbekannte wieder anrufen, sie erneut in Angst und Schrecken versetzen?

»Lass uns doch Mama und Papa ...«

Lars schüttelte so entschieden den Kopf, dass seine Schwester gleich abbrach.

»Wir müssen sie nicht umsonst belästigen. Wahrscheinlich möchte sich jemand nur einen kleinen Scherz erlauben und hätte, wenn er wüsste, wie wir hier darauf reagieren einen Heidenspaß.« Ja, dachte Lars. So musste es sein.

»Das ist so gemein.« Louise war ganz blass geworden und wirkte mittlerweile noch zarter und zerbrechlicher als sonst.

Es schmerzte Lars sehr, sie so ängstlich sehen zu müssen, ohne sie beruhigen zu können.

»Und was, wenn es jemand auf uns abgesehen hat, wenn jemand gezielt Terror auf uns ausübt? Vielleicht ist es ein ehemaliger Mandant von Papa, den er nicht erfolgreich vertreten konnte, und der jetzt einen grausigen Racheakt plant!«

Lars musste zugeben, dass ihm diese Vorstellung selber Angst bereitete. Trotzdem wandte er sich ab. »Unsinn.«

»Aber erst die Schatten, dann Jack ...« Sie stockte.

»Schatten?«

Louise biss sich auf die Lippen. Das hatte sie doch verschweigen wollen. Sie winkte ab. »Ich dachte erst, sie hätten keine große Bedeutung, aber letztens waren da diese Schritte und dieses Rascheln.«

Lars zögerte, ging dann zur Haustür und drehte den Schlüssel um.

»Jetzt kommt hier nicht mal ein Schwerverbrecher rein.« Sei stark, dachte er. Zeige ich Angst, stärke ich ihre.

Sie nickte schwach, aber ihre Augen wurden ganz glasig, sodass er nicht anders konnte, als sie in den Arm zu nehmen.

»Lass uns schlafen legen«, flüsterte er ihr zu, wartete erst gar nicht auf ihre Antwort, sondern schob sie in Richtung Treppe.

Als er sich kurz unbeobachtet von ihr fühlte, griff er nach dem Telefon und schaltete es aus. »Du hast keine Chance. Du machst mir keine Angst«, murmelte er und folgte Louise dann nach oben.

Als Louise am nächsten Morgen die Augen aufschlug, war ihr erster Gedanke: Er hat sich nicht mehr gemeldet. Ihr zweiter Gedanke war die Frage, ob es auch nur ein Traum gewesen sein konnte. Jedoch verneinte dies die Tatsache, dass sie sich nicht in ihrem Bett befand, sondern in dem ihres Bruders. Dann überlegte sie. Wo war Lars? Ein Blick auf den Boden gab ihr die Antwort. Er lag auf dem harten Teppich neben dem Schreibtisch, hatte eine verkrümmte Position eingenommen und schlief. In Louise erwachte das schlechte Gewissen. War er ihretwegen auf den Boden gezogen? Zeitgleich mit dieser Frage schlug er die Augen auf.

»Du Monster«, schnaufte er gleich. »Du hast die Nacht so in meinem Bett gewütet, dass ich flüchten musste. Sonst hätte ich jetzt überall blaue Flecke.«

Louise schaute ihn entsetzt und schuldbewusst an.

Da lachte Lars. »Schon okay.«

»Ich hatte gehofft, alles nur geträumt zu haben«, seufzte Louise.

Lars stöhnte. Er setzte sich auf und gähnte. »Komm, wir gehen frühstücken.«

Gemeinsam liefen sie nach unten, machten sich einen Teller mit gebutterten Toasts und setzten sich an den Gartentisch. Sie hatten gerade aufgegessen, als ihre Mutter nach draußen kam.

»Guten Morgen, ihr Süßen.« Sie sah aus wie das blühende Leben.

Ihr Körper steckte in einem luftigen Sommerkleid und stellte erneut unter Beweis, dass sich die vielen Stunden im Fitness-Studio, die seltsamerweise trotz Beruf möglich geworden waren, bezahlt gemacht hatten. Ihre Haare waren zu einem lockeren Zopf zusammengebunden, der sie sowohl sportlich als auch elegant wirken ließ.

»Hey.« Louise staunte, was eine positive Ausstrahlung alles bewirken konnte. »Hattet ihr gestern einen schönen Abend?«

Katrin lächelte. »Ja. Die Oper hat uns gut gefallen. Die Musik war toll und das Theater wunderschön geschmückt.« Louise warf ihr einen genervten Blick zu. Dass sie mit ihrer Frage nicht wissen wollte, wie die Aufführung gewesen war, hatte sie als selbstverständlich angesehen.

»Habt ihr für heute schon Pläne?« Katrin hörte gar nicht mehr auf zu strahlen. Louise schüttelte den Kopf. »Ich dachte an einen Mädelstag in der Stadt. Schicke Klamotten, das Eiscafé in der Einkaufspassage, Sonnenschein und du und ich?«

Louise riss die Augen auf. »Du meinst ...?«

Kaum hatte Katrin den Kopf zu einem Nicken bewegt, war Louise ihr auch schon in die Arme gesprungen.

»Ich denke, das war ein Ja.«

»JA! JA! JA!« Louise schaffte es gerade noch, sich so zusammenzureißen, dass sie NICHT kreischend durch das Haus rannte. Dass sie sich schnell waschen und anziehen sollte, ließ sie sich dann nicht zweimal sagen.

Eine halbe Stunde später war Louise ins Auto gestiegen und sie fuhren mit geöffnetem Dach über die Schnellstraße in Richtung Innenstadt. Das letzte Mal, als ihre Mutter einen solchen Tag mit ihr verbracht hatte, war gewesen, als sie ihr hatte sagen müssen, dass ihre Großmutter gestorben war.

Kurz musste Louise daran denken. Vielleicht hatte sie sich in ihrem ersten Gefühl geirrt und ihre Mutter suchte nur nach einer passenden Gelegenheit, um ihr eine nächste Schocknachricht zu überbringen.

Plötzlich erstarrte ihr Lächeln. Wohlmöglich würden sich nun alle Vorkommnisse erklären ... ja, durch ein großes Unheil ... Ihr Herz klopfte immer schneller und schneller.

»Ist etwas passiert? Du kannst es mir ruhig sagen.« Sogar sie selbst erkannte die Panik in ihrer Stimme, sodass ihre Mutter erstaunt zu ihr sah.

»Wie kommst du denn darauf, Maus? Es ist alles gut.«

Katrin wusste gar nicht, was genau ihr diese gute Laune bereitet hatte. Wahrscheinlich war diese einfach entstanden, weil sie seit Jahren zum ersten Mal ein Gefühl der Wertschätzung von Christoph vermittelt bekommen hatte. Tatsächlich hatte er einmal ihren Arm um sie gelegt. Es hatte sich zu gut angefühlt. Sie hatte ein richtiges Kribbeln auf der Haut gespürt, als er ihr ein Kompliment zu ihrem Aussehen gemacht hatte.

»Möchtest du jetzt ein Eis haben?« Sie gefiel sich in der Rolle der fürsorglichen Mutter.

Louise nickte. Katrin fand, dass sie unglaublich hübsch aussah. Sie ging aufrechter als sonst und mit einem Strahlen im Gesicht durch die Straßen, redete auf Katrin ein und wirkte glücklich und zufrieden.

Katrin spürte, wie ihre Mundwinkel sich zu einem Lächeln formten. Sie erinnerte sich noch genau an diesen Tag, vor fast 13 Jahren, als ihre Tochter zur Welt gekommen war.

In dem Augenblick, in dem du dein Kind zum ersten Mal in den Händen hältst und dieses Gefühl von Verbindung spürst, bist du wahrscheinlich der glücklichste Mensch auf der ganzen Welt, dachte sie. Da überfiel sie allerdings auch schon die Schuld.

All die Jahre hatte ihr eigenes Kind sie um Aufmerksamkeit und Zuneigung gebeten und sie hatte sich undankbarerweise nie Zeit genommen.

»Na dann.« Sie musste alles nachholen. Sie wollte sich ändern.

Manchmal waren es die spontanen Dinge, die alles verändern konnten. Sie stellten sich gemeinsam in der Schlange an und warteten, bis der junge Verkäufer Louise drei Kugeln Stracciatella mit Streuseln und Katrin einen Eiskaffee ausgehändigt hatte.

Louise konnte ihr Glück immer noch nicht wirklich fassen. Mit vielen Tüten bepackt kamen die beiden am Nachmittag nachhause. Ihre Ausbeute war mehr als zufriedenstellend.

Während Katrin dabei war, ihre Einkäufe einzusortieren, schlich Louise ihr um die Füße. Sie suchte nach einem Auftakt, um ihrer Mutter von dem Handballspiel zu erzählen.

»Übrigens«, setzte sie an und wartete, bis sie deren Aufmerksamkeit erlangt hatte. »Am Montag spiele ich für das Schulteam beim Mädchenhandball.« Früher hatte Katrin sich immer gewünscht, dass Louise Ballett tanzte oder zum Reiten ging, so wie andere Mädchen, aber mittlerweile war ihr das nicht mehr so wichtig. Sie schien sich auch mit ihr zu freuen, denn sie strich ihr über den Kopf und nickte anerkennend.

»Das ist ja toll. Hoffentlich habt ihr Erfolg.«

Ja, das hoffte Louise auch. Aber das größte Geschenk war ihr bereits gemacht, dachte sie. Denn so langsam hatte sie vielleicht eine Art Familie.

15. Kapitel

Nils merkte, wie die Wut in ihm hochkochte. Bislang waren es eher Verzweiflung und Erschöpfung gewesen, die ihn erfüllten. Verzweiflung, weil er fürchtete, man könnte ihn finden. Erschöpfung, weil es ihn so anstrengte zu sehen, wie die kleine Klara litt.

Aber jetzt war es nur noch die Wut, die in seiner Brust pulsierte. Wieso taten sie ihm das an? Wieso akzeptierten sie nicht, dass sie zusammengehörten? Es musste endlich aufhören. Das Versteckspiel machte so doch keinen Sinn. Klara musste verstehen, dass ihre Begegnung von Anfang an Schicksal gewesen war. Sie musste endlich verstehen, dass SIE IHN auch liebte.

Das T-Shirt war Louise etwas zu groß. Katrin hatte jedes Mal vergessen, es beim Schneider kürzen zu lassen, und so war es Louise etwas unangenehm, darin gesehen zu werden. Anderseits war sie unheimlich stolz. Immerhin durfte sie tatsächlich spielen. Noch nie war sie mit so einem schnell klopfenden Herzen in ein Spiel gegangen.

Sie sah sich in der Halle um. Prall gefüllt, bis auf den letzten Platz war alles belegt. Suchend durchforstete sie das Publikum. Das Gesicht jedes Einzelnen wurde von ihr unter die Lupe genommen. Gestern am Abend hatte sie deutlich sichtbar die Karten auf den Tisch gelegt und nun hoffte sie so sehr, dass ihr Wunsch in Erfüllung ging und ihre Familie erschien.

Nervös trat sie immer wieder von einem Fuß auf den anderen. Plötzlich hatte sie das dringende Gefühl, auf die Toilette zu müssen. Am anderen Ende der Halle stand Katja. Sie kannte sie vom Training und Louise war vor Jahren einmal bei ihr zuhause gewesen. Es beruhigte sie ein wenig, jemand Vertrautes zu sehen.

Kurz bevor der Pfiff ertönte, kamen die Cheerleader heraus. Louise fand das, was sie aufführten, eher peinlich und viel zu amerikanisch für eine deutsche Schule. Aber sie bekamen einen lauten Applaus und Louise war viel zu aufgeregt, um sich weiter damit zu befassen.

Sie hörte plötzlich nur die Fußtritte und sah, wie ihre Mitspieler an ihr vorbeijagten. Dann nahm sie eine ihr sehr vertraute Person wahr: Lars! Er sah genau in ihre Richtung.

Da durchfuhr sie die Kraft. Sie stürmte los, fokussierte den Ball und rief ihren Teamkameradinnen zu, dass sie frei sei. Sie konnte jedoch nicht anders und musste sich mehrfach ermahnen, um nicht zu den Zuschauern zu blicken.

»LOUISE!« Auf einmal rief jemand ihren Namen. Es wäre schön gewesen, wenn es ihre Eltern gewesen wären, aber es war nur die Stimme einer Mitschülerin, die sie anfeuerte. Sie versuchte sich zu konzentrieren, aber ihre Gedanken waren zu mächtig, um sie abzustellen.

Wo waren ihre Eltern und warum enttäuschten sie sie wieder? Sie schüttelte sich.

»Reiß dich zusammen«, dachte sie, setzte sich in Bewegung und packte den Ball, der genau vor ihre Füße gefallen war. Ihre Hand zitterte, als sie den Ball unter sich spürte und ihre Beine fühlten sich an wie Wackelpudding. Sie hasste Wackelpudding!

»Ich bin gut, ich bin gut.« Wie oft hatte sie bereits gehört, dass man mit reiner Gedankenkraft viel erreichen konnte.

Sie schnaufte, blieb stehen und sah sich nach jemandem um, dem sie zuspielen konnte. Ein Stöhnen ging durch die

Menge, als das Mädchen mit den roten Zöpfen aus der gegnerischen Mannschaft ihr den Ball aus der Hand schlug.

Louise sah zu Lars. Er lächelte ihr aufmunternd zu.

»Danke«, dachte sie. »Dafür, dass wenigstens du da bist.«

Umso mehr Zeit verging, desto unsicherer wurde Louise. Der Spielstand sah nicht sehr vielversprechend aus. Das änderte sich auch nicht, nachdem die Pause vorbei war.

Jedoch begann auf einmal Louises Puls höher zu schlagen. Die Frau, die sich gerade durch die Reihe zu Lars kämpfte, war das etwa ihre Mutter? Tatsächlich! Als sie sich umdrehte, konnte Louise ihr Gesicht erkennen.

Dass ihre Mutter gekommen war, um ihre Tochter spielen zu sehen ... Louise verspürte unglaublichen Stolz und ihr Kampfgeist erwachte. Sie stürmte auf das Mädchen zu, das ihr eben noch den Ball abgenommen hatte, und lenkte sie so geschickt ab, dass sie das Tor verfehlte. Stattdessen gelang es Louise sogar, den Ball in Besitz zu nehmen. Mit diesem bewaffnet und von vielen Spielerinnen verfolgt, wechselte sie die Spielrichtung und steuerte auf das Tor der anderen Mannschaft zu. Sie warf, nur wenige Sekunden zu früh, aber der Ball landete einige Zentimeter neben dem Tor.

Ein erleichtertes Aufatmen von hinten dröhnte in ihren Kopf. Sie selbst fühlte sich einfach nur leer. Pure Enttäuschung. Das war ihre große Chance gewesen, ihr Können vor ihrer Familie unter Beweis zu stellen, und sie hatte versagt.

Als Christoph seine Sachen abgelegt und ins Wohnzimmer gelaufen war, sah er auf die Küchenablage.

Mist! Jetzt fiel es ihm wieder ein. Dort hatten sie gelegen. Drei Karten, rot, mit schwarzen Buchstaben. Er schlug sich gegen die Stirn. Katrin hatte ihn doch extra gebeten zu erscheinen, aber als er zur Arbeit gefahren war, waren die Gedanken daran verschwunden.

Er schüttelte den Kopf und ärgerte sich. Katrin hatte Recht. Sie waren wirklich nicht die besten Eltern. Er schaltete das Licht ein, ging in die Küche hinüber, eine wunderschöne Küche aus weißgebeiztem Holz mit einem Herd in der Mitte des Raumes und der Theke gegenüber der Terrassentür. Er nahm eine Bierflasche aus dem Kühlschrank und atmete aus.

Normalerweise reagierte er nicht mit Alkohol auf Probleme, aber für den Augenblick schien das Bier ihn tatsächlich etwas zu beruhigen. Er hatte nicht mal nach dem Tod seines Vaters versucht, sich mit Alkohol zu trösten.

Überhaupt hatte er keinerlei Hilfe in Anspruch genommen. Seiner Erfahrung nach half Arbeit am besten über seelische Probleme hinweg, und so hatte er sich ins Büro gestürzt und die Jahre überstanden.

Christoph hatte sein Vater sehr viel bedeutet. Sie hatten viel zusammen unternommen und vielleicht schmerzte ihn deshalb der Gedanke, dass er als Vater versagt hatte. Trotzdem war es so schwer, daran etwas zu ändern. Er brauchte seine Arbeit.

Dabei hatte er sich sein Leben mit Katrin so schön ausgemalt. Als er sie damals kennen lernte, hatte er gedacht: Ich lasse sie nie wieder los. Es hing nicht nur damit zusammen, dass er sie als seine Retterin empfand, denn sie hatte ihn in einen Urlaub an der spanischen Westküste bei starkem Wellengang aus dem Wasser gefischt. Es hing damit zusammen, dass sie ihm ihr ganzes Wesen offenbart hatte. Sie war so offen gewesen, hatte den ganzen Tag gelacht und dabei hatten ihre Augen so geleuchtet.

Er musste lächeln, wenn er so an sie dachte. Sie hatten noch während des Studiums geheiratet. An seinen Gefühlen hatte sich bis heute wirklich nichts geändert, jedenfalls nicht in seinem tiefsten Inneren, das wusste er.

Noch immer war Katrin die Frau, die er liebte, die Frau, auf die er sich blind verließ. Aber um ihr das zu zeigen, hätte er innehalten müssen, und das gelang ihm nicht mehr. Er konnte nicht stehen bleiben und Luft holen und der Christoph von früher sein.

Das Leben hatte einen anderen Menschen aus ihm gemacht. Die Arbeit forderte ihn immer mehr. Die täglichen Machtkämpfe: Wer ist der Beste hier? Wer verdient am meisten? Wer hat am meisten Erfolg? Er kam mit den Leistungen gar nicht mehr hinterher. Manchmal merkte er erst richtig, dass er am Ende war. Er schaffte es nicht, sein eigenes Tempo zu verringern. Er wusste wirklich nicht, wie er das hätte anstellen sollen.

»Ich liebe dich, Katrin«, sagte er leise.

War es wirklich so lange her, dass er diesen Satz zu ihr gesagt hatte? Wieso hatte er es nicht ausgesprochen, als sie nebeneinander in der Oper gesessen hatten? Es ging einfach nicht. Obwohl er sich sicher war, dass eine stabile Beziehung mit Katrin ihm so guttun würde. Er brauchte einfach mehr glückliche Momente. Wieso hatte er nur Louises Turnier vergessen?

Wütend trank er den letzten Schluck seines Biers leer und griff sofort wieder in den Kühlschrank. Am liebsten wollte er sich einfach betrinken. Er schämte sich kurz ein wenig für den Gedanken, denn er wusste, dass Alkohol für nichts die Lösung sein konnte, aber das war ihm dann doch in diesem Moment egal.

Christoph deckte den Tisch im Garten. Er war sich nicht sicher, ob es schon zu frisch war, aber er fand die Vorstellung so schön, draußen zu Abend zu essen.

Auf dem Dach des Schuppens hockte eine Schwalbe. So reglos, dass man meinen konnte, sie sei nicht echt, wie diese lebensgroßen Kunststoffraben, die vor manchen Geschäften aufgestellt waren, um lästige Tauben fernzuhalten. Sie sah so friedlich aus, dass er fast schmunzeln musste. Ein Widerspruch zu dem, was sich eigentlich hier abspielte.

Ob das alles so vorgesehen war? Eine Familie, auseinandergebrochen, ein jeder tat so, als sei nichts. Kurz hielt er inne, mit den Servietten in der Hand über den Tisch gebeugt. Was dachte er da nur? Er selbst tat so, als sei nichts. Katrin ebenfalls.

Aber waren es nicht seine Kinder, die Jüngsten gewesen, die oft genug auf das alles hatten aufmerksam machen wollen? Vorsichtig strich er die Servietten glatt, legte neben jeden Teller eine ordentlich gefaltete und platzierte das Besteck darauf. Falsch, ja das war das richtige Wort. Was tat er hier nur?

Wie in einem Kinderbuch stand er vor dem Esstisch und deckte für einen idyllischen Abend mit seiner Familie ein? War das nicht heuchlerisch? Würde es ihm nicht ähnlicher sehen in sein Arbeitszimmer zu gehen, die Nachrichten auf dem Fernseher einzuschalten und dabei eine Körnerecke mit Käse zu essen, wie sonst auch?

In ihm entstand dieser Konflikt zwischen dem, was er eigentlich tat, und dem, was man möglicherweise besser tun sollte. Er war hin und her gerissen.

Mehrmals blickte er auf die Uhr. Was, wenn seine Familie nachhause kam und bereits gegessen hatte? Gab es nicht immer diese Feiern nach den Spielen mit großem Buffet? Waren da nur die Sieger erwünscht? Gehörte Louise zu diesen?

Die Angst vor dem Moment, wenn sie vollkommen gesättigt den gedeckten Tisch musterten, überzeugte ihn davon, die Sachen wieder an ihren alten Platz zu stellen und sich tatsächlich alleine in sein Zimmer zu setzen. Es fühlte sich einfach vertrauter an und nicht so gestellt.

Als sie nachhause kamen, spürte er, wie sein Herz das Blut wie wild gegen seine Schläfen pumpte, schwarze Punkte tanzten vor seinen Augen. Nicht ohnmächtig werden, dachte er. Er hielt den Atem an. Sollte er »Hallo« rufen?

Christoph hörte sich selbst aufstöhnen, und es war wie ein Signal, etwas zu tun. Hastig stand er auf und musste sich kurz am Schrank neben dem Bücherregal abstützen, weil das Zimmer um ihn herum zu schwanken schien. Zwei, drei Sekunden, dann ging es wieder.

Mit schnellen Schritten war er aus dem Arbeitszimmer heraus. Dann ließ er den Blick durch den Flur huschen. Wo waren sie denn hingegangen? Plötzlich hörte er ein Poltern aus der Küche. Als er Katrin am Herd stehen sah, vergaß er etwas zu sagen und beobachtete sie einfach.

»Ich kann euch ein bisschen Hähnchen braten. Ich habe eben noch Ananas gekauft. Toast Hawaii. Das mögt ihr doch so gerne.«

Mochten sie das gerne? Christoph hatte sie das noch nie essen sehen. Er musste jedoch eingestehen, nicht oft bei den Mahlzeiten der Kinder da gewesen zu sein.

Er beobachtete, wie diese auf den Vorschlag der Mutter reagierten. Sie nickten. Louise sah niedergeschlagen aus. Sicherlich hatte sie keinen Sieg nachhause gebracht.

»Huch.« Plötzlich erschrak Christoph.

Katrin stand vor ihm. »Stehst du schon die ganze Zeit hier?«

Verwirrt schüttelte Christoph den Kopf. »Hallo.«

Er merkte, wie sein Herz immer schneller schlug. Es war schon seltsam, dachte er. So aufgeregt zu sein und das bei der eigenen Familie ...

16. Kapitel

Die Worte waren ihm in den Sinn gekommen, als er selbst die Zeitung gelesen hatte. Täglich standen da diese Anzeigen. Eine neben der anderen. Er fand es ein bisschen seltsam, fast pervers. Neben einer »Willkommen im Leben«-Geburtsanzeige füllten Trauermeldungen das Blatt. Unpassend, dachte er.

Bevor er jedoch auf die Idee kam, entstand diese Wut. Er war am Abend zuvor bis auf die Haut durchnässt nachhause gekommen. Genau zwei Stunden hatte er hinter dem Baum gestanden und Klara beobachtet. Und dabei hatte er wirklich mit ansehen müssen, wie er, ihr eigener Vater, sie so verletzt hatte.

Nils hatte leider nicht mitbekommen, worum es in dem Streit zwischen Klara und diesem Philipp Freis gegangen war, aber er wusste, dass Klara nie etwas Böses getan haben konnte. Dafür war sie zu vollkommen. Zu engelsgleich.

Die Wut hatte ihn erfüllt und ließ sich nur mit eiserner Rache bändigen. Stundenlang hatte er überlegt, was er tun konnte. Nichts war gut genug, um das zu rächen, was der Vater Klara angetan hatte. Immer noch hörte Nils ihn schreien. So wie er Klara angeschrien hatte. Wie konnte ein Vater so etwas tun?

Klara hatte so verzweifelt ausgesehen. Irgendwann waren ihr die Tränen heruntergekullert. Das Leben war so ungerecht. Womit hatte dieser Mann ein solches Wesen als Tochter verdient? Wie konnte er so mit ihr umgehen? Erfüllte ihn denn nicht die Dankbarkeit?

Nils würde alles dafür tun, Klara nah zu sein, und ihrem Vater war sie einfach in die Wiege gelegt worden. Wo hatte der Kampf stattgefunden? Nils musste Tag und Nacht an das Mädchen denken und wurde mit dieser Liebe so hart bestraft.

Er verstand ihren Vater nicht. Er musste sich doch glücklich schätzen. Immer mehr füllte sich Nils' Herz mit Hass gegenüber diesem Mann. Philipp Freis musste lernen, wie er mit seiner Tochter umgehen konnte. Und er hatte eine Lektion verdient. Eine, die ihm Angst bereitete. Todesangst! Ihm musste der Tod vor Augen geführt werden. Schwarz auf weiß.

Meist hatte Katrin unter der Woche zu wenig Zeit, um die Tageszeitung zu lesen und beschränkte ihr Wissen auf das, was die Reporter im Radio berichteten. Jedoch war sie an diesem Morgen ungewohnt früh dran. Sie hatte unruhig geschlafen und war fast eine halbe Stunde früher wach geworden als sonst.

Katrin stand vor dem Kühlschrank. Gähnende Leere. Sie kratzte sich am Kopf. Was sollte sie ihren Kindern nur zum Frühstück vorbereiten? Die Müslidose hatte sich auf eine Handvoll Knusperflocken reduziert und die Brottrommel enthielt außer einem alten Brötchen, das sie höchstens für Frikadellen verwenden konnte, eine halbe Scheibe Toast, die vom Abend übrig geblieben war.

»Ich bin eine schlechte Mutter«, seufzte Katrin, während sie zurück zum Kühlschrank ging und zwei Eier herausnahm.

Sie war noch ein wenig schlaftrunken und setzte sich kurz auf einen Hocker. Statt sich noch einmal ins Bett zu legen, trank sie eine zweite Tasse Kaffee und wusch sich das Gesicht mit kaltem Wasser.

Dann schlug sie die Eier in die Pfanne, schnitt eine Banane auf und stellte einen Korb mit Knäckebrot, das sie im Vorratsschrank im Keller gefunden hatte, auf die Theke. Erst dann schaffte sie es, sich in Ruhe hinzusetzen.

In Gedanken versunken, griff sie schließlich nach der Zeitung auf der Küchenablage. Sie blätterte sich durch die Seiten, überflog einige Überschriften und vertiefte sich in die interessanteren Artikel. Als sie zu dem Teil mit den Geburts- und Todesanzeigen kam, musterte sie die Doppelseite. Sie merkte, wie sie Gänsehaut bekam.

Furchtbar, dass sich jeden Tag Menschen von einem Geliebten verabschieden müssen.

Bei einem Namen musste sie nachdenken. Er kam ihr bekannt vor. Vorsichtig trennte sie die Anzeige heraus und legte sie neben die Zeitung.

Plötzlich traf sie der Schlag. Sie konnte keinen klaren Gedanken fassen, musste sich fest an den Stuhl klammern, um nicht zu fallen und an sich halten, nicht zu schreien.

Christoph Wich geb. 26.09.1967, + 28.04.2014

Katrin wusste nicht, wie lange sie vor der Anzeige gesessen und die schwarzen Buchstaben auf der Zeitung angestarrt hatte. Irgendwann sank sie langsam in die Knie und setzte sich auf die Fersen, ohne den Blick dabei von der Botschaft lösen zu können.

Jemand hatte diese Anzeige aufgegeben, um ihnen Angst zu machen. Dieser Gedanke war so ungeheuerlich, dass sie am ganzen Körper zu zittern begann. Wer hatte ein Motiv, ihrer Familie einen Schaden zuzufügen? Ein paar Mandanten ihres Mannes? Jemand vom Verlag?

Aber wer würde eine solche Grausamkeit begehen, nur um sich zu rächen? In ihr machte sich Unbehagen breit. Sie fühlte sich beobachtet und sah sich vorsichtig um. Plötzlich bildete sie sich ein, etwas zu hören. Ein Atmen? Konnte sich hier drinnen jemand versteckt haben?

Hinter dem Schrank? Sofort lief sie dort hin und blickte sich um. Nichts. Sie schloss die Tür. Falsch, dachte sie. Wenn wirklich jemand hier drinnen ist, hast du dir selbst den Fluchtweg verschlossen. IM Schrank, schoss es ihr in den Sinn.

Sie wollte ihn aufreißen, um sich zu vergewissern, aber ihre Finger zitterten so sehr, dass sie es nicht schaffte. Noch nie in ihrem Leben hatte ihr Herz so schnell geklopft.

Todesangst. Erneut blickte sie auf das Papier. Das heutige Datum als Todestag, der Name ihres Mannes: Christoph Wich.

Wieso war keinem in der Redaktion aufgefallen, dass es keinen Toten geben konnte, dass das Datum erst heute war und alles schlicht unmöglich, weil die Zeitung, als sie am gestrigen Abend in den Druck gegangen war, noch nichts von einem Todesfall am nächsten Tag wissen konnte?

»Verflucht seien diese Schreiberleute!«

Tränen schossen ihr in die Augen. Hoffentlich klingelte nicht ausgerechnet jetzt der Wecker in den Zimmern der Kinder. Was sollte sie nur tun? Christoph anrufen?

Ihr Herz schlug immer schneller. Was, wenn hinter alldem gar kein böser Scherz steckte, wenn Christoph etwas zugestoßen war und … Sie dachte gar nicht weiter, riss das Telefon aus der Schale und wählte hastig.

»Christoph!« Sie atmete wild, ihre Stimme überschlug sich fast. »Gott sei Dank, du lebst.«

Schweigen am anderen Ende der Leitung.

»Du musst sofort nachhause kommen. Hörst du? Es ist etwas Grausames geschehen.«

Sie brachte nicht mehr über die Lippen, denn sie brach in Tränen aus. Christoph wartete gar nicht auf weitere Details, er verstand sofort, dass er keine andere Wahl hatte.

»Ich bin sofort da. Bleib ganz ruhig.«

Sie konnte nicht ruhig bleiben. Sie hatte so schreckliche Angst. Sie wollte nicht alleine sein. Zwar wusste sie, dass sie das nicht war, dass oben ihre beiden Kinder schliefen, aber andererseits beunruhigte sie dies umso mehr. Sie waren beide schutzlos. Was würde sie nur tun, wenn sie wirklich einer Gefahr ausgesetzt wurden? Wie sollte sie nur handeln?

Sie griff in die Schublade, zog ein Messer heraus und versteckte es hinter dem Rücken. Ihre Hände zitterten immer noch und sie hatte am ganzen Leib Gänsehaut. Bitte beeile dich!, dachte sie und sah auf die Uhr. Der Sekundenzeiger bewegte sich kaum und die Minuten hinter der Küchentheke kamen ihr vor wie Stunden.

Sie hörte den Weckruf aus Lars' Zimmer. Er stand immer ein paar Minuten vor Louise auf, um sich noch zu duschen. Ihr blieb also nur noch wenig Zeit, bis beide Kinder unten stehen würden und wie gewohnt frühstücken wollten.

Als sie hörte, wie die Haustür aufgeschlossen wurde, schloss sie die Augen. Sie konnte nicht mehr.

»Katrin?« Als sie Christophs Stimme hörte, ließ sie sich zu Boden fallen. Das Messer klirrte neben ihr. Ihr Mann stürmte auf sie zu und rüttelte sie. »Was ist denn los? Antworte doch!«

Schwach wies Katrin auf die Theke. Ehe Christoph die Zeitung ausgiebig gemustert hatte, wurde er ganz blass und musste sich setzen.

»Wer hat das geschrieben?«

119

Katrin zuckte mit den Schultern. »Wer auch immer das gewesen ist, er möchte uns bedrohen. Hast du mit irgendwem Ärger?«

Christoph schüttelte schwach den Kopf. »Eigentlich nur das Übliche. Mal eine Diskussion oder eine Streiterei, aber keiner von diesen Menschen wäre in der Lage ...« Er brach ab, schluckte.

»Ich brauch etwas zu trinken.« Dann stand er auf, ging zum Kühlschrank und griff wieder nach einer Flasche Bier.

»Wir müssen die Polizei rufen.« In diesem Augenblick stand Lars vor ihnen. »Was ist denn hier los?« Er sah verwirrt zu seinem Vater. »Wieso bist du noch hier?«

Christoph schüttelte den Kopf. »Geh nach oben, pass auf deine Schwester auf. Ihr bleibt heute lieber zuhause.«

Lars sah verdattert zu seiner Mutter. »Ist alles in Ordnung?«

Diese war zu kraftlos, um zu antworten. Langsam versuchte sie sich vom Boden aufzurappeln.

»Wir werden bedroht. Du musst für Louise da sein, Lars. Hörst du? Kriegst du das hin?«

Erschrocken riss er die Augen auf. »Wir werden ... was?«

»Du hast richtig verstanden. Jemand hat es auf uns abgesehen und wir wissen nicht, was dieser Mensch vorhat.« Während sein Vater ihm eine Antwort gab, wählte er den Notruf in sein Handy.

Er sprach leise mit seinem Telefonpartner. So, als hätte er die Sorge, derjenige, der die Anzeige formuliert hatte, sei noch im Haus. Dann nickte er mehrmals, antworte zweimal nacheinander nur mit »Ja okay.« Schließlich legte er auf. »Sie kommen sofort. Wir sollen das Haus nicht verlassen.«

Lars sah zur Treppe. »Was ist mit Louise? Sie weiß gar nicht Bescheid.«

Katrin wurde lebendig. Sie schüttelte heftig den Kopf. »Wir dürfen ihr keine Angst machen. Sie hält das nicht aus.«

Lars wusste, dass sie Recht hatte. Louise war schon immer so ängstlich und schreckhaft gewesen. Sie fürchtete sich schon bei einem leisen Geräusch, begann zu zittern, sobald etwas nicht stimmte, und war in dieser Hinsicht einfach noch nicht so weit wie andere Mädchen in ihrem Alter.

»Ich gehe zu ihr.« Er lief nach oben, setzte sich auf ihren Schreibtischstuhl und wartete, dass sie aus dem Badezimmer kam. Er wusste selber nicht, was er ihr sagen sollte, warum sie heute nicht in die Schule gehen sollten und weshalb in wenigen Minuten die Polizei eintreffen würde. Feststand, dass er alles tun würde, um sie zu schützen.

Christoph schluckte. Seine Wut überraschte ihn. Was fiel diesem Dreckskerl nur ein, so etwas zu schreiben? Natürlich konnte auch eine Frau dahinterstecken, doch vor seinem Auge stand das Bild eines Mannes. Er spürte einen Psychopathen.

»Die Spuren Deines Lebens, all die Augenblicke und Gefühle und vor allem Deine gemalten Bilder, lassen uns immer daran erinnern und glauben, dass Du bei uns bist.«

Wie konnte ein Mensch mit dem Wissen, dass der andere noch lebte, so etwas verfassen? Christoph dachte an seine Kinder. Sie waren noch zu jung, um einer solchen Bedrohung ausgesetzt zu werden. Vor allem Louise. Sie war noch ein richtiges Kind. Plötzlich wollte er sie in den Arm nehmen. Hieß es nicht immer, dass schreckliche Dinge zusammenschweißten? Er wünschte sich bei ihnen zu sein, sie alle an sich zu drücken und den anderen die Angst zu nehmen.

Aber das war ihm nicht möglich. Er wusste schließlich nicht, wie das Ganze seinen Lauf nehmen würde. Auf einmal war sich Christoph sicher: Wenn es vorbei war, würde er etwas mit Louise und Lars unternehmen. Egal, was sie wollten. Sie durften wählen.

Er spürte, wie er fast schon anfing, sich zu freuen. Als würde er alles um sich herum vergessen, dachte er an die Vergangenheit. Einmal hatte Christoph bereits beschlossen, sich samstags endlich einmal Zeit für seine Kinder zu nehmen. Er hatte sogar schon überlegt, was er ihnen anbieten konnte: einen Ausflug in den Zoo, eine Fahrradtour oder in den Freizeitpark. Vielleicht auch einfach einen Tag zuhause. Spielen oder etwas backen.

Doch dann waren beide schon mit Freunden verabredet gewesen, ehe er sie hatte fragen können.

»Das wundert dich wirklich?«, hatte Katrin ihn gefragt, nachdem die Kinder aus dem Haus gestürmt waren.

Christoph hatte mit den Schultern gezuckt. Ja. Eigentlich hatte ihn das gewundert. Louise war doch sonst so anhänglich und hatte sich oftmals beklagt, er habe nie Zeit für sie. Und nun legten sie keinen Wert mehr darauf?

»Wie naiv bist du denn? Du bist doch sonst auch nie da. Immer ist die Arbeit das Wichtigste für dich. Und dann hast du mal zufällig Zeit und erwartest, dass sie alles stehen und liegen lassen?«

Christoph hatte die Wut gepackt. Wieso redete sie hier so herablassend auf ihn ein? In Wirklichkeit war sie doch kein Funken besser?

Aber er hatte alles heruntergeschluckt und war einer Diskussion aus dem Weg gegangen, indem er sich hinter einer Zeitung verkrochen hatte. Was hätte das alles auch gebracht? Sein Handy hatte dann geklingelt.

Katrins Blick war ihm noch heute so präsent. Das Klingeln schien eine Bestätigung für ihre Worte zu sein.

»Wich!!!«, meldete er sich.

Es war nicht gerecht, den unschuldigen Anrufer so anzublaffen, aber Christoph hatte einfach noch zu viel Wut im Bauch gehabt. Es fühlte sich an wie ein Schlag gegen die Stirn. Aber es war nur das Schellen an der Tür.

Katrin sprang auf. »Das müssen sie sein. Endlich. Die Polizei ist da.«

17. Kapitel

Er liebte sie. Er war süchtig nach ihr. Wenn sie sprach, überkam ihn ein heißes Glücksgefühl. So fühlte es sich an, wenn sie sprach. Als hätte sie einen Blick in sein Innerstes getan. Wie sie im Unterricht mit den Worten spielte. Und mit den Gedanken. Wie sie die Mosaiksteine aneinanderfügte, einen nach dem andern.

Katrin trug die Zeitung in das Esszimmer, breitete sie auf dem Tisch aus und setzte sich.

»Nehmen Sie doch Platz.« Sie wies auf die Stühle.

Der Mann, er stellte sich als Kommissar Meckhoff vor, und seine Begleitung setzten sich.

»Möchten Sie vielleicht etwas trinken? Einen Kaffee vielleicht?«

»Lieber ein Glas Wasser.«

Christoph stellte eine Flasche auf den Tisch und ließ sich dann auf einen der anderen Plätze nieder. Er schob dem Kommissar die Zeitung zu und sah dann zu Katrin. Sie sah ängstlich aus. Er wusste nicht, ob er sie je in einem solchen Zustand gesehen hatte.

»Das kann man wahrhaftig als Drohung verstehen.« Der Kommissar schnaufte.

Plötzlich fühlte Christoph sich so, als hätte ihm jemand einen schweren Stein vom Rücken genommen. Man würde ihn von dieser Last befreien, denn jemand bot ihm Hilfe.

Der Kommissar las sich die Anzeige immer und immer wieder durch, ebenso seine Begleitung, die sich als Praktikantin herausstellte.

»Sie müssen eine konkrete Zeugenaussage aufnehmen lassen«, sagte der Kommissar dann.

Katrin nickte. »Denken Sie, wir befinden uns in direkter Gefahr?«

Er zuckte mit den Schultern. »So schnell können wir kein Täterprofil erstellen. Verlassen Sie so lange am besten nicht das Haus.«

Christoph dachte an seine Termine. Wie sollte er die nur alle absagen? Er schämte sich für diese Gedanken. Seine Familie war in Gefahr und er hatte nichts Besseres zu tun, als wieder einmal an die Arbeit zu denken.

»Wir müssen die Zeitung mitnehmen. Wer von Ihnen hat sie bereits angefasst?«

Die beiden sahen sich an.

»Mein Mann und ich.«

Der Kommissar nickte. »Das habe ich mir bereits gedacht. Wir müssen ihre Fingerabdrücke sicherstellen, um sie mit möglichen Täterspuren abzugleichen.«

In diesem Moment hätte Katrin alles getan, um ein Gefühl von Sicherheit zu spüren. Wenn der Kommissar ihr vorgeschlagen hätte, aus dem Fenster zu springen ... Nun ja. Auch wenn er nicht sehr gesprächig war, hatte sie sofort Vertrauen zu ihm gehabt.

»Am besten, Sie kommen heute Mittag einmal ins Kommissariat.«

Er stand auf, schüttelte ihnen beiden die Hand und ging zur Tür.

»Passen Sie so lange gut auf sich auf!«

Louise hatte eine Ewigkeit auf ihrem Bett gesessen und darauf gewartet, dass Lars ihr eine Erklärung dafür brachte, warum sie nicht zur Schule gingen, als es plötzlich an der

Tür geklingelt hatte.

Neugierig war sie zur Treppe gelaufen und hatte versucht, etwas aufzuschnappen. Da waren mehrere Menschen. Fremde Menschen! Außerdem hatte sie ihren Vater gehört. Er war also nicht zur Arbeit gegangen. Das war der erste Punkt, der sie mehr als misstrauisch machte. Ihr Vater ging IMMER zur Arbeit.

Ob Fieber oder Infekt, das, was ihn im Büro erwartete, war wichtiger als die Gesundheit. Es stand ganz oben auf der Liste seiner Prioritäten. Was also musste passiert sein, um ihn aufzuhalten? Louises Herz klopfte schneller, die Fragen machten sie wahnsinnig.

»Bitte, Lars! Sag mir doch, was los ist«, hatte sie gebettelt, aber ihr Bruder hatte nicht nachgegeben.

»Es ist alles okay«, war seine Antwort gewesen, die Louise kein bisschen zufriedenstellte.

Nun hockte sie alleine in ihrem Zimmer auf dem Schreibtischstuhl und malte. Sie wollte versuchen, sich damit abzulenken. Immer wieder sah sie aus dem Fenster. Ausgerechnet heute sollte sie nicht in die Schule gehen. Obwohl heute doch mit der Klasse gefrühstückt wurde. Was die anderen wohl denken würden? Hatte ihre Mutter sie in der Schule auch entschuldigt?

Dachten wohlmöglich alle, sie sei krank? Sie ärgerte sich. Immer musste sie tun, was andere sagten. Ihre Eltern entschieden mir nichts dir nichts, dass sie nicht zur Schule geben sollte und nicht mal ihr Bruder nannte ihr die Gründe.

Sie stand auf, öffnete das Fenster und schnappte nach Luft. Vielleicht sollte sie ein bisschen nach draußen gehen. Das hatten ihre Eltern doch nicht untersagt? Sie versuchte sich zu erinnern.

»Wir können heute nicht zur Schule gehen.«

Nein! Lars hatte nichts von einem Morgenspaziergang gesagt. Vielleicht konnte sie einfach schnell zum Bäcker gehen und frisches Brot holen. Sie war hin und her gerissen. Auf diesem Weg könnte sie der Nachbarshund begleiten. Louise führte ihn oft aus. Die Nachbarin war tagsüber arbeiten und hatte sie vor einiger Zeit darum gebeten. Seitdem bekam sie einen 20-Euro-Schein im Monat von ihr. Louise konnte das Geld gut gebrauchen.

Sollte sie also einfach das Haus verlassen? Kurz überlegte sie, nach unten zu gehen, aber das hatte Lars ihr ausdrücklich verboten. Ihr Magen knurrte und nahm ihr die Entscheidung ab. Sie griff in ihr Sparschwein, öffnete ihr Fenster und stieg hindurch.

Erinnerungen von damals kamen in ihr auf. Lars und sie hatten sich vorgestellt, wie Geheimagenten, die eine Mission erfüllen mussten, das Zimmer zu verlassen. Zu diesem Zweck hatten sie eine Strickleiter an der Garagenwand befestigt. So konnte Louise noch immer unbemerkt von ihren Eltern nach draußen gelangen.

Als sie auf der Straße stand, beschloss sie erst einmal zum Bäcker zu gehen und anschließend den kleinen Maxi abzuholen. Mit einem knusprigen, frischgebackenen Brötchen in der Hand lief sie also wenige Minuten später zum Haus von Frau Fröhlich und schloss die Haustür auf.

Anfangs war sie sich jedes Mal vorgekommen wie ein Einbrecher, weil sie so einfach durch ein fremdes Haus gelaufen war. Mittlerweile hatte sie sich zwar ein bisschen daran gewöhnt, aber andererseits zählte es immer noch zu den Dingen, die sie nicht gerne machte.

»Maxi, Maxi«, rief sie und ihre Stimme schallte durch das ganze Haus. Plötzlich hörte sie die Pfoten über die Fliesen laufen.

»Da bist du ja!« Der kleine Dackel setzte sich neben sie und ließ sich über den Rücken streicheln.

Sie schloss die Haustür wieder ab und lief mit dem Hund in Richtung der Felder. Es war noch etwas frisch draußen und sie bereute, sich nichts übergezogen zu haben.

»Zieh doch nicht so, Maxi. Sonst falle ich um.«

Er zerrte noch heftiger an der Leine.

»Also, hörst du wohl auf! Wir sind doch gleich da.«

Doch schon setzte auch der Regen ein und beide wurden klatschnass.

Plötzlich rutschte Louise die Leine aus der Hand und Maxi raste wie besessen davon, als ob er von einem Monster verfolgt würde.

»Maxi, komm her. Warte! Wo willst du denn hin? Das ist die falsche Richtung, zum Feld geht es hier entlang.« Als könnte er sie verstehen, rief sie ihm hysterisch hinterher.

Doch er hörte wider Erwarten nicht auf sie, überquerte bellend die Straße und gleich darauf sah Louise ihn nicht mehr. Außer Atem vom Rennen versuchte sie ihn einzuholen. Sie schrie ihm aus vollem Halse hinterher. Nichts. Maxi war wie von Erdboden verschluckt.

Sie ging den ganzen Weg zurück, schaute unter jedes Auto, lief noch einmal die Seitenstraßen ab, durch die sie nicht einmal gegangen waren. Die Nässe ihrer Kleider kümmerte sie nicht mehr. Erschöpft lehnte sie sich an ein Auto.

Das konnte doch nicht sein ... Er konnte doch nicht einfach weglaufen ... Geschockt brach sie in Tränen aus. Bitte, Maxi, komm zurück, dachte sie.

Trotz des Regens lief sie ziellos durch die Gegend und rief nach dem Hund. Aber nichts, er war verschwunden. Er würde sich zu Tode erschrecken und alles war ihre Schuld. Sie wusste, dass er Angst bei Regen hatte und sich vor anderen Menschen fürchtete. Sie hätte ihn bei dem Wetter nicht rausholen sollen.

Was sollte sie nur tun? Warum hatte sie nicht nachgedacht? Das Plätschern des Regens übertönte jedes andere Geräusch. Rasch liefen Menschen an ihr vorbei, ohne sich umzusehen. Sie achten nur darauf, so wenig wie möglich nass zu werden. Fest kniff sie die Augen zusammen, um nicht mehr weinen zu müssen, und zog die Nase hoch.

Maxi, hoffentlich hast du dich wenigstens an einen trockenen Ort gerettet.

Oh, was sollte sie nur ihren Eltern sagen? Oder Frau Fröhlich, wenn ihr geliebter kleiner Maxi nicht nachhause kam? Es war alles ihre Schuld! Wieso hatte sie die Leine nicht festgehalten?

Tränen rannen ihr aus den Augen, ohne dass sie es verhindern konnte. Unvermittelt wurde ihr eiskalt und sie fröstelte. Lars hatte Recht, sie war noch viel zu klein. Sie benahm sich unreifer als Gleichaltrige. Sie war verantwortungslos, viel zu ängstlich und feige! Sie schämte sich so. Am liebsten wollte sie nie mehr nachhause zurück.

Ihr fiel auf, dass sie die Tüte mit dem Brot irgendwo hatte liegen lassen. Das war ihr aber in diesem Augenblick mehr als egal. Sie hätte auf Lars hören und sich brav in ihrem Zimmer aufhalten sollen.

Ob ihre Eltern böse waren? Sie fuhr sich durch die Haare, rief erneut Maxis Namen, in der Hoffnung, den Dackel irgendwo aufbellen zu hören. Aber die Straßen blieben leer.

Louise zuckte plötzlich zusammen. Sie sah sich um. Auf einmal war ihr ganz unwohl geworden. Sie hatte wieder dieses Rascheln wahrgenommen.

»Hallo?«, flüsterte sie.

Nichts.

»Wer ist da?«

Diesmal wollte sie nicht darüber wegsehen. Sie dankte Gott für das Tageslicht. Gar nicht auszudenken, welche Angst sie bekommen würde, wenn es Nacht wäre. Trotzdem fing ihr Herz an zu poltern.

»Maxi, Maxi! Komm bitte her!« Auch wenn dieser die Größe einer Handtasche nicht überschritt, wünschte sie sich, dass er kam und bei ihr war. Sie hatte Angst alleine.

Schon wieder hörte sie etwas. Waren da Schritte? Ihr wurde ganz heiß und kalt zugleich. Sie drehte sich um. Aber die Straßen waren nicht nur hundeleer, sondern auch von allen Menschen verlassen. Bleib ruhig, dachte sie. Bis daheim ist es nicht weit. Ihre Finger kribbelten, als sie an die Strickleiter dachte.

»Hallo?« Ihre Stimme zitterte.

Sie merkte, wie ihre Beine schneller gingen. Immer schneller. Dann rannte sie los. Sie wollte entkommen. Sie wollte in Sicherheit. Sie wollte heim.

Hätte ich doch nur auf Lars gehört und wäre in meinem Zimmer geblieben.

Wann sehe ich denn endlich das Haus?

Hilfe!

Nein!

Hilfe!

Nein!

Die Schritte hinter ihr waren eindeutig als solche zu identifizieren. Umso schneller sie lief, desto mehr beschleunigte auch ihr Verfolger. Sie wagte nicht, sich umzudrehen.

»Hilfe.« Sie wollte schreien, aber es drang kein Laut aus ihrem Mund. In diesem Augenblick begriff Louise endgültig, dass sie in der Falle saß. Das konnte nicht sein, das war nur so ein schlimmer Traum.

Wach auf, schrie sie innerlich, wach endlich auf! Sie sehnte sich danach, in ihr warmes Bett zu kriechen, sich an ihren Stoffhasen zu kuscheln und zu wissen, dass ihr nichts, aber auch gar nichts passieren konnte. Schreckliche Albträume kamen immer wieder, aber sie waren ja nicht die Wirklichkeit, sie waren Träume.

Doch Louise wachte nicht auf. Dies hier war die Realität. Sie war in Gefahr. Es war ihr wahrhaftig passiert. Das, wovor alle Menschen immer warnten. Louise wollte und konnte es einfach nicht glauben, dass sie verloren hatte, dass es keinen Ausweg mehr gab. Sie spürte die Hände auf ihrem Rücken und wusste, dass es vorbei war. Sie waren hart. Eine enorme Kraft durchfuhr sie.

Louise war wie versteinert und reagierte nicht. Und dann fiel ihr plötzlich ein, dass sie irgendwo einmal gehört hatte, man solle mit den Verbrechern reden. Dann lernten sie einen kennen, dann fanden sie einen nett, dann konnten sie einem nicht mehr wehtun.

»Was wollen Sie von mir?«

Erst jetzt sah sie ihm in die Augen. Sie hatte die ganze Zeit mehr oder weniger gewusst, dass es ein Er war. In ihrem Kopf war das Bild eines Verbrechers immer das eines Mannes gewesen. Egal, ob dies falsch war.

»Komm mit«, hörte sie ihn sprechen. Sie überlegte, ob sie versuchen sollte, sich loszureißen, doch sie sah ein, dass jeglicher Versuch vergeblich sein musste, und wollte ihn nicht durch eine falsche Reaktion verärgern.

Sie spürte, wie die Kraft in ihren Armen verloren ging und sie die Augen schloss. Ein Kampf gegen ihren Gegenüber wäre zwecklos.

Es war wie bei einer Fliege. Sie konnte noch so aufgeregt umherflattern, aber eine Befreiung aus einem Spinnennetz war für sie nahezu unmöglich.

Louise ließ also zu, dass der Fremde sie am T-Shirt packte und in einen Wagen zerrte. Sie nahm dort einen Geruch wahr: Blumen!

»Bald ist Sommer«, dachte sie, bevor sie das Bewusstsein verlor.

»Jemand sollte es ihr sagen«, sagte Katrin plötzlich. »Ich finde es auch nicht gerecht, wenn wir ihr alles verschweigen.«

Lars nickte. »Sie wirkte ganz aufgelöst, als ich ihr gesagt habe, dass wir nicht in die Schule gehen.«

Christoph zuckte mit den Schultern. »Tut, was ihr nicht lassen könnt.«

Seine Worte waren wie ein Startschuss. Lars rannte die Treppe nach oben und lief geradewegs in Louises Zimmer.

»Komm mal mit«, rief er, stockte aber, als er ihr leeres Zimmer sah.

»Hallo?«

Kurz dachte er, sie habe sich versteckt, um ihn zu ärgern, aber nirgendwo zeigte sich eine Regung. Vielleicht ist sie im Bad, dachte er, verließ das Zimmer und versuchte dort sein Glück. Aber nichts.

Er ging zurück nach unten und erzählte seinen Eltern, was er gesehen hatte. Gemeinsam liefen sie in Louises Zimmer zurück und sahen sich um. Plötzlich fiel es Lars wie Schuppen von den Augen.

»Das Fenster ist auf«, rief er und schlug sich mit der Hand vor den Mund. »Sie muss weggelaufen sein.«

Ihm fiel wieder die Strickleiter ein, die in letzter Zeit in Vergessenheit geraten war.

Katrin wurde panisch. Sie stürmte nach draußen, rief mehrfach Louises Namen und kam dann aufgelöst wieder ins Haus zurück.

»Wir müssen die Polizei benachrichtigen. Was, wenn ihr etwas passiert?«

Christoph legte beruhigend die Hand auf ihren Rücken.

»Vielleicht war sie einfach nur sauer, dass wir sie eingesperrt haben, und wollte kurz mal frische Luft holen.«

Lars dachte nach. Louise und sauer? Das passte nicht. Er fand die Situation seltsam. Wieso sollte Louise einfach nach draußen gehen? Was war nur in sie gefahren, gegen seine Anweisungen zu handeln? Oder hatte er ihr gar nichts dazu gesagt? Er konnte sich nicht mehr erinnern und schwieg.

»Lasst uns einfach erst warten«, schlug er vor und setzte sich auf das Sofa im Wohnzimmer.

Also warteten sie. Alle nebeneinander, wie Hühner auf der Stange. Ihre Blicke waren nach draußen gerichtet. Der Minutenzeiger auf der großen Standuhr im Esszimmer bewegte sich immer weiter nach vorne und nach einer halben Stunde des Wartens kullerten die ersten Tränen aus Katrins Augen.

»Wir hätten es ihr von Anfang an sagen müssen. Sie hat auch ein Recht ...« Sie brach ab, weil die Worte ihr solche Schmerzen zufügten. Sie spürte, dass etwas passiert war. Sie war immerhin Louises Mutter.

18. Kapitel

Klara schwitzte immer mehr. Normalerweise war sie eher der Typ, der schnell fror. Aber plötzlich spürte sie, wie ihr die Schweißperlen über den Rücken liefen. Sie versuchte gleichmäßig zu atmen, hielt sich die Hand vorsichtig gegen die Stirn und schloss die Augen.

Es war so furchtbar stickig in dem Raum und zum ersten Mal wünschte sich Klara, Nils würde endlich kommen und nach ihr sehen.

Sie wollte unbedingt etwas zu trinken haben. Ihre Kehle war ausgetrocknet. Sie hustete, schnappte nach Luft und öffnete wieder die Augen. Sie konnte kaum noch sehen, alles war grau um sie herum. Sah so der Tod aus? War sie bereits im Himmel? Sie hustete erneut.

Nein, sie war nicht tot. Sie lebte immer noch. Noch, dachte sie. War jetzt der Moment, in dem sie sterben würde? Sie war doch noch so jung. Ihr wurde furchtbar übel.

Sie hatte das Bedürfnis, sich zu übergeben. Plötzlich war dort eine Gestalt. Ein Engel? Die Person war nicht identifizierbar. Der Rauch verdeckte das Gesicht.

»Hallo?«, krächzte Klara.

Ihre Finger suchten nach etwas, woran sie sich hochziehen konnte, aber die Fläche neben ihr war spiegelglatt. Auf Fliesen lag sie, sie erinnerte sich. Nils hatte sie dort hingesetzt.

Nils? Die Person im Türrahmen war schwarz. Der Engel war schwarz? Ein Engel muss nicht immer weiß sein, dachte Klara. Sie fühlte sich wie in Trance. So, als würde sie auf Watte sitzen. Aber der Engel war kein Engel.

Schreiben war absolute Freiheit, noch besser als Kino. Weil keiner, wirklich NIEMAND, eingriff. Da war nur die Geschichte, und da war er, der sie las. Schreiben war immer seine Droge gewesen. All die Jahre lang.

Eine langweilige, nicht erstrebenswerte Kindheit lag hinter ihm. Hätte er seine Gedanken nicht gehabt, wäre er ausgebrochen irgendwann. Dann hätte er die Kraft nicht aufbringen können ruhig zu bleiben. Mit ihnen war es ihm möglich gewesen wegzugehen, egal wohin.

Er war an Orten gewesen, von denen er nicht einmal wusste, wo sie lagen, hatte Speisen gegessen, deren Namen er nicht aussprechen konnte, und Sprachen gesprochen, von deren Existenz er nicht einmal gewusst hatte. Bücher waren seine Zuflucht gewesen, sein Fels in der Brandung. Irgendwann hatten ihn die Wellen sonst mitgerissen, ganz bestimmt.

Seine Eltern hatten ihn nicht geschlagen, sie hatten ihm Geld gegeben für das Schulmaterial und sie hatten ihm Kleidung gekauft, damit er nicht fror.

Aber all dies waren nicht die Dinge, die ein Leben ausmachten, fand er.

Probleme wurden unter den Tisch gekehrt. Über Dinge, über die die Eltern nicht sprechen wollten, wurde Stillschweigen bewahrt. Die Leute sollten nichts merken. Die Nachbarn nicht, die viel zu neugierig waren. Und die Bekannten nicht, die allesamt hereinfielen auf das Bild einer Familie. Vater, Mutter, Sohn.

Als er noch ein Kind gewesen war, hatte oftmals die Frage in seinem Kopf pulsiert, warum seine Eltern ihn überhaupt bekommen hatten. Umso älter er wurde, desto reifer wurden die Gedanken und später konnte er einfach nicht anders, als in die Welt der Bücher einzutauchen.

Er war froh, gelernt zu haben, mit dieser Begabung umzugehen. Jahrelang hatte er geschrieben, was ihm in den Sinn gekommen war. Er hatte über Menschen aus seinen Beobachtungen geschrieben. Aus der Frau aus dem Park, die jeden Tag mit ihren drei Dackeln spazieren ging, wurde eine eiskalte Mörderin und »Die Hundeflüsterin« war entstanden.

Nach und nach entwickelten sich seine Gedanken und er brauchte etwas Neues. Er wollte nicht mehr über Fremde schreiben, und als er einst vor dem Spiegel gestanden hatte, wusste er, was ihm Genugtuung geben würde.

In diesem Moment, in dem er sich selber so betrachtet hatte, war Nils geboren. Ein Mann, der anders war als die anderen, eine Figur, die eine ähnliche Vergangenheit hatte wie er. Roberts Vater war kein Kinderschänder gewesen. Das war dann in seiner Fantasie entstanden. Trotzdem verband etwas ihre Kindheiten, das Gefühl von Einsamkeit. Ihnen beiden hatte es an Elternliebe gefehlt.

In »Gestalkt« hatte Robert versucht, seinen Kummer zu verarbeiten, und es war schwer gewesen, seine Geschichte an jemanden wie Katrin Wich zu verkaufen. Aber er hatte es getan. Und er bereute es nicht. Er fühlte sich gut dabei. Seine Taten waren bedacht und wurden zu Ende geführt. Ja, zu Ende geführt. Alle.

Robert stand auf, ging nachdenklich in seinem Wohnzimmer umher und sah dann in den großen Wandspiegel. Er betrachtete sein Spiegelbild.

In Robert erwachte die Erinnerung an den Tag mit dem Hut. Draußen hatte es fürchterlich geregnet, fast gestürmt und Robert hatte mit einer Schale Nüsse und einer Kanne Kaffee an seinem Schreibtisch gesessen und geschrieben.
Robert musste immer noch lächeln, wenn er daran dachte, denn es war sehr schön gewesen, gemütlich. Allerdings war in

seinem Kopf plötzlich diese Blockade entstanden, die ihn daran gehindert hatte, die Seiten zu füllen. Zum ersten Mal seit Langem war ihm nichts mehr eingefallen.

Das liegt am Wetter. Bei diesem Regen kann man einfach nicht kreativ sein, hatte er gedacht, während die dicken Tropfen auf der Fensterscheibe heruntergerollt waren. Und ehe er dies gedacht hatte, war dieses Bild entstanden.

Robert hatte den Hut irgendwann einmal auf einem Markt gefunden, und weil er ihm gefallen hatte, rasch gekauft. Ja und da saß er, seinen Blick auf die Straße gerichtet, und auf einmal musste er an diesen Hut denken. Ehe er sich versah, hatte er ihn Nils auf den Kopf gesetzt und fast eine Seite damit gefüllt.

»Nils stieß mit dem Fuß gegen einen Karton, zuckte zusammen und fluchte. Der Schmerz brannte in seinem Zeh. Wütend über seine Unachtsamkeit biss er sich auf die Lippe. Das Chaos bereitete ihm schon seit Tagen Stress und er war dabei, es zu beseitigen. Als er ein staubiges Bettlaken in den großen Müllsack gestopft hatte, wurde er auf eine hellblaue Kiste aufmerksam. Sie stand mitten auf dem Dachboden und er konnte sich nicht daran erinnern, sie jemals gesehen zu haben. Wie ein Kind, das der Meinung war, einen wertvollen Schatz gefunden zu haben, bückte er sich und griff vorsichtig hinein. Neugierig betrachtete er das, was er plötzlich in seinen Händen hielt.

Es handelte sich um einen Hut. Wahrscheinlich eines der Dinge seines Vaters, die er nie angerührt hatte. Kurz ärgerte er sich über sich selbst. Mit Gegenständen, die seinem Vater gehört hatten, wollte er nichts zu tun haben.

Während er dies dachte, ließ er den Hut auf den Boden fallen. Dann siegte jedoch das Interesse. Er gefiel ihm auf eine seltsame Weise, nicht auf die übliche Art. Der Hut war weder von auffallender Schönheit, noch war er besonders modisch. Er bestand aus dem weichsten Stoff, den man sich vorstellen konnte. Eigentlich hatte Nils etwas gegen diese Enge auf seinem Kopf, aber ihm gefiel dieses behütende Gefühl.

Der Hut schien ihn zu umsorgen. Für einen kurzen Augenblick fühlte es sich für ihn an, als sei jemand für ihn da, der ihn beschützte, der die Hand auf sein Haupt legte.

Nils lächelte zufrieden. Ein Glücksgefühl durchfuhr ihn. Am liebsten wollte er den Hut niemals mehr ablegen.

Wofür ein gründlicher Hausputz doch gut war, dachte er, legte den Hut auf den Stapel mit den Dingen, die er keinesfalls abgeben wollte, und machte sich an die anderen Kisten.«

Während Robert so an diesen Moment dachte, in dem er seinen eigenen Hut in das Geschehen seines Romanes eingebaut hatte, sehnte er sich danach.

Er vermisste das überwältigende Gefühl, als er ihn getragen hatte. Noch nie war er Nils näher gewesen als in diesem kurzen Augenblick. Sie waren praktisch eins. Beide die Träger dieses Hutes. Er war ein Bindeglied, wie eine Schnur, die zwischen der fiktiven Welt und der Wirklichkeit gespannt war.

Wo ist dieser Hut?, dachte Robert und spürte auf einmal, wie die Unruhe ihn überfiel. Aufgeregt wühlte er in seinem Schrank herum, stieß auf jede Menge Mützen, Schals und Handwärmer und musste schließlich an sich halten, um nicht vor Freude über seinen Fund laut zu schreien.

In seinen Händen hielt er das Zauberstück. Seine Kopfhaut kribbelte, seine Finger fingen an zu zittern. Als Robert ihn genauer ansah, fiel ihm auf, dass er noch genau gewusst hatte, wie das Stück ausgesehen hatte. Der Hut war hellbraun, von fester Form und mit einer umlaufenden dunklen Krempe.

Robert ging zurück zu dem Spiegel, blickte hinein und setzte mit klopfendem Herzen das kostbare Stück auf sein Haupt. Er spürte, wie sein Puls heftig pochte, seine Gedanken Purzelbaum schlugen und er nicht anders konnte, als in seine eigene Augen zu sehen.

Er schüttelte sich, er schaffte es nicht, das Bild loszuwerden. Denn es war nicht seine eigene Gestalt, die ihm entgegenblickte, sondern das Gesicht seiner eigenen Romanfigur. Sein Ebenbild war Nils. In dieser Person hatte er sein eigenes Selbst verloren. Er hatte jemanden erschaffen, an dem er seine Seele gelassen hatte.

Ein Schauer lief ihm über den Rücken. Das konnte alles nur ein Traum sein. War das Schicksal? War ihm die Gabe des Schreibens denn nur zugeteilt, damit er Nils ins Leben rufen konnte?

Er war immer mehr davon überzeugt, dass all die Dinge, die Nils von ihm geschenkt bekam, auch seine Aufgaben waren. All die Menschen, die Nils etwas bedeuteten, waren auch für ihn etwas Besonderes. Das mussten sie. Schließlich waren er und Nils doch eins.

»Ich bin Nils«, sagte er laut.

Aber wo war Klara? Robert merkte, wie er durchdrehte. Wie sollte er seine Klara verehren, wenn sie nur in seinem Roman existierte?

Er fasste sich immer wieder an den Kopf, rüttelte an ihm, begann zu schreien. Seine Stimme klang durch das ganze Haus. War das überhaupt seine Stimme? Erkannte er nicht Nils darin?

»Wer bin ich?«, wollte er rufen, aber er fürchtete sich vor der Antwort. Würde es eine Antwort überhaupt geben? Woher wollte er Nils' Stimme kennen?

Der Hut. Er fühlte sich plötzlich enger an als vor wenigen Sekunden. Robert hatte auf einmal den Eindruck, jemand würde ihm das Hirn abschnüren.

»Lass das!« Er packte das Stoffteil, riss es vom Haupt und betrachtete sich im Spiegel. »Robert, ich heiße Robert«, murmelte er. Es war doch Wahnsinn. Er wollte doch gar nicht so sein wie Nils. Er wollte nicht der kleinen Klara nachstellen. Wie denn auch? Klara hauste in seinem Kopf. In seinem Geist hatte sie eine Identität, auf der wahren Welt gab es keinen Platz für sie. Aber es gab da noch sie. Roberts Gedanken wurden unklar, so als würde er jeden Augenblick das Bewusstsein verlieren. Sie war nicht weit.

Er kniff sich in den Oberschenkel. Dabei wusste er gar nicht wieso. Vielleicht einfach nur, um sich selbst zu spüren. Den Schmerz, das Stechen im Fleisch. Er drückte fester zu. Wie eine Strafe, dachte er. Sie hatte er doch verdient. Er war ein Miststück. Wieso hatte er das Mädchen in seine Gewalt gebracht?

Sie war nicht Klara. Sie war nur eine Kopie. Nicht mal das Aussehen war sonderlich ähnlich. Beide sehr dünn, fast dürr, aber wahrscheinlich einfach noch zu kindlich gebaut, beide diese helle Glockenstimme. Wahrscheinlich einfach diese engelsgleiche Art, die ihn so an Klara erinnerte.

Außerdem passte alles so fein ins Bild. Er konnte zwei Fliegen mit einer Klappe schlagen. Einmal genoss er schon alleine die Vorstellung, gefühlsgleich mit Nils zu sein.

Die Worte, die er Nils in den Mund gelegt, die Sätze, mit denen er die Vorgänge seinerseits beschrieben hatte. Der nahezu perverse Dialog zwischen einem Kind und einem Mann.

Robert fühlte sich so erregt. Ihm gefiel nicht die Vorstellung, das Mädchen zu berühren, in seinem Körper kribbelte alles, wenn er daran dachte, das Gleiche zu fühlen wie Nils.

Hinzukam noch das zweite Motiv: Er hatte es sich gleich geschworen. Jemand, der seinen Roman, seine Figuren, seine Familie so ablehnend betrachtete, gehörte bestraft. Sie sollte fühlen.

»Ich finde keine Beziehung zu Ihren Figuren.«

Endlich sollte sie spüren, wie Julia Freis, Klaras Mutter um das Wohl ihrer Tochter gebangt hatte, wie sie vor Angst fast gestorben war, als das Geschehen weiter seinen Lauf genommen hatte.

Der zweite Grund, wieso Robert die Tochter der Literaturagentin wie eine Maus fangen wollte, war Rache.

19. Kapitel

Klara zuckte zusammen. Sie konnte ihn hören. Er war nicht weit von ihr. Ihr Herz klopfte bis zum Hals. Sie versuchte gleichmäßig zu atmen. Einatmen, ausatmen, einatmen, ausatmen, dachte sie. Langsam schnürte ihr die Fessel am linken Handgelenk das Blut ab. Sie musste sich nur vorstellen, wie dieses durch die Adern lief, und ihr wurde schwindlig.

»Lassen Sie mich hier raus«, schrie sie.

Sie erinnerte sich daran, dass er sie aufgefordert hatte, ihn beim Vornamen zu nennen.

»Nils, lass mich wieder raus. Bitte.« Sie hustete. Wieso war die Luft hier nur so stickig? Sie klopfte sich mit der freien Hand den Staub von der Hose.

Lange würde sie es hier nicht mehr aushalten. Irgendwann würde sie verdursten oder verhungern. Oder aber auch ersticken! Die Panik brach in ihr aus. Ersticken. Ersticken. Ersticken. Das Wort hämmerte gegen ihre Stirn.

Jahrelang hatte sie sich in Sicherheit gefühlt, während sie mit ihm in der Schule gewesen war. Sie hatte mit diesem Menschen in einem Raum gesessen, an die Tafel geguckt und ihm vertraut. Einmal war sie auf dem Boden im Flur ausgerutscht, hatte sich das Bein aufgeschürft und jämmerlich geweint. Er hatte ihr ein Pflaster auf das Knie geklebt, ihr über den Arm gestrichen und »Alles wird gut« zugeflüstert.

Sie hatte ihm geglaubt. Sie hatte gedacht, dass alles gut werden würde, und so war es auch gewesen. Die Wunde war verheilt und er hatte Recht gehabt.

Und nun waren sie hier. Er hatte sie gefangen, wie eine Katze eine Maus. Eine Katze würde die Maus töten. Sie würde erst mit der Maus spielen, sie beißen, sie lecken, sie laufen lassen. Sie würde immer mehr Freude an ihrem Fang gewinnen, indem sie ihr Opfer quälte. Klara kannte das Spiel zwischen den beiden Tieren.

Die Maus würde versuchen sich zu befreien, würde bis zuletzt schreien und kurz, wenn die Katze sie laufen ließ, glauben, dass sie gewonnen habe. Allerdings würde die Katze sofort die Krallen wieder ausstrecken. Und letztendlich würde sie die Maus töten. Das war immer so. War sie eine Maus? Würde Nils, der Mann, der sich jahrelang als ihr Lehrer Vertrauen erschlichen hatte, sie ebenfalls töten?

»Was hab ich dir denn getan?« Und dann begann sie zu weinen.

Louises Verstand arbeitete fieberhaft. Sie hatte das Gefühl, dass ihre Gedanken kreuz und quer durch ihren Kopf sausten, so schnell, dass sie sie weder fassen, geschweige denn sortieren konnte.

Sie hörte ihre Mutter, die schon zigmal zu ihr gesagt hatte: »Du darfst mit niemandem mitgehen, hörst du? Und wenn dir jemand sonst was verspricht. Tiere, Süßigkeiten oder Spielzeug. Das ist gelogen. Du musst dann wegrennen, verstanden?«

Wie alle Kinder hatte Louise genickt. Natürlich würde sie wegrennen. Sie war doch nicht dumm. Aber er hatte ihr nichts versprochen, er hatte sie gepackt.

Sie hatte keine Wahl gehabt. Er war schließlich viel größer als sie, zwar wesentlich kleiner als ihr Vater, aber trotzdem stark.

»Wo bin ich?«, dachte sie. Sie riss die Augen auf, sah sich um und stellte fest, dass sie in einem dunklen Raum saß. Er war ziemlich renovierungsbedürftig, es roch muffig und der Boden fühlte sich feucht an. Louise war sich nicht sicher, ob er dies wirklich war oder ob die Kälte des Untergrunds dies nur vortäuschte.

»Hallo?«, flüsterte sie. Es war still. Sie versuchte aufzustehen, aber ihr Kreislauf war so instabil, dass sie taumelte. Plötzlich wurde ihr furchtbar schlecht und sie hatte das Bedürfnis sich zu übergeben, aber sie hielt aus.

»Hallo? Ist hier wer?« Diesmal sprach sie etwas lauter, aber trotzdem hatte sie den Eindruck, dass ihre Frage verschluckt wurde.

Die Wände fühlten sich fest an, sie waren aus Stein. Erneut startete sie einen Versuch aufzustehen. Es gelang ihr. Langsam und vorsichtig ging sie an der Wand entlang, tastete mit den Fingern den Stein ab und suchte nach einem Ausgang. Schockiert stellte sie fest, dass es keine Fenster gab und das einzige Licht von einer schwachen Glühbirne an der Decke kam.

Bei einem war Louise sich sicher: Lange würde sie es hier nicht aushalten. Bald würde sie Platzangst bekommen, Atemnot oder etwas Ähnliches. Sie merkte bereits nach der kurzen Zeit, dass sie immer unruhiger wurde. Sie fand keine Tür.

Doch da sah Louise sie. Da sie aus dem gleichen Stein wie die Wände war, wirkte sie versteckt und war auf den ersten Blick nicht sichtbar. Energisch klopfte sie dagegen.

»Hilfe! Ich bin eingesperrt!«, schrie sie. Ihre Stimme war kratzig. Irgendwo in ihrem Kopf lungerte die Erinnerung. Sie kam schleichend wieder. Wie ein Echo hörte sie sich schreien. Ja, das hatte sie vor einigen Stunden bereits getan. Man hatte sie eingesperrt. Mit Absicht! Sie war entführt! Das Entsetzen kam mit der Einsicht.

Was hatte sie denn Bösartiges getan? Sie hatte niemanden verletzt, niemanden beschimpft oder dergleichen. Sie war stets freundlich, aufgeschlossen und friedlich.

»Warum ich?«

Immer mehr Bruchstücke der letzten Stunden kehrten zurück. Mittlerweile wusste sie wieder, wie sie aus ihrem Zimmer nach draußen gelangt, wie sie Stück für Stück die Strickleiter hinuntergeklettert war, wie sie den kleinen Maxi aus dem Haus der Nachbarin geholt und wie sie ihn verloren hatte.

Sie fühlte noch immer die Tropfen auf ihren Schultern, bildete sich ein, den Regen riechen zu können.

Konzentriert atmete sie ein und aus. Nicht panisch werden, befahl sie sich. Panik brachte einen nicht weiter. Ein klarer Verstand und Ruhe waren vonnöten.

Sie wollte einschlafen. Sie wünschte sich einfach, die Augen schließen zu können, alles zu vergessen und in die Welt der Träume zu entfliehen, bis alles wieder gut war. Bis sie befreit war und bei ihrer Familie im warmen Zimmer saß, sicher und geborgen.

Die Ruhe machte Louise Angst. Sie war so unerträglich, dass sie anfing, leise zu singen. Es tat ihr erstaunlicherweise gut.

»Guten Abend, gute Nacht,

mit Rosen bedacht,

mit Näglein besteckt,

schlupf unter die Deck.

Morgen Früh, wenn Gott will,

wirst du wieder geweckt.

Die Worte drangen wie von selbst aus ihrem Mund. Früher hatte sie dieses Lied von ihrer Großmutter vorgesungen bekommen und war danach in einen tiefen Schlaf gefallen. Morgen Früh, wenn Gott will ... Was das wohl hieß? Würde sie wieder wachwerden?

Guten Abend, gute Nacht,
von Englein bewacht,
die zeigen im Traum
dir Christkindleins Baum.
Schlaf nun selig und süß,
schau im Traum 's Paradies.«

Ihr Herz klopfte mittlerweile gleichmäßig. Ihr Atem hatte sich beruhigt, sie setzte sich wieder auf den kalten Boden und lehnte sich an die Wand.

Sie war erschöpft. So als hätte sie einen Marathon hinter sich. Vielleicht war sie ja betäubt worden. Zumindest war die Erinnerung an ihre Ankunft an diesem Ort immer noch verschwunden. Außerdem war sie unheimlich müde und kraftlos. Langsam schloss sie die Augen und murmelte den Text der nächsten Strophe.

»Guten Abend, gute Nacht,
Von Englein bewacht!
Die zeigen im Traum
Dir den Christkindleinsbaum
Droben im Paradies –
Schlaf nun selig und süß«

Mit diesen Worten schlief sie ein.

Sie wurde wach, weil sie ein Geräusch hörte. Es war ein leises Ticken, wie das einer Uhr. Ihr erster Gedanke war: Gleich gehe ich in die Luft. Es musste sich um eine Bombe handeln. Jemand, ihr Entführer würde sie jeden Augenblick in die Luft jagen.

Sie fing an zu schwitzen, obwohl ihr so kalt war. Es fühlte sich an, als würde sie Schüttelfrost kriegen, aber Fieber hatte sie sicherlich nicht. Sie dachte an die Krimis, die sie letztens noch mit Lars gesehen hatte, sie dachte an die Angst dabei.

Nein! Sie war nicht annähernd so groß gewesen, wie die, die sie in diesem Augenblick verspürte. Nein! Sie wollte nicht sterben! Nein! Sie war doch noch so jung.

In wenigen Sekunden spulte sich ein Film in ihrem Kopf ab. Es war doch unglaublich. Sie war gefangen! So etwas kannte sie nur aus Büchern, aus der Zeitung. Nein! Nun saß sie selber hier!

Das Ticken wurde lauter, so als würde es näherkommen. Ihre Angst wurde zu Panik. Sie wollte rennen, fortlaufen, weg von diesem Ort, dem Ort, der sie in Gefahr brachte. War dieser unheimliche Raum der Ort ihres Todes? Würde man sie hier bald finden, tot?

Bald? Ihr wurde schlecht. Sie erbrach sich. Wie definierte sich »bald« in diesem Fall? Heute noch? Morgen schon? Vielleicht nächste Woche? Würde der muffige Gestank ihrer Leiche irgendeiner Person in die Nase steigen?

Sie bildete sich ein, den Schrei zu hören, den jemand bei dem Fund ihres reglosen Körpers ausstoßen würde. Vielleicht würde sie auch, von der Kraft der Bombe zerstückelt, in diesem Raum gefunden werden? Wo würde ihr Kopf liegen? Wo ihre Beine?

»Nein.« Ihre Stimme stieß gegen die Wände und es klang, als würde der Schrei abprallen. Die Wände mussten unheimlich dick sein.

»Hilfe!« Die Hoffnung starb bekanntlich zuletzt. Möglicherweise war ihr Aufenthaltsort an einem Spazierweg und gerade in diesem Moment würde jemand mit seinem Hund hier vorbeilaufen, ihren Hilferuf wahrnehmen und sie retten? Der Gedanke stärkte sie. »HILFE!!!«

Auf einmal verstand sie, woher das Ticken kam. Es kam von der Wand. Sie musste sich das Lauterwerden nur eingebildet haben, denn das Geräusch stammte von einer einfachen Wanduhr.

Halb sieben, las Louise ab. Halb sieben morgens? Halb sieben abends? Diese Auskunft wurde ihr nicht gegeben. Halb sieben, halb sieben, halb sieben. Die Uhrzeit pulsierte in ihrem Kopf. Morgens würde sie eigentlich noch schlafen, abends vielleicht schon Abendessen.

Plötzlich stieß etwas gegen ihren Bauch. Es war der Hunger, er brannte in ihrer Magengegend. Sie wunderte sich, wie plötzlich er aufgetreten war. Mit der Faust hämmerte sie noch einmal gegen die Wände. Irgendwann würde er doch wieder auftauchen?

Irgendwann? Wann? Er würde sie hier doch nicht sterben lassen? Verhungern? Verdursten? Würde ihr hier nicht irgendwann die Luft ausgehen? Nein! Nein! Nein! Sie wollte nicht ersticken! Sie musste hier also schleunigst raus!

Tatsächlich bildete sie sich ein, dass sie Atemprobleme bekam. Sie versuchte langsamer zu atmen, ruhiger zu werden und sparsam mit dem umzugehen, was sie hatte.

Dieser Mann würde wiederkommen. Er hatte ihr »Tut mir leid« zugeflüstert. Sie konnte sich nun wieder erinnern. Seine

Stimme war voller Gefühl gewesen. Es war keine Boshaftigkeit, sondern beinahe Mitleid.

Aber wieso sperrte ein solcher Mensch sie hier ein und überließ sie ihrem Schicksal? Sie war sich auf einmal sicher, dass er bald wiederkommen würde. Sie musste nur geduldig auf ihn warten, sie musste freundlich zu ihm sein, ihn nicht beschimpfen und ihn dann von den Vorzügen ihrer Freiheit überzeugen.

Dann wäre sie wieder hier raus. Sie würde das schaffen. Sie musste es schaffen. Es war ihre letzte Chance und auch ihre einzige. Was sollte sie denn sagen, wenn er kam? »Bitte lassen Sie mich raus hier?«

Er würde sie doch nicht freilassen. Wozu hatte er sie sonst in seine Gewalt gebracht? Vielleicht wollte er Geld. Möglicherweise kannte er ihren Vater oder ihre Mutter, wusste, dass sie erfolgreich waren, und wollte sie mit einer Entführung erpressen.

Das war doch oft so. Dieses Motiv leuchtete ihr ein. Wahrscheinlich war er kein böser Mensch. Man hörte doch manchmal von diesen Leuten, die einfach einen falschen Umgang gehabt hatten. Vielleicht war er verschuldet, hatte eine vierköpfige Familie und brauchte Geld.

Ja, ihre Eltern würden sicherlich sofort bezahlen, wenn die Lösegeldforderung bei ihnen eingehen würde. Dann war sie wieder frei. Es konnte sich nur noch um Stunden handeln und sie wäre endlich wieder zuhause.

Aber was, wenn er, nachdem er das Geld erhalten hatte, auf Nummer sicher gehen wollte und sie töten würde? Möglicherweise hatte er Angst, dass sie ihn identifizieren könnte ... Schließlich hatte sie ihn gesehen.

Ihr Magen krampfte sich zusammen. Ihr war immer noch so furchtbar übel und sie wünschte sich nichts sehnlicher als nachhause in ihr Bett. Dort wollte sie einfach nur schlafen, die Sicherheit, die ihr dort gegeben war, genießen und die Gedanken, die sie hier so quälten, verlieren.

Sie hatte schon oft über entführte Kinder in der Zeitung gelesen. Manche waren seit Jahren verschwunden und ihre Eltern hatten die Hoffnung immer noch nicht aufgegeben.

Ob ihre Eltern schon gemerkt hatten, dass etwas nicht stimmte? Vielleicht aber saßen sie im Wohnzimmer und waren immer noch nicht in ihrem Zimmer gewesen.

Die Uhr an der Wand zeigte mittlerweile Viertel vor sieben. Also waren erst fünfzehn Minuten vergangen. Fünfzehn Minuten. Sie waren Louise vorgekommen wie eine halbe Ewigkeit. Wie sollte sie es noch weiter hier aushalten?

Die Ungewissheit machte sie immer ängstlicher. Langsam faltete sie die Hände, legte sie auf ihre Knie und kniff die Augen zu.

»Lieber Gott«, dachte sie und schickte ein Gebet zum Himmel.

20. Kapitel

Nils hatte eine Flasche Rotwein, Mineralwasser und salzige Kräcker gekauft. Dazu ein großes Stück griechischen Feta, das er auf mindestens 700 Gramm schätzte. Er aß und trank schweigend. Mit wem sollte er sich auch unterhalten? Erst hatte er vorgehabt, Klara zum Abendessen zu bitten, aber dann hatte er sich nicht getraut.

Er hatte sogar schon für zwei gedeckt, aber dann hatte seine Stimme versagt, als er vor ihr gestanden hatte.

Er wagte es nie, die Stille zu durchbrechen, indem er irgendetwas sagte. Alles erschien ihm zu banal in diesen Momenten. Er wartete darauf, dass sie ankam. Sie sollte irgendwann einfach ihre zarten Arme um ihn legen oder seine Hand nehmen. Er hatte Zeit. Irgendwann würde sie dies tun. Er hatte es doch schon sooft erlebt. In seinen Gedanken. Dazu musste Nils nur die Augen schließen.

Als er zwei Stunden nach dem Essen zu ihr ging, hörte er sie atmen. Gleichmäßig und tief. Nils sah, dass sie eingeschlafen war. Das war ihm ganz recht, jetzt konnte er sie endlich ungestört ansehen. Das tat er am liebsten. Einfach nur ansehen. Für ihn war sie nämlich das Schönste auf der ganzen Welt.

Katrin wurde speiübel. Dafür musste sie nur darüber nachdenken, was sie eben getan hatte. Louise als vermisst melden, ihr Magen drehte sich um.

»Sie wird wiederkommen«, hatte Christoph zu ihr gesagt. »Ganz bestimmt.«

Woher wollte er das wissen? Angeschrien hatte sie ihn. Obwohl sie wusste, dass er doch nichts dafür konnte.

»Woran machst du das fest? Hast du vielleicht mit ihr gesprochen?« Sie war richtig zusammengezuckt, weil sie sich vor sich selbst erschrocken hatte, so laut hatte sie geschrien. Sie war nervlich vollkommen am Ende.

Als der Anruf im Kommissariat einging, zuckte Justus zusammen. Er war so in Gedanken versunken gewesen, dass er an nichts mehr gedacht hatte, was um ihn herum geschehen war. Er meldete sich.

»Kommissar Meckhoff, meine Tochter ist verschwunden.« Die Frau am anderen Ende der Leitung klang äußerst hysterisch.

»Bleiben Sie ganz ruhig. Mit wem spreche ich?« Justus wusste, dass die Menschen in Ausnahmesituationen die Kontrolle über sich verloren. Deshalb ging er stets tolerant mit solchen Meldungen um.

»Katrin Wich hier. Sie sind eben wegen der Todesanzeige bei uns gewesen.«

Justus erinnerte sich. Die Frau in dem eleganten Kleid und der Anzugträger. Beide hatten auf ihn gewirkt wie eine dieser Familien, die auf den ersten Blick musterhaft erschienen.

»Wie lang haben Sie ihre Tochter denn nicht mehr gesehen?« Das war eine der ersten Fragen, die Justus den Anrufern stellte, die jemanden vermisst melden wollten.

Ein kurzes Schweigen am anderen Ende.

»Sind Sie noch da?« Justus horchte.

»Ich habe sie heute noch nicht ..., aber mein Sohn. Er war eben noch bei ihr, aber jetzt ist sie weg. Ihr Zimmer ist leer, obwohl wir sie gebeten hatten, dort zu bleiben.«

Justus stöhnte auf. Eben? Er konnte ja verstehen, dass eine Mutter rasch durchdrehte. Dann hörte er ein Schnaufen, es war ein verzweifeltes Weinen.

Justus sah sich in seinem Büro um. Eigentlich hatte er gerade nicht so viel zu tun. Vielleicht sollte er doch mal vorbeisehen oder die restliche Familie auf das Revier kommen lassen? Erst diese seltsame Anzeige in der Zeitung und dann das Verschwinden der Tochter? War dies ein Zufall?

»Ich bin gleich bei Ihnen.«

Er fuhr seinen Computer herunter und legte seine Jacke über den Arm. Er beeilte sich. Justus musste zugeben, dass ihn der Anruf beunruhigt hatte. Vermisste Kinder machten ihn immer wahnsinnig.

Er wusste, dass er nicht mehr machen konnte, als in seiner Macht stand, aber ungelöste Fälle waren die reinste Qual für ihn. Schreiende Eltern, zerbrochenes Familienglück. Sieben Jahre war es her, seit seine Nichte verschwunden war. Die kleine Theresa war einfach nicht mehr aus der Schule heimgekommen. Mittlerweile musste sie fast 15 sein. In seinen Kopf entstand wieder das Bild eines pubertären Mädchens, aufrecht stehend mit blonden langen Haaren.

Natürlich hatte er keine Ahnung, wie sie mittlerweile aussehen würde, aber in seiner Vorstellung hatte sie diese freundliche Ausstrahlung. Justus musste nur die Augen schließen und er hörte sie schreien: seine Schwester, als er gesagt hatte, dass sie die Suche nach ihrer Tochter einstellen würden.

Justus schüttelte sich. Vielleicht war dieses Mädchen, Louise, nur mal kurz auf die Straße gelaufen. Kinder waren manchmal zu gedankenlos, sie handelten, ohne in die Zukunft zu sehen und das machte Justus verrückt. Vielleicht hatte er deshalb keine eigenen Kinder.

Die Autobahn war ungewohnt voll. Eigentlich war der Verkehr um diese Uhrzeit schon wieder ruhiger, weil Berufstätige bereits zur Arbeit gefahren waren.

Justus parkte seinen alten Renault direkt vor dem Haus der Familie Wich. Im Dunkeln hatte dieses noch eine andere Wirkung auf ihn gehabt. Justus musste zugeben, dass es äußerst schön war. Christoph Wich war Anwalt, das hatte Justus nach seinem ersten Besuch im Internet gelesen. Zugegeben, die Fassade, die Einrichtung und das Auftreten der beiden hatte ihm trotz dieser unheimlichen Situation imponiert.

Ein Junge machte die Tür auf. Er hatte braune Haare, war ungefähr 16 Jahre alt und trug Jeans und T-Shirt.

»Danke, dass Sie doch so schnell kommen konnten. Ich bin Louises Bruder Lars.« Der Junge schüttelte ihm die Hand. Er wirkte sehr angespannt und besorgt.

»Ich werde tun, was ich kann.« Justus wusste nicht, was er sagen sollte. Wahrscheinlich durfte er eh erst am nächsten Tag etwas unternehmen. Es bestand kein dringender Tatverdacht und Justus wollte den Wichs noch nicht zu viel Hoffnung bereiten.

»Frau Wich?« Sie saß mit dem Rücken zur Tür auf dem Sofa, trank etwas aus einer Tasse.

Als Justus näherkam, konnte er sehen, dass ihre Augen errötet waren. Sie drehte sich um.

»Ich danke Ihnen vielmals.«

»Nichts zu danken. Sie sagten, Ihre Tochter sei eben noch auf ihrem Zimmer gewesen?«

Katrin wich nickte. »Sie wusste nichts von Ihrem Besuch. Wir wollten sie nicht beunruhigen.«

Das konnte Justus verstehen. Kinder verloren in einer ernsten Lage viel zu schnell den Verstand.

»Ich würde gerne einmal das Zimmer Ihrer Tochter sehen.«
»Natürlich.« Katrin wich sprang sofort auf, lief in schnellen, aufgeregten Schritten die Treppe nach oben und murmelte etwas vor sich her. Justus folgte ihr.

Der Flur war breit und lang. An den Wänden hingen Bilder, Familienbilder. Aber nicht nur von Eltern und Kindern, sondern auch von deren Vorfahren. Der Boden bestand aus dunklem Parkett und die Türen waren weiß mit einem vornehmen Muster.

Frau Wich führte ihn in einen sehr hellen Raum, dessen Wände hellblau gestrichen waren. Die Bettdecke war nur nach hinten geschlagen und im passenden Farbton zu der restlichen Dekoration: blau. Die Möbel waren aus weißem Holz. Sehr geschmackvoll, wie Justus fand.

An der Decke hing ein kleiner, romantisch wirkender Kronleuchter und die Fotos, mit denen das Bücherregal zugepflastert war, zeigten lauter Gesichter fröhlicher Mädchen.

Justus hatte einmal gelesen, dass sich der Charakter eines Menschen oft leicht an seinem Zimmer erkennen ließ. Er nickte nachdenklich.

»Und hier wurde sie zuletzt gesehen?«

Katrin wich bestätigte dies und ging zum Fenster. Justus sah nach unten. Man konnte auf das Garagendach sehen.

»Denken Sie, Ihre Tochter ist durch das Fenster verschwunden?«

Diesmal zuckte sie mit den Schultern.

»Sie muss die Strickleiter benutzt haben.« Plötzlich stand der Junge, Louises Bruder Lars, im Türrahmen.

»Strickleiter?« Justus sah ihn fragend an.

Er öffnete das Fenster und lehnte sich hinaus. »Ich sehe nichts.«

Lars näherte sich ihm zögernd, kletterte auf das Fensterbrett und war binnen weniger Sekunden auf dem Dach verschwunden.

»Kommen Sie!«

Justus sah sich zu seiner Mutter um. »Ich nehme an, Sie wussten von dieser Ausgangsmöglichkeit?!«

Frau Wich blickte sich verlegen um. »Die Kinder haben so gerne damit gespielt. Einbrecher, Geheimagent ... Ich dachte, es bleibt doch spannender, wenn sie annehmen, mein Mann und ich wüssten nichts. Nachher geriet sie einfach in Vergessenheit. Ich dachte, sie würde nicht mehr genutzt werden. Ich konnte doch nicht ahnen, dass ...«

Verzweifelt fuhr sie sich durch das Haar. Nun folgte Justus Lars. Es war keine große Kunst, aus ihrem Zimmer auf die Straße zu gelangen.

»Sie hatten keinen Streit mit Ihrer Tochter? Und dennoch verschwindet sie auf diesem Weg aus ihrem Zimmer?«

Justus konnte sich beim besten Willen nicht vorstellen, dass hinter dem strahlenden naiven Kinderkopf, der ihm auf dem Bild auf dem Schreibtisch fröhlich entgegenlachte, ein dreister Ausreißer steckte.

»Sie hat sich sicherlich nichts dabei gedacht. Vielleicht wollte sie nur kurz frische Luft schnappen oder dieser Verbrecher ist hier hinein, um sie zu entf...« Katrin Wich musste sich setzen. »Ich will mir gar nicht vorstellen, dass jemand hier eingebrochen ist um mein Kind ...«

Erneut brach sie ab.

»Noch steht ja gar nicht fest, dass ihre Tochter Opfer eines Gewaltverbrechens geworden ist. Trotzdem gebe ich Ihnen Recht. Ich denke auch, dass etwas nicht stimmt und deshalb werde ich versuchen, der Sache auf den Grund zu gehen.«

Justus zog sich an dem Fensterrahmen wieder ins Innere des Kinderzimmers.

»Darf ich das mitnehmen?« Er griff nach dem Porträt des Mädchens.

Frau Wich nickte. »Sicher. Bringen Sie mir nur meine Tochter wieder!«

Flehend blickte sie ihn an.

Justus wünschte sich, er könne ein Versprechen abgeben, aber er wusste, dass er dies nicht konnte.

»Ich werde alles versuchen, das kann ich ihn versprechen.« Alles versuchen, ja, das konnte er. Ob dies erfolgreich sein würde, war leider eine andere Sache.

Im Kommissariat durchforstete Justus die Vermisstenkartei nach ähnlichen Fällen. Er schaute sogar nach, ob es jemanden gab, der ebenfalls eine solche Todesanzeige in der Zeitung aufgegeben hatte. Aber er fand dazu nichts.

Mit dem Auto fuhr er am Nachmittag die Straße ab, auf der Louise verschwunden sein musste. Er stieg aus, lief zu Fuß den Weg einmal auf und ab und blickte sich um. Die Gegend war ziemlich nobel und wirkte nicht bedrohlich.

Der Gedanke, dass ein zwölfjähriges Mädchen irgendwo in den Klauen eines Perversen hocken könnte, machte ihn schaudern. Menschen konnten so grausam sein. Ob die Anzeige in der Zeitung und das Verschwinden der Tochter zusammenhingen? Oder war dies einfach purer Zufall?

»Das kann doch nicht sein«, schimpfte er.

Irgendjemand wollte dieser Familie schaden und dieser Jemand konnte brandgefährlich sein und musste dringend gefunden werden.

In Justus Magen machte sich Hunger breit, er beschloss, zurück zum Präsidium zu fahren und in der Kantine zu frühstücken. Ihm fiel nämlich auf, dass er dies in der Unruhe am frühen Morgen glatt vergessen hatte.

Er fuhr über die Autobahn zurück, parkte direkt gegenüber vom Eingang und lief dann die Treppe nach oben. Es roch nach Kantine, aber Justus musste zugeben, dass das Essen meist besser schmeckte, als es roch.

In der Mittagspause gönnte er sich öfters mal eine Käseschnitte, und wenn er morgens noch nicht ganz fit war, diente der Filterkaffee als kleiner Muntermacher. Er ging zu der Glastheke und sah sich überlegend das Essen an, was dort zum Kauf angeboten wurde.

»Guten Morgen, Justus.« Sein Kollege, Kommissar Friedner, genannt Friedi, klopfte ihm auf die Schulter und begrüßte ihn freundlich. Justus drehte sich um. Er war zusammengezuckt und lächelte dann.

»Guten Morgen.« Während Justus den Gruß erwiderte, deutete er auf ein mit Käse und Ei belegtes Brötchen und zahlte. Er nahm sich dazu eine der Kaffeekannen und setzte sich mit dem Kollegen an einen der Tische.

»Du arbeitest an einem neuen Fall?« Justus hätte nicht gedacht, dass sich die Sache mit der Todesanzeige so schnell herumsprechen würde, und zog überrascht die Augenbrauen hoch.

»Ja. Der Anruf ist erst heute Morgen eingegangen.«
Interessiert sah Friedi ihn an.

»Ich habe mir deinen Bericht durchgelesen. Seltsame Sache.«

Justus nickte. Er war mit den Gedanken schon wieder bei Louise und hatte die Zeitungsanzeige in der Liste seiner Prioritäten hinter das Verschwinden des Mädchens gesetzt.

»Und wie läuft es bei dir?« Justus wusste, dass Friedi an einem anderen Fall, dem Mord an einem Familienvater, arbeitete und war sehr überrascht, als sein Kollege aufgeregt anfing zu reden. Er erzählte von großen Fortschritten, die er gemacht habe, und Justus freute sich, dass die Sache in eine gute Richtung lief. Er selber wünschte sich ebenso viel Erfolg bei der Aufklärung des Falls. Aber davon war er noch ein großes Stück entfernt.

Während Katrin im Wohnzimmer auf und ab tigerte, dachte sie daran, wie langsam die Zeit vergangen war. Der Moment, in dem sie die Zeitung am Morgen aufgeschlagen hatte, war noch so präsent. Und nun war ihre Tochter verschwunden.

Was, wenn dieser Tag ihr Leben für immer prägen würde und Louise nie mehr wiederkäme? Sie spürte, dass sie in Gefahr schwebte. Sie wusste einfach, dass sie nicht nur fortgelaufen war.

Zum ersten Mal seit Langem fühlte Katrin wieder dieses Drücken im Bauch. Erst diese schreckliche Anzeige in der Tageszeitung, die ihr Angst und Schrecken bereitet hatte, und nun das Verschwinden Louises. Das war einfach zu viel Grauen für ein Leben, geschweige denn für einen Tag. Sie konnte nicht mehr weinen, sie fühlte sich zu geschwächt dafür.

Natürlich waren Kinder oft anstrengend und kosteten unheimlich viel Zeit, aber andererseits waren Lars und Louise auch der heimliche Grund gewesen, weshalb die Ehe zwischen ihr und Christoph all die Jahre gehalten hatte. Sie waren nicht mehr Ehefrau und Ehemann, sie waren Mutter und Vater. »Eltern gehören in anständigen Familien unter ein Dach.« Irgendwo hatte Katrin das tatsächlich einmal gehört.

Die Worte konnte nur jemand gesagt haben, der keine Probleme hatte, dachte sie. In den letzten Tagen hatte sich so viel zum Positiven verändert.

Katrin hatte den Eindruck, sich neu in Christoph verliebt zu haben, und nun war ihr Glück so plötzlich wieder zerbrochen.

In ihrem Kopf hämmerte die Frage, wer ihr so etwas Böses antun wollte. All das Unglück, das konnte kein Zufall sein. Auf einmal blieb Katrin stehen. Ihr Gehirn arbeitete fieberhaft, sie schloss die Augen, kniff die Hände fest zusammen. Sie musste sich setzen. Hatte sie das nicht letztens irgendwo gelesen? Wie aus heiterem Himmel erschienen die Worte in ihrem Kopf.

»Ihm musste der Tod vor Augen geführt werden. Schwarz auf weiß.«

Katrin war sich ganz sicher. Diese Sätze hatte sie nicht irgendwo aufgeschnappt, sie stammten nicht aus ihrer eigenen Phantasie, sie kamen aus einem Buch. Sie wusste nicht mehr genau, wie der Roman hieß, aber der Handlungsaufbau drängte sich immer mehr in ihr Gedächtnis zurück.

Ihr wurde ganz übel.

»Um Himmelswillen.« Immer mehr kamen die Gedanken zurück. Es war das Manuskript gewesen, das der unheimliche Besucher ihr hatte zukommen lassen. In dem Buch hatte ein Lehrer seiner minderjährigen Schülerin auf unheimlichste Weise nachgestellt. Er war immer weitergegangen, indem er dem Vater der Familie ebenfalls eine Anzeige mit Todesdatum geschickt und das Mädchen, Klara, letztendlich in seine Gewalt gebracht hatte.

Katrin fing an zu zittern. Was hatte das nur zu bedeuten? Wer sollte die Idee dieser erfundenen Geschichte in die Realität umsetzen wollen und das Ganze mit ihrer Familie? Wer außer ihr und dem Autor hatte wohl Zugang zu dem Manuskript gehabt?

Schiffer, Katrin fiel der Vorname nicht mehr ein. Verbarg sich dieser Mann hinter den Grausamkeiten aus Wut über die Ablehnung seines Werks? Katrin hatte den Kerl von Anfang an als gruselig empfunden, aber würde er so etwas tun? Menschen waren zu allem fähig, das wusste sie.

Panisch sprang sie auf, stürmte zu Christoph in das Arbeitszimmer, wohin dieser sich verkrochen hatte, und rief aufgeregt, sie müssten sofort los. Christoph hatte seinen Kopf auf den Schreibtisch gelegt und fuhr erschrocken hoch. »Was ist denn jetzt passiert?« Er sah fix und fertig aus und Katrin bereute auf einmal, dass sie ihn so unüberlegt angesprochen hatte.

Vielleicht war diese Überlegung total absurd und sie schob diesem Mann ein furchtbares Verbrechen zu, das er nie begangen hatte. Katrin schüttelte schnell den Kopf.

»Ich dachte, ich suche noch einmal die Straßen ab, aber vielleicht lasse ich das doch lieber.«

Christoph nickte. »Bleib hier! Der Kommissar hat gesagt, wir sollen das Haus nicht verlassen.«

In Katrins Kopf spielte sich während der Worte ihres Mannes etwas anderes ab. Sie plante die Rettung ihres Mädchens und dazu brauchte sie das vollständige Manuskript. Nur mit diesen Blättern wusste sie, was in dem Kopf des Autors vorging und was er mit Louise vorhaben könnte.

Natürlich war nicht sicher, dass sie mit ihrer Vermutung Recht hatte, aber einen Versuch war es wert und man musste zugeben, dass das Ganze verdammt unheimlich war. Gar so, als diente der Roman als Schablone für das wahre Leben, ihr eigenes Leben und das ihrer Familie.

21. Kapitel

Julia sah auf die Uhr. Es war erschreckend, wie langsam die Zeit vergangen war. Ihr kamen die Stunden ohne Klara eher wie Wochen vor. Wie Monate. Wie Jahre.

Schweigend schob Julia die Tasse mit dem Tee von sich weg. Sie bekam einfach nichts herunter. Wann würde das alles aufhören? In der Zeitung hatte sie schon so oft von Entführungen gelesen. Erschreckend. Furchtbar. Entsetzlich. Nein! Es war das Ende! Klara musste einfach wiederkommen. Sie war doch erst elf. Sie war ein Kind. Julia fing an zu zittern.

Die Polizei musste sie einfach finden, andernfalls konnte sie nicht mehr weiterleben. Sie wusste das. Der Kommissar hatte sie nach einem Foto gefragt. Natürlich hatte Julia Bilder von ihrer Klara. Julia hatte sämtliche Alben herausgeholt. Ein Blick in die Augen Klaras quälte sie. Wann würde sie ihr Kind wieder so ansehen können? Sie klappte das Buch zu. Sie konnte nicht mehr.

Als Justus zuhause ankam, war seine Frau Eva nicht da und Justus musste zugeben, dass ihm das nicht ganz unrecht war. Manchmal ertrug er ihre Anwesenheit nicht so gut, weil sie immerzu auf ihn einredete. Er brauchte volle Konzentration. Sonst würde er es zu nichts bringen und das Mädchen würde womöglich umkommen.

In der Küche fand er einen Zettel von Eva: Bin bei Rike, komme erst spät wieder. Justus atmete aus. Was sollte er mit seinem unverhofften freien Abend denn Schönes anfangen? Alleine fernsehen, mit einem guten Buch ins Bett oder die

Zeit für die Arbeit nutzen. Manchmal war es verdammt schwer, den Feierabend zu genießen, wenn man wusste, dass andere Menschen währenddessen in Gefahr waren.

Natürlich hätte Justus sich mittlerweile daran gewöhnen müssen, aber so lässig konnte er noch immer nicht damit umgehen. Manchmal schreckte er nachts hoch, rang nach Luft, weil er geträumt hatte, im Meer zu versinken. Dabei hatte er tagsüber nur zu viel in der Akte einer ertrunkenen Frau gelesen.

Justus wollte sich zurücklehnen, wollte sich ein Bier aus dem Kühlschrank nehmen, auf den Sessel fallen lassen und bei dem langweiligen Spielfilm, der im ersten Kanal lief, einschlafen. Aber das war ihm nicht vergönnt. Er raffte sich vom Küchenstuhl hoch, ging zum Kühlschrank und holte sich eine Flasche mit gekühltem Wasser heraus.

»Nette Alternative«, brummte er und lief dann ins Arbeitszimmer.

Er fuhr den Computer hoch. Von dort aus konnte er auf die Dateien im Präsidium zugreifen. Er wusste nicht so recht, wo er anfangen sollte. Noch hatte er keine Anhaltspunkte. Das Einzige, was er hatte, war ein verschwundenes Mädchen, das offiziell nicht einmal als vermisst galt, und eine Anzeige in der Zeitung, die jeder X-beliebige aufgegeben haben konnte.

Plötzlich schüttelte Justus den Kopf. Wie dumm von ihm! Wieso konnte er nicht gleich in der Redaktion anrufen und nachfragen, wer dieser Unbekannte gewesen war? Vielleicht erinnerte sich jemand.

Andererseits war es natürlich sehr naiv zu glauben, dass derjenige seine wahre Identität verraten hatte. Aber einen Versuch war es definitiv wert.

Justus sah auf die Uhr. Es war erst kurz vor 5. Eigentlich arbeitete er länger, aber heute hatte er fürchterliche Kopfschmerzen gehabt und war nachhause gefahren. Wenn er Glück hatte, würde er noch jemanden in der Redaktion erwischen, der ihm weiterhelfen konnte.

Jemand meldete sich am anderen Ende der Leitung.

»Guten Tag, Sie sprechen mit Hauptkommissar Meckhoff. Ich rufe im Rahmen meiner Ermittlungen an.«

Er wartete die Reaktion seines Gesprächspartners nicht ab, sondern sprach weiter.

»Können Sie mir sagen, wer bei Ihnen die Todesanzeigen entgegennimmt?«

Die Frau am anderen Ende war erstaunt, das konnte er hören, aber sie antwortete rasch und nannte ihm einen Namen. Auf die Bitte hin, Justus mit dieser Person zu verbinden, tat sie es. Dieser wartete.

»Guten Tag, Sie sprechen mit Franziska Kreppel.«

Justus wiederholte seine Vorstellung und erklärte kurz sein Anliegen.

»Nun gut, Herr Meckhoff. Die Anzeige, die Ihnen vorliegt, wurde gestern Abend überraschend spät aufgegeben, weshalb sie von uns nicht mehr gegengelesen werden konnte. Dem Herrn, der sie uns per E-Mail zukommen ließ, war das jedoch egal. Er hat uns den doppelten Preis gezahlt, damit sie noch am nächsten Morgen erscheinen würde.«

Justus nickte. Das erklärte, weshalb niemandem aufgefallen war, dass das Todesdatum auf den Tag der Veröffentlichung fiel.

»Sie können sich noch an den Mann erinnern?«

»Es war definitiv ein Erwachsener, aber er klang noch recht jung. Sein Name war ... Hmm ... Ich habe hier Christoph

Wich notiert. Sehr freundlich, dazu äußerst höflich und charmant.«

Man konnte hören, dass sie verlegen wurde. Justus ignorierte Letzteres. Er seufzte erneut. Christoph Wich. Natürlich hatte er Recht gehabt und der Mann hatte nicht seinen wahren Namen genannt. Anderseits wusste Justus nun wenigstens, dass sich seine Annahme bestätigt hatte und es hatte sich um einen Mann handelte. Wenigstens etwas. Dankend legte er auf. Auf ein weißes Blatt Papier notierte Justus:

Täterprofil:

(Zeugin: Franziska Kreppel, Redakteurin beim Morgenblatt)

-Mann

-recht jung

-«Christoph Wich«

-freundliche, höfliche und charmante Wirkung.

Die wiederkehrenden Kopfschmerzen brachten Justus schließlich dazu, sich doch frühzeitig hinzulegen. Vielleicht würde er sich am nächsten Morgen besser konzentrieren können.

Er schrieb Eva ebenfalls einen Zettel und legte ihn neben den ihren: Hallo Eva, hoffentlich hattest du einen schönen Tag bei Rike. Mir ging es nicht gut und ich habe mich bereits hingelegt. Ziemlich stressig momentan, hoffe wir können morgen mal reden. Schlaf gut, Justus.

Reden, ja das sollten sie dringend. Eigentlich hatten sie nichts Genaues zu besprechen, aber hin und wieder tat die Nähe zu jemandem doch ganz gut. Auch wenn dies manchmal alles verdammt kompliziert machen konnte.

Trotzdem war Justus froh, dass er Eva hatte. Sie gab ihm einfach Halt, weil er wusste, dass jemand da war, der auf ihn wartete, falls er irgendwann einfach bei seiner Arbeit zusammenbrechen würde.

Sein Beruf zeigte ihm schließlich oft genug, wohin einen das einsame Leben bringen konnte. Mehrfach war Justus bei seinen Ermittlungen auf Menschen gestoßen, die erst Tage nach ihrem Tod durch einen Zufall aufgefunden wurden. Einfach, weil sie niemand vermisst hatte, weil niemand misstrauisch wurde, wenn sie nicht nachhause kamen.

Manchmal handelte es sich um eine alte Witwe, manchmal um einen von den Nachbarn als griesgrämig beschriebenen Rentner und einmal um einen arbeitslosen Alkoholiker. Es gab da die unterschiedlichsten Leute, aber Fakt war: Justus wollte so niemals enden. Und deshalb dankte er täglich dafür, dass es Eva gab.

22. Kapitel

Es war einer dieser Tage, an denen nichts so funktionierte, wie es eigentlich sollte. Der Himmel war wolkenverhangen und die Sonne hatte sich entschieden, heute fernzubleiben. Benjamin fand, dass es nach Regen aussah. Trotzdem ging er nach draußen, holte sein Rad aus dem Schuppen und schwang sich darauf.

Er ertrug die Stimmung zuhause nicht. Seit Klara weg war, wurde kaum noch gesprochen. Benjamin konnte nicht anders, als sich die Frage zu stellen, womit seine Familie so etwas verdient hatte?

Er trat immer fester in die Pedale. Nach einigen Minuten verlangsamte er. Hier war seine Schwester zum letzten Mal gesehen worden. Er stieg ab, sah sich um. Ein Ort, wie jeder andere auch. Etwas abgelegener, wenig Häuser, aber kleine Wälder. Links von ihm befanden sich Felder.

Er musste zugeben, dass die Ruhe etwas Unheimliches hatte. Vielleicht lag es aber auch einfach daran, dass er mit diesem Platz etwas Schreckliches verband. Ob ihr hier etwas zugestoßen war? Und schon wieder musste er anfangen zu weinen.

Katrin lief unruhig durch das Haus. Es war so still ohne Louise. Normalerweise war sie es doch, die die Energie in die Familie brachte. Sie hielt das Ganze irgendwie zusammen.

Sie sah nach draußen in den Garten, wo zwei Eichhörnchen Fangen spielten. Für die ist alles okay, dachte sie. Für andere ist heute ein ganz normaler Tag.

Es war so unvorstellbar. Andererseits gab es natürlich auch Tage, an denen sie gelacht hatte. Vielleicht war an diesem Tag der Todestag eines Fremden gewesen.

Robert Schiffer, ihr fiel endlich wieder dieser Name ein. Ein unheimlicher Mann, so hatte sie ihn in Erinnerung behalten. Und ihr Gefühl hatte sich anscheinend bestätigt. Dabei war er anfangs sympathisch gewesen.

Katrin fror auf einmal, ein Schauer lief ihr über dem Rücken. Das war doch Wahnsinn. Der Mann war verrückt. Sie versuchte sich genauer an das Gespräch zu erinnern. Katrin konnte kaum klar denken, ihr war plötzlich so furchtbar schwindelig geworden. Was war zu tun? Wen konnte sie anrufen, wen um Rat fragen?

Normalerweise rief sie in solchen Fällen immer ihre Mutter an. Die beiden pflegten zwar keinen auffallend engen Kontakt, denn dafür war das Verhältnis zwischen Mutter und Tochter ihrer Meinung nach insgesamt zu anstrengend, aber wenn Katrin Hilfe benötigte, musste ihre »Mama« einspringen.

Aber wen rief man in einem solchen Fall an? Wen bat man um Ratschläge, wenn die eigene Tochter von einem verrückten Autor entführt worden war, damit dieser mit dem Kind seine Fantasie in die Realität umsetzen konnte?

Nein, die Polizei würde ihr sicherlich nicht glauben. Und Christoph? Katrin war sich nicht sicher, wie ihr Mann reagieren würde. Würde er sie für verrückt halten? Würde er ihr glauben?

Sie wurde immer unruhiger. Was kam als Nächstes? Würde dieser Mensch ihrem Kind den Finger abschneiden und ihr per Post zukommen lassen, würde er eine Videobotschaft schicken, in der er eine Lösegeldforderung stellen würde?

Bei aller Liebe zu ihrem Mädchen, Katrin konnte sich nicht erinnern. Sie las am Tag in den verschiedensten Büchern, besprach Texte mit ihren Mitarbeitern, schrieb Zusagen oder Absagen. Sie konnte sich nicht alles merken.

Schiffers Idee war gut gewesen. Sie wusste, dass sie ihr gefallen hatte. So viel war noch da. Die Grundhandlung dämmerte irgendwo in ihrem Kopf, aber die präzisen Handlungen, die mit dem Mädchen in seinem Roman im Laufe ihrer Entführung angestellt wurden, wusste sie einfach nicht mehr. Ihr wurde immer mehr bewusst: Wenn sie ihr Kind lebend wieder sehen wollte, musste sie das Manuskript bald in die Hände bekommen. Das wäre der ideale Beweis. Das alles konnte kein Zufall sein. Katrins Herz klopfte.

Es war schrecklich weiter darüber nachzudenken, aber wenigstens hatte sie eine Spur, einen Anhaltspunkt, etwas, woran sie sich festhalten konnte. Aber sie war keine Polizistin.

Abgelehnte Textauszüge wurden umgehend in der Datei der Agentur gelöscht und sie hatte keinen Zugang mehr darauf. Verdammt, wieso hatte sie sich keine Einzelheiten gemerkt? Sie fluchte.

Auf einmal kam ihr der Gedanke, dass sie Louise mit eigenen Recherchen wohlmöglich noch mehr in Gefahr bringen würde. Vielleicht war dieser Schiffer geschickter als sie dachte und hatte sie unter Beobachtung. Vielleicht wusste er, was sie vorhatte und würde Louise etwas antun, ganz unabhängig davon, wie die eigentliche Geschichte eigentlich ausgehen würde.

Die Frage, die in diesem Augenblick in Katrins Sinn kam, war: Wie sah das Ende des Mädchens aus? Sie traute sich kaum zu Ende zu denken, sie wusste es einfach nicht mehr. Es war die Strafe für das ungenaue Lesen gewesen. Sie hatte in den letzten Wochen einfach zu viele Einsendungen bekommen. Das rächte sich jetzt. Wenn Louise deshalb etwas zustieße, könnte sie nicht mehr leben. Sie musste die Polizei rufen. Dieser Herr Meckhoff würde ihr vielleicht helfen und ihr die Tochter wiederbringen können.

Katrin war schrecklich verunsichert, aber die Angst trieb sie dazu, zum Telefon zu greifen. Sie wählte bereits, als sie einen Zettel über die Einfahrt fliegen sah. Glücklicherweise hatte sie nicht den Notruf gewählt, sodass es etwas dauerte, bis sie jemanden dran bekam. Sie legte rechtzeitig auf und öffnete die Haustür. Was war das denn? Irgendein Stück Papier, das einem Nachbarn aus der Mülltonne geweht war? Eins von diesen Werbeblättchen, das von dem Jungen aus der Parallelstraße ausgeteilt wurde? Sie bückte sich, griff nach dem Zettel und warf einen Blick darauf.

Ihr Herz blieb fast stehen. Was sie zu lesen bekam, verursachte ein Gefühl von Übelkeit in ihr. Sie fühlte sich auf einmal wieder so hilflos. Wie oft hatte sie diese Buchstaben schon gesehen? Man kannte sie aus dem Fernsehen, aus Büchern oder aus dem Internet. Die einzelnen Lettern waren aus der Zeitung ausgeschnitten, sodass aus ihnen neue Wörter, neue Sätze gebildet werden konnten.

»Das bleibt unter uns!«

Mehr war dort nicht geschrieben. Das bleibt unter uns! Sie wusste natürlich sofort, was damit gemeint war. Er musste sie beobachtet haben. Er musste gewusst haben, dass ihr bald klar werden würde, dass er es war.

Irgendwo hier musste er sein. Katrin drehte sich um, rannte ins Haus zurück, schlug die Haustür zu und lehnte sich dagegen. Das Papier ließ sie auf den Boden gleiten. Sie fühlte sich so alleine. Was sollte sie nur tun? Nun war sie auf sich alleine gestellt. Sie alleine wusste, in wessen Hände Louise war. Sie alleine konnte ihr Mädchen retten.

Ob die Nachricht sich auf Christoph bezog? Durfte sie nicht mal mit ihm sprechen? Unter uns, unter uns, unter uns. Wer war »uns«? Er meinte sicherlich nur sie beide, Katrin und ihn.

Sie konnte nichts riskieren. Der Mann war wohlmöglich zu allem in der Lage. Wer als Rache ein zwölfjähriges Kind entführte, war nicht zu unterschätzen.

Wo war Louise? Was machte er mit ihr? War sie okay? Die Fragen quälten sie. Sie alleine hatte den Roman gelesen, sie alleine wusste, was mit Klara passieren würde und was somit auch Louise drohte. Sie trug die Verantwortung für das Leben ihrer Tochter und sie konnte sich partout nicht mehr daran erinnern.

Sie sah in den Spiegel. Am liebsten hätte sie sich angespuckt. Als sie in der Pubertät gewesen war, hatte sie sich das letzte Mal so angesehen. Sie hatte den Pickel auf ihrem Nasenflügel betrachtet und plötzlich angefangen zu schreien. Daran konnte sie sich noch genau erinnern. Ein weiterer Punkt, der die Wut in ihr brodeln ließ.

Die Erinnerung an diesen Moment war noch so klar, obwohl er mehr als dreißig Jahre zurücklag. Wie ungerecht. Sie schloss die Augen. Die Sätze, die Robert Schiffer für sein Buch formuliert hatte, waren irgendwo ganz hinten in ihrem Kopf. Sie fing an zu zittern. Sie musste sich konzentrieren, aber dazu war sie in diesem Moment nicht in der Lage.

23. Kapitel

Klara stand vor dem Fenster, sah nach draußen und stellte sich vor, fliegen zu können. Wie die Vögel, die auf den Bäumen saßen. Zu gerne würde sie einfach abheben. Dieses Gefühl von Freiheit musste sich einfach unglaublich anfühlen.

Ob sie irgendwann wieder hier rauskommen würde? War die Gefangenschaft hier ihr Schicksal? Hatte jemand diese Zukunft für sie vorbestimmt? Stand dies alles schon fest, als sie in den Armen ihrer geliebten Mutter gelegen hatte, als Baby?

Solche Gedanken konnten einen quälen, sie konnten ein psychisches Wrack aus einem machen. Hieß es nicht, dass jeder sein Schicksal selber in der Hand habe? Vielleicht war sie einfach nicht schnell genug gerannt. Möglicherweise hätte sie Nils entkommen können, wenn sie mehr Energie bewiesen hätte. Aber war sie nicht schon an ihre Grenzen gestoßen? Würde sie vielleicht in ferner Zeit zurücksehen und denken, dass sie auch in ihrer momentanen Situation einen Ausweg gehabt hätte?

Sie sah sich um. Vorsichtig tastete sie sich an der Wand entlang. Alles fest, kein Geheimgang, keine versteckte Tür. So etwas gab es doch nur in Geschichten. Aber dies war keine Geschichte. Dies war ihr Leben. Ihr Leben. Und dies alles könnte bald vorbei sein. Vielleicht würde sie bald schon sterben.

Dann würde sie niemals so frei sein wie ein Vogel. Eher wie ein Vogel im Käfig. Dann würde sie tot sein. Ein toter Vogel?

Als Katrin auf die Uhr sah, stellte sie fest, dass sie bereits über zwei Stunden im Bett gelegen hatte. Vielleicht war sie für wenige Sekunden weggenickt, aber in den Tiefschlaf war sie immer noch nicht gefallen.

Sie setzte sich auf. Christoph schlief neben ihr. Seine Augen waren leicht gerötet. Wahrscheinlich hatte auch er geweint. Sie hatte ihn noch nie weinen sehen, ganz gleich, was geschehen war. Er war stark geblieben, hatte keine Miene verzogen, sich höchstens dezent weggedreht. Und nun hatte auch ihn das Grauen überfallen.

Vorsichtig und leise stand Katrin auf. Sie machte Licht und streifte dann ihren Bademantel über. Raus - nach unten. In der Küche machte sie sich eine warme Milch mit Honig. Das sollte ja beim Einschlafen helfen. Als sie das dampfende Getränk vor sich stehen hatte, wurde ihr erneut schlecht. Der Kreislauf, dachte sie. Natürlich, sie war einfach nur zu schnell aufgestanden. Sie atmete durch und nahm einen Schluck.

Sie würgte. Viel zu süß. Sie mochte keinen Honig. Langsam ging sie zum Fenster, sah nach draußen und hielt inne. Die Dunkelheit war beängstigend.

Draußen bewegte sich etwas. Sie zuckte zusammen. Nur ein Tier, dachte sie. Sicherlich nur ein Tier. Seltsam, dass man bei Nacht so schreckhaft war. Ihr Herz fühlte sich so schwer an. Ob Louise irgendwo da draußen war?

Sie schloss die Augen. Das musste bald aufhören und Louise wiederkommen. Wieso hatte sie sie nur unwissend im Zimmer sitzenlassen?

Katrin schüttelte sich. Sie machte sich solche Vorwürfe. Wie sollte sie weiterleben, wenn sie den Tod ihres Kindes verschuldete? Wie sollte sie Lars eine gute Mutter bleiben, wenn …

Bleiben, dachte sie. Nein, wohlmöglich sollte sie dieses Wort eher durch »werden« ersetzen. Sie war keine gute Mutter gewesen. Sie hatte Schuld an der Entführung ihrer Tochter.

Hinter ihrer Stirn hämmerte es. Beunruhigt sah sie nach draußen. Was war das nur? Da draußen war jemand. Sie spürte es. Nein, es war mehr als ein Gefühl, sie hatte jemanden gesehen. Er ist hier, schoss es ihr durch den Kopf. Der Entführer ihres Mädchens lief bei ihnen durch den Garten. Ich sehe Gespenster, versuchte sie sich zu beruhigen.

Vielleicht war dies aber ihre Gelegenheit, diesen Verbrecher zu stellen. Sie zuckte zusammen. War sie wirklich der Meinung, einem erwachsenen Mann, der wohlmöglich bewaffnet war, das Handwerk legen zu können?

Wie stellte sie sich das denn vor? Ihre Finger griffen nach der Gartentür. Sie krallte sich daran fest und zog sie dann auf. Der Wind blies ihr ins Gesicht. Oh, es war frisch geworden. Am Tag war es noch so warm gewesen, dass sie nie damit gerechnet hätte.

Es roch trotzdem noch nach Frühling. Wie gerne hätte sie diesen Moment genossen. Früher war sie bei Stress manchmal nachts wachgeworden und aufgestanden, hatte das Fenster aufgerissen, die Nase in die Frühlingsluft gestreckt und Kummer und Sorgen waren vom Wind weggetragen worden.

Plötzlich riss sie die Augen auf. Dort brannte Licht. Sie hatte große Angst, wagte es kaum zu atmen oder sich gar zu bewegen. Vielleicht würde der Unbekannte auf sie aufmerksam werden. Aber sie durfte keine Angst haben. Das war ihr nicht erlaubt. Sie war Mutter. Dies nahm ihr das Recht.

Vorsichtig machte sie einen Schritt auf den Schuppen zu, dessen Fenster hell erleuchtet waren. Es war ein warmes Licht. Auf einmal flackerte es. Katrin rieb sich die Augen. War das Feuer? Sie wagte kaum daran zu denken. Auf einmal wusste sie, dass sie richtig vermutete.

Da hinten brannte es. Ihr wurde sofort ganz heiß. Sollte sie zum Schuppen rennen, sehen, ob jemand in Gefahr war? Sollte sie zum Telefon greifen und die Feuerwehr rufen? Oder sollte sie Lars und Christoph wecken?

Die Gedanken in ihrem Kopf überschlugen sich. Sie entschied sich für die erste Variante. Es war eher wie ein Reflex. Umso näher sie dem Feuer kam, desto schwerer fiel ihr das Atmen. Hustend hielt sie sich den Ärmel des Bademantels vor Mund und Nase und versuchte in dem Qualm etwas zu erkennen.

»Hallo?« Das Wort kam krächzend über ihre Lippen.

Eine Antwort blieb ihr erspart. Sie wusste nicht, ob sie dankbar dafür sein sollte.

Einerseits hatte sie Angst, in der Dunkelheit auf einen anderen Menschen zu treffen, andererseits wollte sie nicht alleine sein. Panisch rannte sie zurück zum Haus, stürmte in die Küche. Ihre Beine fühlten sich wie gelähmt an und ihre Finger zitterten, während sie den Notruf wählte.

»Es brennt«, hauchte sie in den Hörer.

Ein Mann am anderen Ende forderte sie auf, ihren Namen und ihre Adresse zu nennen. Für einen kurzen Augenblick wusste sie nicht mehr, wie sie hieß, hatte ihre Anschrift vergessen. Alles war aus ihrem Kopf entbrannt. Irgendwo hörte sie ein Summen, eine schöne Melodie.

Sie merkte, wie es unter ihr ganz nass wurde. Als sie wieder einigermaßen bei Sinnen war, war ihr erster Gedanke, dass sie sich in die Hose gemacht hatte. Aber rasch wurde ihr klar, dass es die Flasche Milch war, aus der sie eine Tasse für den Honig entnommen hatte. Das Paket war umgefallen und die weiße Flüssigkeit tropfte auf ihre Schlafanzugshose.

Neben ihr lag das Telefon. Sie griff danach, presste das Ohr daran und flüsterte ihren Namen hinein.

»Wir haben Sie bereits geortet, Frau Wich. Es muss jeden Augenblick Hilfe kommen.«

Katrin legte auf. Sie blieb reglos auf dem Boden liegen, hörte auf einmal das Tatütata auf der Straße. Aber auch das konnte sie nicht dazu bringen, sich zu rühren. Wenn das Feuer sich ausbreitet, fängt das Haus ebenfalls an zu brennen, dachte sie. Sie stellte sich vor, wie die Flammen überall wüteten. Dann bin ich tot, schoss es ihr in den Sinn.

»Lars«, stöhnte sie.

Was war sie nur für eine Mutter? Sie lag tatenlos auf dem Küchenboden, während das Feuer auf bestem Wege war, in das Haus zu dringen. Was war sie nur für eine Ehefrau? Ihr Mann und ihr Sohn lagen oben im Bett, befanden sich wahrscheinlich im Tiefschlaf und schwebten in größter Gefahr.

Wie aus heiterem Himmel packte sie jemand.

»Christoph?«, fragte sie. Sie erhielt keine Antwort. Katrin spürte nur, wie ihr eine Person etwas Nasses auf den Kopf drückte.

»Kannst du mich hören?« Ja, es war Christoph.

»Wieso schläfst du nicht?« Sie hatte die Situation um sich herum noch nicht wahrgenommen.

Zwei Männer und eine Frau hatten sich um sie versammelt. »Wir sind aus dem Friedrich-Krankenhaus«, erklärte einer von ihnen.

»Es brennt«, wisperte Katrin. Sie hatte ihre Stimme noch nicht wieder bekommen. Sie hustete mehrfach, versuchte wieder sprechen zu können.

»Das wissen wir doch. Die Feuerwehrmänner sind draußen im Garten.« Christoph kniete sich zu ihr, legte die Hand auf ihre Wange und strich behutsam darüber.

»Ich muss zu Lars.« Katrin fand ihre Stimme wieder.

»Lars ist draußen. Da sollten wir jetzt auch hingehen.«

Katrin stand auf. Mittlerweile hatte sie genug Kraft, um sich am Boden abzustützen. Sie kämpfte sich nach draußen. Ihr war immer noch sehr warm, sodass sie aus dem Bademantel glitt und dieser zu Boden fiel.

»Was ist denn nur passiert?« Fragend sah sie sich um.

»Die Ursache ist unklar. Haben Sie vielleicht Kerzen in dem Gartenhaus stehen gehabt?«

»Natürlich nicht!«, rief Katrin.

Der Feuerwehrmann schüttelte verächtlich den Kopf. Zu einem anderen gewandt sagte er: »Der vierte Brand diese Woche, der nachts geschieht. Wenn das so weitergeht, reicht meine Frau die Scheidung ein.«

Katrin zog die Augenbrauen hoch. Was für ein arroganter Kerl. Ihr Leben war in Gefahr gewesen, ihre Tochter entführt.

Louise!!! Zum ersten Mal seit ihrem Verschwinden war Zeit vergangen, in der sie nicht im Geiste bei ihr gewesen war. Sofort überkam sie das schlechte Gewissen.

»Er war da«, raunte Katrin Christoph zu.

Es war eine Kurzschlussreaktion gewesen. Vielleicht würde er irgendwie verstehen. Sie schlug sich mit der Hand vor den Mund. Es bleibt unter uns, hatte er geschrieben und Katrin war sich sicher, dass er es genauso meinte. Er hatte einen Plan und würde sich davon nicht abbringen lassen.

Wenn Katrin nur wüsste, wie das Buch sein Ende genommen hatte. Andererseits konnte sie sich nicht sicher sein, dass er nicht zumindest das Ende abwandeln würde.

177

Katrin kniff die Finger zusammen, ballte die Faust und dachte an Robert Schiffers Auftritt.

Wenn sie damals auch nur geahnt hätte, zu was dieser Mann fähig war. Sie schämte sich dafür, dass er im ersten Augenblick auf sie attraktiv gewirkt hatte. Er könnte der Mörder ihrer Tochter werden. Dieser Mann war kein Mensch, sondern ein Tier.

Das Feuer war gelöscht, als Katrin sich dem Schuppen näherte. Der Rasen war voller Asche und von dem vielen Wasser durchnässt. Sie lief darüber und sah sich das ehemals schöne Häuschen an, das ihr Vater viele Jahre zuvor in einem tollen Tannengrün angestrichen hatte. Es war heruntergekommen, die Fensterscheiben waren zerschlagen und auf dem Boden lagen die Scherben.

Katrin fand ein fast vollständig abgebranntes Kissen. Sissi, die dicke Katze hatte dort so gerne gelegen. Louise hatte es selber genäht. Katrin griff nach dem Stoff-Fetzen und drückte ihn an die Wange. Sie bildete sich ein, ihre Tochter riechen zu können.

Dabei war der Geruch nur ein modriger Gestank von Rauch. Langsam verschwanden die Leute von der Feuerwehr und auch die Ärzte verabschiedeten sich, nachdem Katrin ihnen versichert hatte, alles sei in Ordnung. Außer einem Polizisten, der die Brandursache herausfinden wollte, war der Garten schließlich leer.

»Sie haben das Feuer als Erste bemerkt?«

Katrin schwieg. Sollte sie von den Bewegungen berichten, die sie im Garten wahrgenommen hatte? Es war riskant, zu riskant. Sie durfte nicht mit ihm spielen. Sie konnte nur verlieren. Er hatte die Fäden in der Hand und er konnte die Schlinge um Louises Hals damit zuziehen, wenn sie falsch handelte.

178

Katrin nickte schließlich. »Ich konnte nicht einschlafen und bin nach unten, als ich plötzlich dieses Licht wahrnahm.«

Sie schluckte. Lügen oder die Wahrheit verschweigen? Katrin wusste, dass sie mit dem Feuer spielte. Sie konnte nur der Verlierer sein. Entweder sie würde etwas erfinden und die Polizei anlügen oder sie würde Robert Schiffer durch einen Verrat verärgern. Definitiv war Letzteres die gefährlichere Variante.

»Dort war diese Kerze. Ich muss sie vergessen haben zu erlöschen.«

Der Polizist notierte etwas auf einem Notizblock. »Soso«, sagte er dann.

Christoph blickte verwirrt zu Katrin. »Eine Kerze? Seit wann zündest du Kerzen im Schuppen an?«

Katrin vermied es, ihm in die Augen zu sehen. Sie hasste Lügen. Aber es musste sein.

»Für Louise. Ich wollte für sie ein Licht anzünden.« Passend dazu kullerte ihr eine Träne über die Wange.

Christoph nahm sie in den Arm. Sein Pulli fühlte sich warm und weich an. Katrin wollte für immer so nah an ihm sein. Sie wollte ihn spüren. Oh, wie sie ihn all die Jahre vermisst hatte. Es wurde ihr erst jetzt, im Nachhinein so schrecklich bewusst.

Der Polizist schrieb erneut etwas auf seinen Block.

»Haben Sie sonst noch etwas gesehen?«

JA, wollte Katrin rufen, aber ihr Verstand ließ sie schweigen.

»Nein. Nichts.« Sie schluckte, löste sich aus Christophs Umarmung, ging ein paar Schritte umher, versuchte klar denken zu können.

179

»Ich bräuchte dann noch genaue Uhrzeiten«, hörte sie den Polizisten sprechen, aber sie lief weiter.

Sollte er sich doch ärgern. Darauf konnte sie nun keine Rücksicht nehmen.

Sie musste nach Spuren suchen, nach irgendwelchen Hinweisen, wenn es welche gab. Selbst die raffiniertesten Verbrecher machten Fehler, hinterließen Dinge, mit denen sie sich zurückverfolgen ließen.

Während Katrin den Boden absuchte, dachte sie wieder an Louise. Was sie wohl gerade tat? Hockte sie in irgendeinem Kellerloch und weinte?

»Oh mein armes Kind«, schluchzte Katrin.

In dem Augenblick, wo sie ihr Baby, ein unschuldiges, kleines Wesen, zum ersten Mal in den Händen gehalten und das Gefühl dieser Verbindung gespürt hatte, war sie sich sicher, dass es der glücklichste und zufriedenste Mensch werden würde, der je gelebt hatte. Als sie dann sah, wie aus ihrem Kind ein selbstständiger Mensch wurde, hatte sie dies einerseits stolz gemacht, aber anderseits wusste sie, dass sie ihr Baby gehen lassen musste. Und nicht nur zum Spielen auf die Straße, sondern in sein eigenes Leben. Mit Vertrauen und Liebe hatte sie das Mädchen losgelassen, die Arme geöffnet und Louise war ins offene Messer gerannt.

Sie bückte sich. Ihr war ein Blatt Papier vor die Füße geflogen. Eigentlich wollte sie dies nur von ihrem Schuh entfernen, aber sie erinnerte sich an die Botschaft, die Schiffer ihr vor der Haustür hatte zukommen lassen. Das Blut gefror ihr in den Adern. Was war das?

Sie konnte nicht glauben, was sie zu sehen bekam. Ihr wurde zum wiederholten Mal so unglaublich schlecht, dass sie befürchtete sich übergeben zu müssen. Wieso musste ausgerechnet sie immer auf diese Nachrichten stoßen? Die Frage beantwortete sie sich selber. Sie war die Einzige, die den Wörtern eine Bedeutung zuteilen konnte. Es war eindeutig ein Auszug aus Schiffers Roman.

Er war also hier gewesen. Er hatte sich verraten, mit voller Absicht. Schiffer wusste, dass sie ihn längst durchschaut hatte und nun spielte er mit ihr.

Er würde sie quälen, sehen, wie weit er sie treiben konnte. Und das alles, weil sie sein Buch abgelehnt hatte? Das hatte doch nichts zu bedeuten. Sie konnte einfach nichts daran ändern. Erschrocken las sie erneut:

Klara stand vor dem Fenster, sah nach draußen und stellte sich vor, fliegen zu können. Wie die Vögel, die auf den Bäumen saßen. Zu gerne würde sie einfach abheben. Dieses Gefühl von Freiheit musste sich einfach unglaublich anfühlen. Ob sie irgendwann wieder hier rauskommen würde? War die Gefangenschaft hier ihr Schicksal? Hatte jemand diese Zukunft für sie vorbestimmt? Stand dies alles schon fest, als sie in den Armen ihrer geliebten Mutter gelegen hatte, als Baby.

Solche Gedanken konnten einen quälen, sie konnten ein psychisches Wrack aus einem machen. Hieß es nicht, dass jeder sein Schicksal selber in der Hand hat?

Schiffer hatte die Wörter »Klara« und »Mutter« unterstrichen. Was wollte er ausdrücken? Klara = Louise? Julia Freis, Klaras Mutter= Sie selber. Langsam hatte sie die Schablone des Grauens durchschaut und das Schrecklichste war, sie konnte nichts dagegen tun.

24. Kapitel

Es roch nach etwas Undefinierbarem. Aber irgendwie nach Chemie. Klara hatte Angst. Konnte das etwas Gutes bedeuten? Plötzlich spürte sie etwas an ihrer Nase. Ein Tuch. Dann wurde alles schwarz.

Justus hatte tief und fest geschlafen. Wie ein Murmeltier hatte er sich in sein Bett-Tuch eingerollt, sodass er nichts um sich herum wahrgenommen hatte. Sogar Evas Ankunft hatte er nicht mitbekommen, was ihn äußerst wunderte. Sonst wurde er stets wach, wenn das Bett knarrte und sie sich neben ihn zum Schlafen legte.

Er stand auf, sah auf die Uhr. Es war bereits halb 9. Justus fluchte nicht, zwar war er viel zu spät dran, aber alles Schimpfen wäre vergeblich. Wahrscheinlich hatte er vergessen, den Wecker einzuschalten, oder ihn einfach nicht gehört.

Er pellte sich aus der Bettdecke, gähnte und setzte sich langsam auf. Ihm wurde schlecht, wenn dieser Vorgang nicht in seinem eigenen Rhythmus geschah. Hier brauchte er nun mal seine Zeit.

Seinen Wachwerd-Cappuccino wandelte er in einen Coffee to go um, sodass er einiges an Zeit einsparen konnte. Eva war bereits unterwegs. Das Besteck in der Spüle verriet, dass sie aber da gewesen war.

Justus packte seine Sachen, stieg ins Auto und fuhr zum Präsidium.

»Mein Gott, Justus. Wo bist du denn die Nacht gewesen? Dein Handy war aus.«

Verwirrt sah er auf sein Mobiltelefon. Ausgeschaltet. Justus zog die Augenbrauen hoch. »Ist etwas passiert?«

Seine Kollegen sahen sich ungläubig an. »Bei Familie Wich hat es gebrannt. Ursache ist noch unklar.

»Gebrannt?« Justus zog seine Jacke, die er bereits über den Stuhl gehängt hatte, über und eilte aus dem Büro.

Was war in dieser Familie nur los? Eigentlich hatte er eh vorgehabt, ihnen einen Besuch abzustatten, um ihnen von dem, was die Frau über die Todesanzeigen berichtet hatte, zu erzählen.

»Guten Tag, Herr Kommissar. Haben Sie Neuigkeiten? Haben Sie meine Tochter?« Er hatte nicht einmal geklingelt, da stand Katrin Wich bereits in der Tür.

»Ich habe ein grobes Täterprofil aufgrund einer Zeugenaussage erstellen können. Demnach handelt es sich beim Schreiber der Todesanzeige um eine mittelalte männliche Person.«

Frau Wich wirkte nicht gerade überrascht. Sie winkte ihn hastig herein. »Sie müssen mein Kind finden, versprechen Sie mir das?« Justus zögerte. Nein, er konnte es wirklich nicht versprechen. Immer noch nicht. Daran hatte sich seit gestern nichts geändert.

»Bleiben Sie ganz ruhig. Viele Kinder tauchen nach einigen Tagen wieder auf.«

Er wusste, dass dies keine Beruhigung war, aber was sollte er denn sagen? Sollte er die Frau wie ein Häufchen Elend dort stehen lassen?

»Und viele werden Jahre danach in psychiatrische Behandlung eingewiesen oder gar tot gefunden.« Sie schlug mit der Hand vor den Mund.

»Ich bin hier, um mit Ihnen über die letzte Nacht zu sprechen«, sagte Justus.

Sie lief unruhig im Wohnzimmer herum, sah nach draußen und wandte sich dann an ihn. »Aber ich habe Ihrem Kollegen doch bereits alles gesagt, was ich weiß. Ich habe die Kerze vergessen zu erlöschen«

Justus kratzte sich am Kopf. »Eine Kerze, soso.« Das hatte man davon, wenn man einfach aufbrach, ohne sich auszutauschen.

»Sie nehmen also die Schuld auf sich?«

Katrin Wich zögerte einen Moment, sie brauchte ein paar Sekunden, ehe sie antwortete. Dann nickte sie.

»Um Louise zu helfen, muss ich noch einmal auf die Zeugenaussage zurückkommen.« Justus senkte den Kopf.

»Ich kenne jede Menge mittelalte Männer«, stieß Katrin Wich hervor.

»Die Zeugin beschrieb ihn als charmant und freundlich.«

Frau Wich schlug mit der Hand auf den Esstisch. »Ich kenne auch viele mittelalte, charmante, freundliche Männer.« Justus zuckte zusammen. Am Tag vorher war sie so voller Hoffnung gewesen, er war sich sicher, sie hätte jede Spur verfolgt, und jetzt? Was war in sie gefahren? Hatte sie etwas zu verbergen?

»Denken Sie, der Brand könnte etwas mit der Entführung zu tun haben?«

Frau Wich schüttelte energisch den Kopf. »Auf keinen Fall«, sagte sie sofort. Dann merkte sie, wie abrupt sie geantwortet hatte, und fügte hinzu: »Die Kerze, es war meine Schuld.«

Justus glaubte ihr nicht ganz. Die meisten Leute rückten mit der Wahrheit, einem Schuldeingeständnis nicht sofort heraus.

»Sie würden mir erzählen, wenn Sie etwas wüssten ...« Er wollte sehen, wie sie reagierte.

Die Farbe wich aus ihrem Gesicht.

»Sicher.« Sie lächelte schwach. »Ich habe sehr schlecht geschlafen und würde mich nun gerne etwas hinlegen. Sie haben sicher Verständnis ...«

Justus nickte. Irgendwas stimmte hier nicht. Eine Mutter setzte eigentlich alles daran, um die Ermittlung zu unterstützen. Was war nur in sie gefahren? Tatsache war, dass sie sich seit gestern verändert hatte.

Justus wusste nur noch nicht wieso, aber das würde er wohl auch noch herausbekommen. Er musterte Katrin Wich, die einen verwirrten Eindruck auf ihn machte, und versuchte erst gar nicht, seine Laune zu verbergen.

»Frau Wich, Sie machen es uns nicht gerade einfach!«

Sie runzelte die Stirn. Ihm fiel jetzt erst auf, dass sie ungeschminkt war. Ohne das Puder und die Wimperntusche wirkte sie anders. Sie war ihm irgendwie fremd. Ihre Haut war sehr blass und ihre Augen schimmerten traurig.

»Was kann ich denn noch für Sie tun, Herr Kommissar? Es tut mir schrecklich leid, aber glauben Sie mir, ich würde alles tun, um Louise zu finden.«

»Ist Louise schon einmal von zuhause weggelaufen?«

Sofort schüttelte sie den Kopf. »Natürlich nicht. Sie ist ein gutes Kind. Louise würde uns niemals Sorgen machen wollen.«

Ein gutes Kind, dachte Justus. Woran machte eine Mutter so etwas fest? War es nicht die Liebe einer jeden Mutter zu ihrem Kind, die diese glauben ließ, das eigene Kind sei »gut«?

Justus überlegte. Man sah Katrin Wich an, dass sie nicht verstand, was die Fragen sollten. »Möchten Sie etwas trinken?«

Er lehnte dankend ab. Eigentlich hatte ihn der Besuch nicht weitergebracht. Es war bloße Zeitverschwendung gewesen.

Leise seufzte er. Er spürte, wie ein Gefühl der Verzweiflung von ihm Besitz ergriff, wie es ihm die Luft abschnürte und versuchte, in seine Gedanken einzudringen. Das musste er verhindern. Man brauchte einen kühlen Kopf, um zu arbeiten. Er trat auf der Stelle. Wohlmöglich lief Louise die Zeit davon, während er hier zwecklose Fragen stellte.

»Ich werde jetzt zurückfahren. Danke, dass Sie sich Zeit für mich genommen haben.«

»Ich habe zu danken«, entgegnete Frau Wich.

Dann verließ Justus das Haus.

Er war seit einer knappen Stunde wieder auf dem Präsidium, als er einen Anruf von seiner Mutter erhielt. Justus merkte, wie ihn das Telefonat stresste.

Seine Mutter fragte ihn, wie es ihm gehe, was der Beruf mache, ob bei Eva auch alles in Ordnung sei und erzählte von einem Urlaub, den sie bald machen wollte. Während sie sprach, legte Justus kurz den Hörer auf den Schreibtisch und durchsuchte seine Schublade nach der Kopie des Zeitungsartikels aus dem Hause Wich.

Die Stimme seiner Mutter drang trotzdem noch gut hörbar in sein Ohr und er seufzte genervt. Wie oft hatte er sie gebeten, ihn nicht tagsüber anzurufen, wenn er arbeiten wollte? Er gab ja zu, dass er kein besonders fürsorglicher Sohn war, aber er hatte nun einmal viel zu tun.

»Wie geht es Papa?«, fragte er, weil das Schweigen seinerseits ihm unangenehm war.

Da überfiel sie ihn mit einem Wortschwall, in dem sie über seinen Vater herzog.

»Du glaubst gar nicht, was dein feiner Herr sich letzte Woche geleistet hat. Er ist mit ihr in den Urlaub gefahren. Kannst du dir das vorstellen? Nach Sylt. Dabei hat er früher doch schon immer erzählt, dass Sylt grausam ist wegen der ganzen aufgesetzten Leute. Ach, du kennst die Geschichten ja. Tja, und da hat er seine Liebe tatsächlich in ein schickes Hotel eingeladen. Mich jedenfalls hat er nie in eins mitgenommen. Nicht, dass ich einen solchen Luxus brauche ...«

Justus stützte den Kopf auf seine Hand. »Du, Mama. Ich rufe dich morgen noch mal an. Es ist gerade ganz schlecht.«

Er hörte sie nur noch »Typisch«, sagen, ehe er aufgelegt hatte. Sollte sie sich doch ärgern. Er ärgerte sich schließlich auch oft genug. Natürlich wusste er, dass seine Mutter nicht die Schuld daran trug, aber er wollte gerade einfach ungerecht sein. Sie war die Leidtragende. Als seine Mutter sollte sie das doch verstehen.

Der wahre Grund seiner Wut war die Kriminalität. Da gab es so viele Menschen, die durch die Welt zogen, um Böses zu vollbringen. Warum entführte ein Mann sein Nachbarskind? Warum tötete ein Vater von drei Kindern seine Geliebte? Warum schlug ein Ehemann seine Frau? Wieso gab es Menschen, die Tiere quälten?

Er schlug mit der Faust auf den Tisch. Plötzlich war er sogar sauer auf sich selbst, weil er sich so aufgeregt hatte. Manchmal gab es diese Tage, an denen er so leicht außer Fassung geriet. Aber er konnte sich in diesem Moment einfach nicht kontrollieren.

Er legte den Kopf auf den Schreibtisch und musste sich zusammenreißen, um nicht anzufangen zu weinen.

»Reiß dich zusammen«, dachte er, fuhr mit der Hand durch das Gesicht und stöhnte.

Seine Kollegen fragten sich sicher auch, was zurzeit mit ihm los war. Ihn machte vor allem der Fall um die Familie Wich zu schaffen. Er hatte keinen richtigen Anhaltspunkt, hatte ein Mädchen, dessen vermeintliche Entführung aufgeklärt werden sollte. Genau genommen hatte er nichts.

Vielleicht saß das Mädchen auf der Straße, war von zuhause weggelaufen. Dann ging ihn die Sache nichts an, dann war das ein Fall für die Vermisstenstelle. Er kümmerte sich nur um Kriminalfälle. Wieder schüttelte er den Kopf.

»Justus, Justus. Wo führt dich deine Arbeit nur hin?«, sprach er zu sich selber. Aber sein Instinkt sagte ihm, dass die Kleine in falsche Hände geraten war. Der Trieb, sie zu finden, war wie ein Wind, der ihm immer wieder zuhauchte, er möge sie befreien. JETZT!!!

Das Ganze ließ ihm keine Ruhe. Louise Wich war erst zwölf Jahre alt, sie hatte ihr Leben noch vor sich. Sie gehörte zurück zu ihren Eltern und nicht in irgendein Kellerloch.

Er versuchte gleichmäßiger zu atmen, zur Ruhe zu kommen. Sie hatte so etwas Sympathisches. Justus wollte nicht, dass sie zu diesen Ausreißern gehörte, die sein Kollege Konrad an die Pinnwand geheftet hatte. Ein Kommissar sollte nicht auf sein Herz hören. Wer gute Arbeit leisten wollte, brauchte einen klaren Verstand. Normalerweise hatte Justus einen Punkt, an dem er nachhaken, eine Spur, die er verfolgen konnte.

25. Kapitel

Klara erinnerte sich noch an einen ehemaligen Mitschüler. Er hieß Nick. Nick Wendler. Seine Mutter war gestorben, als er in der zweiten Klasse gewesen war. Leukämie. Blutkrebs. Nach fünf Tagen war er wieder in der Schule gewesen, ohne zu sprechen oder jemanden an sich dran gelassen. Klara hatte das respektiert, im Gegensatz zu manch anderen Kindern. Sie hatten ihn mit Fragen gelöchert, was Klara absolut unsensibel fand. »Ist deine Mama wirklich tot?«, »Ist sie jetzt bei Gott im Himmel?«, »Hast du viel geweint?«

Diese Kinder hatte es gegeben. Aber da waren auch diese gewesen: »Ich kann dich verstehen. Vor einem Jahr ist mein Kaninchen gestorben.« »Mein Hund hatte auch Krebs. Aber er hat überlebt.«

Klara hörte Nick heute noch schreien, wenn sie daran dachte. »Meine MAMA ist kein Hund.« Zu gut konnte Klara nachvollziehen, wie der Junge sich gefühlt hatte.

Man konnte ein Tier nicht mit einem geliebten Menschen vergleichen. Das war Klara bewusst. Aber trotzdem saß die Trauer wie ein Stein in ihrem Herzen. Fast hatte sie ein schlechtes Gewissen, so zu weinen. Es war schließlich nur ein Tier. Nur.

Nur?

Katrin fühlte sich seit letzter Nacht andauernd beobachtet. Sie war mehrmals durchs Haus gelaufen, hatte alle Räume durchsucht und sich dann vollkommen erschöpft auf das Sofa fallen lassen. Dort war jedenfalls niemand. Was sollte sie als Nächstes tun? Die Polizei rufen? Die würden sie doch für

189

vollkommen verrückt halten und in eine geschlossene Anstalt sperren lassen. Sie würde unter Medikamente gesetzt werden und denen hilflos ausgeliefert sein. Nein, nein, das ging nicht.

Sie könnte bei einem Psychiater anrufen, der sie beruhigen würde. Er hatte Schweigepflicht. Oder sie rief doch Herrn Meckhoff an ...

Ja. Sie brauchte ein Telefon. Eines der Geräte lag in der Küche, das wusste sie sicher. Und die anderen? Hastig sah sie sich um, kontrollierte ihr Nachtschränkchen, das Bett – nichts.

Sie ließ sich auf das Bett sinken, ihr Atem ging schnell, die Hände zitterten.

Kein Telefon, keine Chance, jemanden zu informieren. Sie musste in die Küche. Jetzt. Sofort.

Sie ging zur Tür, griff nach dem Schlüssel, wollte ihn umdrehen, aber ihre Finger gehorchten ihr nicht. Sie machte einen weiteren Schritt, stand nun ganz dicht vor der Tür und ließ die Stirn dagegen sinken. Das glatte Holz tat gut, kühlte ihren Kopf und wie es schien auch ihre Gedanken, denn sie wurde ruhiger und geordneter.

Im Haus war niemand. Christoph war mit Lars unterwegs. Sie wollten die Straßen absuchen. Als würde das etwas bringen.

Sie ertrugen das Rumsitzen nicht. Aber glaubten sie wirklich, Louise würde irgendwo am Straßenrand hocken, weinen oder die Hand nach einer Mitfahrgelegenheit ausstrecken?

Katrin wusste natürlich, dass es nicht so war. Sie wusste, dass sich Louise in Gefangenschaft befand. Aber sie konnte es niemandem sagen, ohne das Mädchen in große Gefahr zu bringen.

Wenn sie wenigstens wüsste, was richtig und was falsch wäre. Wenn ihr jemand die Entscheidung nur abnehmen würde. Wie sollte sie handeln? Sie hatte zu viel zu verlieren, um nach dem Gefühl zu entscheiden. Aber etwas anderes blieb ihr schließlich nicht übrig.

Jeder Tag, den ich hier vergeude, könnte ihr letzter sein, pulsierte es immer wieder in ihrem Kopf. Es war, als existierten dort zwei Geister.

»Tu, was er sagt! Befolge seine Anweisungen, nur so bekommst du dein Kind zurück«, sagte der eine.

»Informiere doch endlich die Polizei. Was willst du hier denn alleine tun? Es zählen die Sekunden! Hole dir Hilfe. JETZT!«

Katrin hielt sich die Ohren zu, als würde das etwas bringen. Aber das Dröhnen wurde nicht weniger. Die Geister waren nur in ihrem Kopf. Wenn sie wenigstens Kontaktdaten zu diesem Mann hätte. Irgendwo musste doch noch etwas gespeichert sein. Sie durfte nicht aufgeben, sie musste kämpfen.

Ermutigt stand sie auf, überwand ihre Angst und lief nach draußen. Sie stieg in ihr Auto, startete den Motor und fuhr die Straße entlang in Richtung Agentur. Die Agentur war der einzige Ort, an dem es Spuren von Robert Schiffer gab. Er war dort gewesen, dort waren seine Daten, sein kompletter Lebenslauf und natürlich auch sein Manuskript gespeichert gewesen, bevor sie die Datei nach der Absage in den Papierkorb befördert hatte.

Es war eine kleine Chance. Vielleicht hatte sie den elektronischen Papierkorb nicht geleert, vielleicht war in diesem Moment ein Luftzug in das Büro gedrungen, sie war aufgesprungen und hatte ihr Vorhaben vergessen. Vielleicht hatte das Telefon geklingelt und sie war abgelenkt gewesen.

Vielleicht hatte der Computer einen Fehler gemacht. Vielleicht befanden sich all die Daten während der vielen Stunden der Angst die ganze Zeit an einem ihr zugänglichen Ort.

Sie merkte, wie sie schneller fuhr, und versuchte sich zusammenzureißen. Nicht, dass sie genau jetzt noch in eine Polizeikontrolle geriet und Zeit verlor. Nur deshalb hielt sie sich an das Tempolimit.

»Ich kriege dich, du Drecksack. Du nimmst mir mein Kind nicht«, sagte sie und stellte das Auto direkt vor der Tür. Sie rannte die Stufen hoch zu ihrem Büro, zitterte, während sie den Schlüssel aus der Tasche zog und in das Schloss steckte.

Der Computer startete für sie unerträglich langsam. Sie tippte immer wieder mit dem Fuß auf den Boden, weil sie keine innere Ruhe hatte. Nervös klopfte sie mit der Fingerkuppe auf die Tastatur.

»Fahr endlich hoch«, befahl sie der Maschine.

Als der Hintergrund erschien, fing ihr Herz an, noch schneller zu klopfen.

»Bitte«, flehte sie.

Die Sekunden, während die Sanduhr auf dem Bildschirm aufleuchtete und anzeigte, dass geladen wurde, kamen ihr vor wie Stunden. Das Gerät hatte auch schon die besten Jahre hinter sich, aber bisher hatte sie das Geld, das ihnen in der Agentur für Technik zur Verfügung stand, lieber für einen neuen Drucker und ein Mobiltelefon genutzt. Schließlich funktionierte der Computer ja noch. Eigentlich.

»Verdammt.« Sie starrte auf den Desktop, fuhr mit der Leiste den Papierkorb ab und fluchte.

Verzweifelt biss sie sich auf die Zähne. Irgendwo musste doch noch etwas sein. Sie durchsuchte den gesamten Inhalt des Computers. Katrin durchforstete jede ihr unbekannte Datei, aber sie fand nichts. Es war, als wäre dieser Mann niemals da gewesen, als würde er nicht existieren. Wenn Katrin es nicht besser wissen würde, ihr Verstand hätte ausgesetzt.

Sie erinnerte sich noch genau daran, wie er lief, was für Bewegungen er machte. Es war seltsam, denn sie hatte dennoch Mühe, seine Stimme wieder präsent zu haben. Aber dann hörte sie sie wie von einem Geist in ihr Ohr gehaucht. »Schiffer. Robert Schiffer.« Sie zuckte zusammen, atmete ganz schwerfällig.

Plötzlich fühlte es sich wieder so an, als säße er dort. Direkt vor ihr. Mit seinem karierten Hemd ... Sie schüttelte sich, stand auf und stellte sich ans Fenster.

»Wo bist du?« Sie dachte an Louise und merkte, wie ihre Augen wieder feucht wurden. »Komm zurück.«

Tränenerfüllt blickte sie in den Himmel. Er war wolkenverhangen. Während sie dachte, wie gemütlich dieser Tag hätte aussehen können, begann es zu regnen. Die Tropfen prasselten auf das Dach und sie hielt eine Hand nach draußen. Als wäre sie auf etwas Fremdes gestoßen, zog sie den Arm blitzschnell wieder herein.

Sie machte das Fenster zu und atmete laut aus. Immer wieder beschlichen sie diese Angstzustände. Meist waren es die Momente, in denen sich das Gesicht des Autors vor ihr geistiges Auge drängte.

Katrin konnte sich nicht vorstellen, jemals wieder glücklich zu sein. Mit oder ohne Louise. Irgendwann würde sich der Alltag wieder in den Vordergrund schieben, sie wollte gar nicht daran denken. Es würde kein »ohne Louise« geben.

Sie schloss die Augen. Zum ersten Mal in ihrem Leben wünschte sie sich wirklich, in die Zukunft blicken zu können. Wie würde ihr Leben dann aussehen? Die Gedanken quälten. Sie zerrissen einen innerlich, und obwohl sie wusste, dass es wehtat, weil sie selber den Schmerz empfand, konnte sie nicht anders als sich das anzutun.

Sie ballte die Hände, kniff sich in den Unterarm. Katrin wusste nicht, warum. Sie hatte absolut keine Ahnung, weshalb sie sich den Schmerzen aussetzte, aber sie brauchte es. Sie musste an ihre Grenzen, sie wollte ihre eigenen Sinne foltern, schauen, wie weit sie kommen würde.

»Das ist abartig«, dachte sie über ihr eigenes Handeln, aber selbst das war ihr egal.

Sie war zu schwach, um dem Wunsch nach dieser Empfindung zu widerstehen. Ihre Gefühle waren von Gleichgültigkeit einfach zu betäubt.

»Geht weg«, versuchte sie ihre Gedanken zu verscheuchen, aber sie waren zu eigenwillig, um zu gehorchen.

Was hatte Robert Schiffer dazu verleitet, Louise zu entführen? Wie war er in ihr Zimmer gelangt? War Louise vielleicht freiwillig mitgegangen, weil sie wütend gewesen war? Ach Schwachsinn, dachte sie. Natürlich war sie nicht ... niemals!!! Der Kommissar hatte eine erste Spur. Katrin dachte an den Moment zurück, in dem sie Louises Verschwinden gemeldet hatte. Wie sehr hatte sie sich gewünscht, dass Meckhoff den Entführer ihrer Tochter fand. Jetzt hatte sie genau davor große Angst. Würde dieser vielleicht Rache üben, weil Katrin falsch gehandelt und die Polizei gerufen hatte? Andererseits, woher sollte sie gewusst haben ...? Die Botschaft war doch viel später zu ihr gelangt.

Katrin konnte nicht mehr klar denken. Was sollte sie ihren Eltern erzählen, wenn ihre Enkelin nicht mehr wiederkam? Katrin fragte sich, wie sie in diesem Augenblick ausgerechnet auf ihre Eltern kam.

Mutter und Vater prägten einen anscheinend mehr, als einem manchmal lieb war. Als erwachsener Mensch wollte man irgendwann einfach sein eigenes Leben, aber oft hatte Katrin den Eindruck, ihre Mutter würde noch heute gerne in ihrem Leben mitmischen. Vielleicht hatte Katrin den Kontakt deshalb nicht gut gepflegt.

Katrin dachte wieder an Schiffer. Sie bekam Gänsehaut, als sie wieder daran denken musste, wie dieser seine Hände nach dem Familienbild ausstreckte. Hatte er nicht eine Bemerkung zu ihren Kindern gemacht? Sie schüttelte sich. Das war doch ekelhaft. Er war ein erwachsener Mann.

Wenn sie nur wüsste, wo er lebte oder seine Telefonnummer kennen würde. Sie hatte all diese Informationen gehabt. Er wusste das. Wie leichtsinnig von ihm. Wollte er gefunden werden? Sicherlich nicht! Hielt er sich für so mächtig, dass er sich unantastbar fühlte?

Es ratterte in Katrins Kopf. Was ging in den Gedanken eines so kranken Menschen nur vor?

26. Kapitel

Nils zerfloss vor Sehnsucht. Er musste nur die Augenlider zuklappen und schon kribbelte es auf seiner Haut, als würden tausend klitzekleine Ameisen darüberlaufen.

Aber trotzdem fühlte es sich gut an. Es war wie eine Art der Befriedigung. Monatelang hatte diese Unruhe, diese Begierde in ihm gewütet und ihn tyrannisiert. Sein Leben war nicht mehr lebenswert gewesen. Jetzt hatte er, was er brauchte. Das Mädchen konnte ihm alles geben. Liebe, Zuneigung, Nähe.

Andere Männer fanden Frauen in knappen Tangas erotisch, verabredeten sich in Diskotheken, um dort diese hellblonden, vollkommen ordinären Frauen abzuschleppen. Bei ihm ging es um das Verführen. Er konnte dazu keine von diesen Menschen brauchen.

Er fand es abstoßend, schon alleine, wie die Frauen aussahen. Für die Fantasien, von denen er beherrscht war, brauchte er seinen zarten Engel. Er brauchte Klara.

Robert kratzte sich am Kopf. Er saß auf seinem Schreibtischstuhl, blickte wieder nach draußen und wünschte sich, dass es schneite. Er wusste nicht richtig, wieso er sich nach dem Winter sehnte, aber ihm gefiel in diesem Moment erst einmal der Gedanke an warmen Punsch, Zimtplätzchen und den Geruch der Kerzen in seinem Haus. Diese Idylle, das wäre nun genau das Richtige, um ihn zur Ruhe zu bringen.

Er hatte die Schreibmaschine vor sich gestellt und blickte auf das Gerät, als wäre er in seine Arbeit vertieft. Dabei hatte er noch nicht einen Satz zu Papier gebracht. Darum ging es ihm heute nicht. Er saß dort eigentlich auch nur, um sich selber vorzumachen, nicht rumzusitzen und Trübsal zu blasen.

Jedoch war keine Sekunde vergangen, die er nicht dem Mädchen im Keller gewidmet hatte. Sie gab keinen Laut mehr von sich. Mucksmäuschenstill war sie mittlerweile.

Anfangs hatte sie um Hilfe gerufen, um Gnade gefleht, aber Robert hatte ihre Rufe ignoriert. Er konnte auf ihre Angst keine Rücksicht nehmen. Dabei hatte sein Herz die ganze Zeit furchtbar geklopft.

Er wollte dies gar nicht, aber er empfand eine Art Mitleid mit ihr. Das Gefühl war ihm fremd in dieser Welt. Mitgefühl besaß er hier mit niemandem. Er erinnerte sich an Klara, die so ängstlich in Nils Zimmer gehockt und geweint hatte. Dort hatte er Mitleid verspürt. Oder Nils, als er die letzten Seiten seines Romans ... Ach, dachte er.

Er drehte den Stuhl um, sodass er einen Blick in den Raum werfen konnte. Für einen kurzen Augenblick bereute er, was er getan hatte. Er zwang sich an etwas Schönes zu denken, an die Welt der Bücher, an den Schnee ... Es gelang ihm nicht richtig.

War das Gefühl in seiner Brust Reue? Er schüttelte sich. Nein! Er war entschlossen gewesen. Katrin Wich gehörte bestraft.

»Aber doch nicht ihre kleine Tochter«, sagte das Engelchen in seinem Kopf. Robert schenkte den Worten des Himmelsgeschöpfs keine Aufmerksamkeit.

»Lass mich in Ruhe«, dachte er sich.

»Ich war ihr doch auch egal.« Damit versuchte er sich zu beschwichtigen.

In dem Augenblick, als die Literaturagentin ihn nachhause schickte, wäre noch alles zu ändern gewesen. Sie hätte seinem

Werk eine Chance geben können, auf ihn hören sollen ... Sie hatte es verdammt nochmal verdient.

Bildete er sich das Wimmern nur ein? Er horchte. Selbst wenn Louise Wich unten weinen würde, könnte er es dann hören? Die Frage stellte er sich. Wieder kratzte er sich am Kopf.

»Soll sie doch. Soll sie doch in ihren Tränen ertrinken«, sagte er laut.

Dann drehte er den Stuhl wieder um und begann zu schreiben. Er hatte selbst bemerkt, wie negativ die Sache sich auf seinen neuen Roman auswirkte. Bis jetzt hatte er genau 87 Seiten geschrieben. 87!!!

Heute Morgen hatte Robert seine Stromrechnung erhalten. Auf seinem Konto befanden sich noch die letzten Hinterlassenschaften der Eltern. All die Jahre war er finanziell gut über die Runden gekommen. Er hatte auf kleineren Feiern Klavier gespielt, Sachen im Internet versteigert, die er nicht mehr gebrauchen konnte, und sogar einmal für eine große Familienveranstaltung in der Nachbarschaft das Essen vorbereitet.

Aber Robert hatte sich eigentlich auch mehr von seinem Leben versprochen. Er wollte stolz auf sich sein können, wollte irgendwann einfach einmal zu Bett gehen und denken, dass er etwas geschafft hatte. Er war ein Mann im besten Alter, hatte einen Schulabschluss und saß zuhause und schrieb Bücher, die niemand lesen wollte.

Aber das war nicht seine Schuld. Robert wusste, dass seine Bücher gut waren. Katrin Wich war schuld. Sie war die Einzige, die etwas dafür konnte, die ihm die Chance genommen hatte, groß rauszukommen.

Robert ärgerte sich schrecklich. Ein bisschen sogar über sich selber. Wie oft hatte er sich in das Ganze reingesteigert?

Sie hatte sein Manuskript abgelehnt. Punkt. Aus. Ende. Aber er hatte schon als Kind nicht aufgeben können.

Seine Gedanken waren immer wieder bei dem Mädchen. Sie war hübsch, fand er. Die zarte Gestalt, die rosige Haut und die Haare, die schimmerten, wenn sie vorm Fenster stand. Robert hatte sie schon auf dem Foto in Katrin Wichs Büro gefallen.

Er selber bevorzugte eigentlich dunkelhaarige Frauen. Trotzdem wollte er nicht heiraten. Er konnte sich das nicht vorstellen. Eine feste Beziehung hieß, dass man mit jemandem zusammenwohnte, jemandem nahekam.

Er ertrug keine Nähe. Weder von einer Frau noch von einem Kind. Das war ein Punkt, der ihn von Nils unterschied. Er mochte dies nicht. Robert wollte eins sein mit Nils.

Etwas, was sie voneinander unterschied, war eine Art Fehlkonstruktion. Nils war entstanden, um zu sein wie er. Was hatte er sich damals nur dabei gedacht ihm eine Persönlichkeit zu geben, die nicht der seinen entsprach?

In Robert brodelte die Wut. Er biss sich auf die Zähne. Zornig drückte er auf die Ausschalttaste seiner Schreibmaschine und stand auf. Einige Minuten lief er nur in seinem Zimmerchen herum, versuchte sich abzuregen. Er wollte runtergehen. Das Mädchen hatte die Angst nicht verdient, sie war ein Kind.

Was wusste ein Mädchen wie sie vom Leben? Sie war jung. Naiv. Sie war die Tochter der Frau, die ihm alles verdorben hatte. Aber sie war verdammt noch mal ein Kind.

Er erinnerte sich noch genau daran, als er so alt gewesen war. Abends hatte er im Bett gelegen, manchmal unter der Bettdecke in einem Abenteuerbuch gelesen und danach mit aufgerissenen Augen an die Zimmerdecke gestarrt. Oft hatte er fürchterlich angefangen zu schwitzen.

Wenn seine Mutter dann im Badezimmer neben seinem Kinderzimmer in die Wanne gestiegen war und das Licht dort aufleuchtete, hatten die Schatten an der Wand gegenüber seines Bettes unheimliche Dimensionen angenommen. Das Schattenspiel, die gruseligen Gedanken, das Fenster, aus dem die kalte Luft kam ... Robert schauderte noch heute, wenn er nur daran dachte.

Manchmal hatte er bis in die tiefe Nacht wachgelegen und einfach nur unter dem Druck gestanden, aufzupassen. Vielleicht kam jemand, um ihn zu entführen, vielleicht kam ein Einbrecher ... Wie jedes Kind hatten ihn solche Gedanken gequält.

Louise Wich hatte sicherlich auch solche Ängste gehabt. Nun waren sie in die Wirklichkeit umgesetzt worden. Nun saß sie in einem fensterlosen Keller. Dort, wo früher mal ein Versteck gewesen war. Im Krieg.

Robert wusste, dass ein zwölfjähriges Mädchen nicht dort hingehörte. Das Kind gehörte zu seiner Familie. Wieder musste er an Katrin Wich denken. Sie hatte ein Kind gar nicht verdient.

Robert öffnete die Tür, lief langsam die Treppe nach unten in den Keller. Er blieb vor der Tür stehen, lauschte. Louise war mucksmäuschenstill. Wenn er es nicht anders gewusst hätte, hätte er sicherlich geglaubt, sie wäre nicht mehr dort. Ob sie schlief? Oder sie hatte einen Herzinfarkt bekommen und war tot? Musste er sich dann wegen Mordes vor Gericht verantworten?

Nein, dachte er. Einen Mord hatte er nicht begangen, noch nicht. Wie weit er gehen und Nils Taten vollbringen würde, wusste er noch nicht.

Dabei freute er sich unglaublich. Sein Herz schlug ihm bis zum Hals. Irgendwann würde er in Nils aufgehen, dann würde aus diesen beiden Seelen eine einzige werden.

Er schluckte. Aber eine Sache lag wie ein Stein auf seinem Herzen. Nils sehnte sich nach Klara, sie war die Göttin. Das Mädchen brachte ihn um den Verstand. Sie war der Grund, warum Nils leben wollte. Genau diese Empfindungen hatte er ihm zugeteilt. Und nun rächte sich dies.

Robert empfand kein Verlangen nach Louise. Sie war ein Mädchen wie jedes andere auf der Straße. Sie war hübsch, ja. Sie war sicherlich ein nettes Mädchen. Nun gut. Aber sie war für ihn nur das Mittel zum Zweck.

Er schauderte, wenn er daran dachte, dem Mädchen nahezukommen. Das, was er fühlte, wenn er sich vorstellte, wie er die rosige Haut der Zwölfjährigen berührte, war Ekel.

Nun, vielleicht war er etwas anders als der normale Mann. Vielleicht hatte er andere Vorstellungen vom Leben und vielleicht hatte er andere Gedanken bei dem Wort »Ehe.« Aber er war kein Pädophiler. Kinder waren Kinder und nichts anderes.

»Sie ist Klara«, dachte er. »Ich bin Nils.«

Er schloss die Augen, legte die Hand auf die Türklinke und übte leichten Druck darauf aus.

»Nils braucht Klara. Ich brauche Louise.«

Und dann schob er die Tür auf.

Der Moment, in dem er die Tür aufgeschoben hatte und in die leeren, tränenerfüllten Augen des Mädchens sah, erfüllte ihn mit Schmerz. Was war nur aus ihm geworden?

»Mein Name ist Robert«, sagte er, als würde dies die Fragen beantworten, die dem Kind in den Augen standen. Louise nickte. Sie zitterte, das konnte er sofort sehen.

»Fürchte dich doch nicht!«

Er wollte nicht, dass sie Angst vor ihm hatte. Klara durfte sich nicht vor Nils fürchten. Nils liebte Klara. Er brauchte sie wie die Luft zum Leben. Robert brauchte Nils und somit auch Louise. Sie durfte ihn nicht hassen.

»Hast du Durst?«

Sie blieb regungslos in der Ecke sitzen, zusammengekauert und gab keinen Piep von sich. Weil Robert nicht wusste, was er tun sollte, drehte er sich um, legte die Tür ins Schloss und kehrte einen kurzen Augenblick später mit einem Glas Saft zurück.

Er näherte sich dem Mädchen, zuckte zusammen, als er bei dem Versuch, sie zum Trinken zu bringen, mit der Hand gegen ihre kalte Wange stieß. Es fühlte sich an wie Feuer, als hätte er sich verbrannt.

»Es tut mir leid, dass ich dich entführt habe.«

Wenige Sekunden später ärgerte er sich schon über das, was er gesagt hatte. Sie durfte ihn nicht für schwach halten. Wenn sie glaubte, dass er Reue zeigte, konnte sie das ausnutzen und ihn manipulieren.

»Warum?«, flüsterte sie.

Ihre Stimme passte zu ihr. Sie war ganz weich, leise und zart. Robert stellte sich so die Stimme eines Engels vor. Wie ein Hauch von nichts, aber trotzdem hatte der Klang etwas Besonderes.

»Ich brauche dich«, sagte er nur.

Er wollte ihr keine Auskunft über Klara geben. Noch nicht. Er musste erst einmal selber akzeptieren, was auf ihn zukommen würde. Von Tag zu Tag würde er mehr zu Nils werden, von Tag zu Tag das Mädchen mehr begehren müssen.

Irgendwann würde er sie berühren müssen ... Er schauderte schon, wenn er daran dachte. Aber es war seine Berufung. So war sein Schicksal vorherbestimmt, ob er wollte oder nicht.

»Werde ich sterben müssen?« Sie schluckte. Robert bildete sich ein, ihr Herz laut schlagen hören zu können.

»Das weiß ich nicht«, sagte er wahrheitsgetreu. »Ich weiß es wirklich nicht.«

Er schloss die Augen, streckte die Hand nach ihrem Körper aus und hielt einen Moment vor dem erahnten Ziel inne. Er konnte das nicht. Er fürchtete ihre Haut, ihn überfiel die Scheu vor der Berührung.

Obwohl er die Augen noch geschlossen hielt, wusste er, wie sie reagiert hatte. Robert hatte es gespürt. Ein Luftzug hatte ihm gezeigt, dass sie zurückgewichen war. Als er die Augen wieder aufschlug, sah sie ihn von der Angst erfüllt an.

»Bitte«, hauchte sie ihm entgegen.

Robert konzentrierte sich. Ihm war klar, dass auf Nils jedes von Klaras Worten eine erotische Wirkung ausüben würde. Aber ihn ließ das alles kalt, in ihm tobte die Panik. Wie konnte das nur sein? Wie konnte er mit Nils nur jemals eins werden, wenn er anders empfand, andere Gefühle für Kinder hatte und wusste, dass sich daran nie etwas ändern würde? »Ich bin kein Kinderschänder«, entfuhr es ihn.

Plötzlich hatte er das dringende Bedürfnis gehabt, dies loszuwerden, sich vor dem Mädchen für seine Tat rechtfertigen zu müssen, obwohl es doch eigentlich nicht in seiner Macht stand, gegen Nils Drang nach Befriedigung zu agieren.

»Nils wollte es.«

Was redete er da? Eigentlich war er gar nicht der Typ, dem Worte ungeplant über die Lippen gingen, aber die Situation brachte alles außer Kontrolle.

»Wer ist Nils?« Ihre Stimme zitterte.

Robert schüttelte den Kopf. Er lachte traurig auf.

»Vermisst du deine Eltern?« Seine Gedanken waren wieder bei Katrin Wich, bei der Frau, die alles zerstört hatte.

Eigentlich müsste ich ihr danken, schoss es ihm durch den Kopf. Sie hatte ihm die beste Gelegenheit gegeben, mit Nils eins zu werden. Die Rache an ihr und der Weg zu seinem neuen Selbst, Nils, waren zu einem geworden. Und das hatte sie zu verantworten.

Louise nickte zögernd. »Sie suchen mich sicherlich.«

Robert nickte. »Davon gehe ich aus. Aber sie werden dich nicht so schnell finden.«

Er wollte sehen, wie sie reagierte, aber ihre Mimik änderte sich nicht.

»Hast du auch Hunger?«

Die Vorstellung, gemeinsam mit dem Objekt seiner Begierde oder besser gesagt dem Objekt seiner erzwungenen Begierde zu Abend zu essen, reizte ihn. Er konnte sich langsam daran gewöhnen, etwas mit ihr gemeinsam zu tun, ohne ihr erst einmal nahekommen zu müssen. Deshalb wartete er nicht ab, was sie sagte, sondern verließ erneut den Raum, um etwas zu Essen vorzubereiten.

27. Kapitel

Nils hatte mit zehn zum ersten Mal ein Tier getötet. Er war mit seinem Vater zur Jagd gegangen, hatte das Gewehr an die Brust gelegt und in die Luft geschossen. Der Knall hatte ihn im ersten Augenblick erschreckt und dann mit Stolz erfüllt. Ein Vogel war vom Himmel gefallen, seine Beute. Voller Freude hatte er ihn nachhause getragen, der Mutter auf den Küchentisch gelegt und gefragt, ob sie ihn mit Butter und Senf zubereiten könne.

Andere Kinder weinten, wenn die Väter zur Jagd gingen. Die Mädchen hielten sich dann krampfhaft an das Hosenbein ihres Erzeugers, versuchten ihn mit dicken Kullertränen zu überreden, die Tiere am Leben zu lassen.

Nils fand, dass das Töten etwas Prachtvolles hatte. Man stellte sich über Leben und Tod, entschied, was mit einem anderen geschah. Er fühlte sich in solchen Augenblicken gottesgleich. Diese Empfindung hatte er auch bei Puck, als er ihm die Kehle durchschnitt und auf dem Parkettboden im Hause Freis zurückließ.

Klara hatte das Tier so geliebt, dass er es nicht ertragen konnte, sie zusammen zu sehen. All die Liebe, die das Mädchen jemals aufbringen würde, sollte ihm gehören. Da blieb für das Geschöpf von Katze kein Platz. Also war ihm nichts anderes übrig geblieben, als sie zu töten.

Louise hatte sich auf den kalten Boden gelegt. Immer wieder tropften ihre Tränen auf den Stein. Was für ein jämmerliches Ende, dachte sie. Der Mann würde sie umbringen. Louise fand, dass er der Typ dafür war. Er wirkte seltsam und verstört.

Sie kannte Psychopathen nur von Bildern, aus dem Fernsehen oder der Zeitung. Sie wusste nicht genau, was das für Menschen waren. Nun lag sie dort, mehr oder weniger bereit zum Sterben. Mit zwölf Jahren.

Wie viele Tage noch, bis sie dreizehn war? Sie versuchte zu zählen, aber sie hatte immer noch kein Zeitgefühl. Doch auch dreizehn war zu jung zum Sterben.

Sie hörte Schritte, bewegte sich nicht. Louise wusste nicht, ob sie wollte, dass er wiederkam. Einerseits fühlte sie sich so einsam alleine in diesem Kellerloch. Anderseits hatte sie fürchterliche Angst vor ihm. Aber er näherte sich ihrem Gefängnis. Sie konnte ihn förmlich riechen. Panisch machte sie die Augen zu. Solange sie ihn nicht sehen konnte, war das Unwohlsein kleiner. Das Bild seines Gesichtes würde sich sonst nie mehr aus ihrem Kopf streichen.

Sie hörte, wie die Tür aufgemacht wurde, wie Robert rein kam. Sie meinte, seine Blicke spüren zu können.

»Ich habe dir eine Mahlzeit zubereitet, Louise.«

Sie regte sich nicht. Vielleicht würde er denken, sie sei tot. An Herzversagen gestorben.

An Einsamkeit.

An Angst.

Verhungert.

Konnte das so plötzlich kommen? Verdurstet. Dauerte so ein Prozess nicht Tage? Geistesabwesend schlug sie die Augen auf. Nein, dachte sie. Ich will dich nicht sehen, schoss es ihr durch den Kopf.

Aber trotzdem starrte sie ihn an. Sie konnte nicht anders. Er trug ein Tablett mit sich, sie identifizierte das Essen als Spaghetti mit einer hellen Sauce.

»Gorgonzola«, erklärte er.

Sie schluckte. Louise hatte diesen Käse noch nie gegessen.

»Du hast sicherlich auch wieder Durst. Ich habe Traubensaft. Alle Kinder lieben Traubensaft.«

»Ich mag aber keine Trauben«, sagte sie, ohne nachzudenken. Sie hätte sicherlich auch keinen Apfelsaft gewollt. Sie wollte gar nichts. Wie sollte sie nur etwas runterkriegen? Ihr Magen war wie zugeschnürt, als hätte jemand einen dicken Knoten in ihn gemacht.

»ALLE Kinder lieben Trauben.«

Sie trank davon.

Robert nickte erfreut. »Na siehst du. Du brauchst Vitamine.«

Louise begann wieder zu zittern. »Damit du mich schließlich töten wirst?«

Erstarrt blickte er sie an. »Aber ich will dich nicht töten, mein Kind. Ich muss tun, was er von mir verlangt.«

»Aber von wem sprichst du denn?«

Robert schüttelte den Kopf. »Du wirst ihn bald kennen lernen, Klara.«

Verwirrt blickte Louise ihn an. »Mein Name ist Louise.«

»Ich weiß, mein Kind, aber ich werde dich in nächster Zeit öfters so nennen. Ich will mich daran gewöhnen, verstehst du?«

NEIN! Sie verstand nicht. Wie sollte sie auch? Er hatte ihr bis jetzt nichts erzählt, war ihr stets ausgewichen. Es war hoffnungslos. Dieser Mann war verrückt, gehörte in eine Psychiatrie, von Kindern ferngehalten.

»Du machst mir Angst«, flüsterte sie.

»Ich weiß.«

»Warum?«

»Ich weiß nicht, was ich tun soll. Er verlangt zu viel von mir. Ich kann das nicht.«

Louise witterte ihre Chance. »Dann lass mich gehen. Ich werde nichts sagen.«

Robert lachte verzweifelt. »Es ist zu spät. Außerdem ist es meine ... Stell dir das Ganze wie eine Berufung vor.«

Louise schlug mit der Hand auf den Boden. »Unsinn! Niemand hat eine solche Berufung. Man soll keine Kinder entführen.«

Robert stöhnte. »Sicherlich nicht, aber Nils braucht dich. Er braucht Klara. Ich brauche ihn und somit auch dich. Ach, du dummes Mädchen. Wie willst du das verstehen?«

»Du musst es mir erklären. Ich werde dir helfen.«

Plötzlich sprang er auf. »Nein, du kannst das nicht! Du bist ein Kind!«

Verzweifelt krallte Louise sich an seinem Arm fest. »Lass das doch nicht zu, dass dieser Nils dich so verändert! Das bist nicht du.«

»Was weißt du schon von mir? Du kennst mich doch gar nicht!«

Er hatte recht! Natürlich! Sie wusste wirklich nichts von ihm. Außer, dass er gefährlich war.

»Du weißt nur, dass ich der Mensch bin, der dich töten könnte.«

Sie schluckte. Ihre Kopfhaut juckte wie verrückt.

»Aber du hast das nicht nötig«, sagte sie, weil sie versuchen wollte, ihn damit zu beeinflussen.

Er lachte. Seine Augen funkelten sie böse an.

»Ich durchschaue dich, Louise.«

Die Angst wuchs mit den Worten, die in seinen Augen geschrieben standen.

»Du wirst mich immer mehr hassen, habe ich Recht?« Sie wagte es nicht zu nicken.

»Natürlich habe ich Recht. Du fürchtest mich, du hältst mich für verrückt. Du fragst dich, was ich hier tue.«

Zögernd blickte sie sich um.

»Du weichst mir aus!«, rief er aufgebracht. »Du machst mich wütend damit. Wenn du so bist, finde ich dich unerträglich. Dann wächst meine Lust, dir wehzutun.«

Sie riss die Augen auf. »Das darfst du nicht!«, sagte sie im Flüsterton, weil sie wusste, dass ihm das egal war.

»Du wirst es nicht spüren. Zumindest solange du nichts davon weißt. Vielleicht habe ich auch keine Lust dazu, aber mich fragt ja niemand.«

Sie sah ihn verstandnislos an. »Dann hör auf dein Herz.«

Er biss sich auf die Lippe. So sah er aus wie ein kleiner Junge. Unschuldig wie ein Kind, so wie sie.

»Ich werde jemanden töten«, sprach er.

Sie zuckte zusammen. Erst wenige Sekunden später hatte sie verstanden, was er gesagt hatte.

»Was meinst du damit?« Sie hatte fürchterliche Angst vor seiner Antwort, aber die Worte waren wie von alleine aus ihrem Mund gestürzt.

»Es tut mir leid, Louise, aber wenn ich das nächste Mal zurück zu dir kehre, habe ich dir jemanden weggenommen, den du liebst.«

Sie schloss die Augen. Das war ein Albtraum. Jeden Augenblick würde sie erwachen. Möglicherweise von Schweißperlen überflutet, aber glücklich darüber, dass alles nicht die Realität war.

Als Erstes würde sie Lars in die Arme nehmen, ehe sie dann sofort die Treppe nach unten stürzen, ihren Eltern die

Hände in den Nacken legen und sie mit Küssen überfallen würde.

Ja, das würde sie tun. Aber noch war sie nicht erwacht. Noch war sie gefangen in diesem Albtraum, der keiner war.

»Das darfst du nicht.« Sie griff nach seinem Arm, krallte die Fingernägel in sein Fleisch.

»Bleib bei mir, bitte. Wen willst du denn töten?« Sie konnte keinen klaren Gedanken mehr fassen.

»Das darf ich nicht sagen. Er hat es auch nicht getan, weißt du? Klara hat dasselbe durchgemacht wie du. Sie haben die gleichen Gedanken gequält. Deshalb muss das Ganze so geschehen.«

Sie hatte ihren Griff noch immer nicht gelockert, obwohl er noch keine Anstalten machte, sie zu verlassen.

»Erklär es mir! Ich bitte dich darum.« Sie konnte das nicht einfach so hinnehmen. Wenn er Lars oder ihre Eltern etwas antun würde, dann würde sie auch nicht mehr leben wollen.

»Lass es mich so sagen: Meine Aufgabe ist es, so zu sein wie er. Er hat seine Klara und deshalb brauche ich dich.«

Wie sollte sie ihn denn so verstehen?

»Wer ist er?«, fragte sie, in der Hoffnung, mehr darüber erfahren zu können. Noch hatte er nichts getan. Noch konnte sie alles retten. Sie hielt noch alle Fäden in der Hand.

»Ich rede von Nils. Er ist wie ich. Du wirst Klaras Platz einnehmen.«

»Und was, wenn ich das nicht will?«, rief sie verzweifelt.

Er riss sich los. »Du hast keine Wahl.«

Robert griff in seine Hosentasche und zog einen Zettel heraus. Diesen reichte er Louise, die, von der Sorge um ihre Familie getragen, aufgesprungen war. Sie nahm das Papier entgegen und begann zu lesen.

Wenn Nils in Klaras Augen sah, fühlte er sich wie ein See-
fahrer.

Die Farbe ihrer Iris, so blau wie das Meer, brachten ihm
diese Gefühle. Er wusste, dass er nie mehr ohne dieses Mädchen leben wollte. Wenn sie ihn jemals verlassen würde,
musste er auch gehen.

Wohin dieser Weg dann führen würde, das war auch ihm
bewusst. Aber soweit durfte es niemals kommen ...

Louise wusste plötzlich, in welche Rolle sie als Klara
geschlüpft war. Sie würde nicht mehr lange seine einfache
Gefangene sein. Die Beziehung zwischen Robert und ihr
würde dann nicht mehr so distanziert sein und dieser
Gedanke machte sie wahnsinnig.

28. Kapitel

Nils konnte es nicht leiden, wenn jemand ihn in seinen Gedanken störte. Es waren die wenigen Momente, in denen er für sich war und die Welt Welt sein ließ. Manchmal hockte er nachmittags im Lehrerzimmer, kramte ein Sandwich aus seiner Tasche und saß kauend dort, um einfach nur die Stille zu genießen. Oft dachte er dabei an Klara. Es waren süßliche Gedanken. Es fühlte sich so an, als könne er ihr Lächeln schmecken. Er war allergisch dagegen, wenn ihn jemand störte. Das war wie bei einem guten Buch. Man saß dort, versank in seiner eigenen Welt und jemand riss einen immer wieder brutal in die Wirklichkeit zurück. Und weil er das Ganze so hasste, reagierte er manchmal auch etwas hart. Zu hart?! Es war ihm egal. Die Menschen sollten denken, was sie wollten. Lehrer waren an sich nicht so beliebt in der Gesellschaft. Die Erwachsenen waren ihm egal. Das Einzige, was für Nils zählte, war seine Klara.

Justus hatte wahnsinnigen Hunger. Die ganze Zeit kreisten seine Gedanken um Louise gekreist, er brauchte dringend eine Pause. Als Polizist war es schwer, sich Freizeit zu gönnen. Man wusste, dass währenddessen überall auf der Welt Verbrechen geschahen. Jedes Mal dieser Wettlauf mit der Zeit, jedes Mal die gleichen Gedanken. Justus hasste es, sich zurückzulehnen. Als Lehrer konnte man das Wochenende und die Ferien genießen, wusste, dass alles geregelt war. Der Schulalltag war unterbrochen. Als Polizist ging das Leben weiter. Außerhalb der eigenen Wände nahmen die Dinge ihren Lauf. Alles in seinem Körper hatte sich verkrampft. Er musste das Mädchen finden. Trotzdem brauchte er erst einmal etwas zu essen. Ein knuspriges Laugengebäck auf der Hand oder ein Schnitzel mit Pommes frites und Ketchup an der Bude? Obwohl Justus der Magen auf halb acht hing, entschied er sich für ein trockenes Brötchen. Louise gehörte nachhause. Der Teig schmeckte nach gar nichts. Wie auf Pappmaché kaute Justus herum und ärgerte sich. Das war nicht fair. Absolut nicht fair. Das Mädchen machte ihn verrückt. Irgendwann würde er zusammengebrochen auf einer Parkbank liegen, neben ihm seine Dienstwaffe. Als hätte das Schicksal ihm die Gedanken zugewispert, stand er plötzlich vor einem mit einer halbhohen Mauer umrahmten Baum. Er setzte sich, die Menschen liefen an ihm vorbei, sahen an ihm vorbei. So, als sei er für den Rest der Welt unsichtbar. Manchmal wünschte Justus sich, sie hätten Recht und er wäre verschwunden. Dann wären auch die ganzen Gedanken weg, die ihn quälten. Er schämte sich. Ein guter Polizist besaß einen kühlen Kopf, er hingegen geriet mehr und mehr in dieses dunkle Loch. Und er wusste nicht, ob er jemals alleine wieder rauskommen würde.

Sie lag immer noch auf dem Boden, hatte die Arme neben den Oberkörper gelegt und die Tränen laufen lassen. Es tat verdammt weh. Sie zitterte am ganzen Körper, war gelähmt vor Angst. Im Haus war es still. Anscheinend hatte Robert seine Worte wirklich wahrgemacht und war rausgegangen. Sie hatte ihn nicht aufhalten können, das machte ihr am meisten zu schaffen. Sie hatte gewusst, dass er einen Mord begehen würde und sie war schuld. Ihr Kopf schmerzte, ihre Gedanken waren wie benebelt. Verdammt, was hatte er ihr in den Saft getan? Sie merkte langsam, wie es zu Ende ging.

»Louise«, murmelte sie. »Ich bin Louise, ich bin 12 Jahre alt und ich werde sterben.«

Gewalt war einer der Gründe, warum Justus Polizist geworden war. Er ertrug den Gedanken nicht, dass jemand unnötigerweise Schmerzen erleiden musste. Als der große Mann mit den hellbraunen Haaren die Straße entlang lief, war er Justus sofort ins Auge gefallen. Er hatte eine gepflegte Erscheinung und wirkte außerordentlich attraktiv. Justus merkte die Blicke der umstehenden Frauen auf ihm ruhen und musste schmunzeln. Er schätze den Mann als selbstbewusst ein, aber auch als still. Er hatte so etwas in den Augen, das darauf hinwies. Etwas Starkes, aber auch etwas Geheimnisvolles. Der Mann schlenderte durch die Einkaufspassage und schaute in die umliegenden Fensterscheiben. Justus sah sich immer wieder um. »So viele normale Menschen«, dachte er. »Wer von denen könnte ein Mörder sein? Louises Entführer? Ob dieser gerade auch einfach irgendwo herumlief, nicht ahnend, dass Justus ihn schon bald auf der Spur sein würde? Oder irrte er sich? War er nicht noch ganz am Anfang? Eine Frau mit Kinderwagen drängelte sich an ihm vorbei. Das Baby schrie laut, hatte einen hochroten Kopf, vergeblich bemühte sich die Mutter, es zu beruhigen. Stattdessen drehte der Mann sich wieder um. Er musterte die Frau, nicht so, wie ein Mann eine attraktive Frau begutachtete (vor allem keine mit einem Kind im Stillalter), sondern irgendwie fremd. Plötzlich fuhr er herum, blickte auf die Uhr und wirkte nervös. Als müsse er noch etwas Wichtiges erledigen. Aber anstatt eilig davonzugehen, setzte er sich direkt neben Justus und zog einen Block aus der Umhängetasche. Er kritzelte eifrig und hoch konzentriert drauf los. Justus fand, dass er zufrieden aussah, während seine Finger über das Papier glitten. Als sei es ganz leicht, Gedanken aus dem Kopf zu saugen. Was der Mann wohl schrieb? Einen Einkaufszettel? Ein Gedicht? Einen Liebesbrief? Oder vielleicht sogar einen Roman? Justus beobachtete ihn eine Weile. Der Mann sah friedlich aus. Deshalb hatte Justus nicht damit gerechnet, dass der Mann derartige Gewaltbereitschaft in sich trug. Wenige Sekunden später fuhr ein Junge mit dunkelgrauen Haaren und roten Haaren auf seinem Skateboard vorbei. Er hörte laut Musik und kurvte um den Baum herum. Justus musterte den Kerl, sortiere ihn in die Schublade mit der Aufschrift »total cool« und schnaufte verächtlich. Diese Jugend! Der Mann sah auf, als der Junge sich ihm näherte. »Kannst du das nicht woanders machen?«, fragte er genervt. So als hätte ihn jemand aus einer anderen Welt gerissen. »Ich mach das dort, wo ich will. Kapiert?« Justus schaute zu dem Schreiberling. Seine Mimik verdunkelte sich. Er sah die Wut in seinen Augen brodeln. »Ich muss mich konzentrieren«, fauchte er unfreundlich. »Entspann dich, Alter. Hast du den Platz gemietet?« Der Mann sprang auf, nahm den Typen beim Kragen und funkelte ihn böse an. Der Junge schien unsicher zu werden, murmelte etwas wie »Sorry. Ich verpiss mich ja.« Aber anstatt auf seine Entschuldigung großzügig zu reagieren, rastete der Mann total aus. Er schlug mit der Faust auf das Gesicht des Skateboardfahrers ein, als sei dieser nur eine Puppe, ohne Gefühle, ohne Leben. Justus wusste im ersten Augenblick überhaupt nicht, was er tun sollte, sprang einfach auf und stolperte zu ihm hin. »He«, krächzte er, als würde das irgendetwas bewirken. »Lassen Sie den Jungen los!« Der Mann sah ihn kurz an, wandte sich dann aber dem Jungen zu. Voller Wucht klatschte seine Handinnenfläche erneut dem Knaben ins Gesicht. Justus riss die Augen auf. Wer tat so etwas? Auf offener Straße? Okay, der Junge hatte ihn provoziert, aber jeder wusste, wie die Typen in dem Alter waren. Unbeherrscht. Unbelehrbar. Es ging alles so schnell. Justus wedelte herum und erwischte den Jungen am Kragen. »Geh!«, flüsterte er ihm zu und schubste ihn in die entgegengesetzte Richtung. So schnell konnte sein Angreifer nicht reagieren, starrte Justus an und wollte weglaufen, aber ehe er sich bewegt hatte, schlossen sich Justus Hände um seine Arme. Er hatte den Mann ruhiggestellt.

Louise tastete nach dem Traubensaft, schloss die Finger um das Glas und hörte das Klirren. Es war umgekippt. Der restliche Saft ergoss sich über den Boden. Louise gefror das Blut in den Adern. Was für ein Mist! Das war die letzte Flüssigkeit gewesen, die sie hatte. Und es hatte sich herausgestellt, dass der Schwindel doch nur vom Stress kam. Robert hatte sie nicht vergiftet. Noch nicht. Aber er war nicht mehr da. Und sie hatte Hunger, großen Hunger.

Der Mann wehrte sich. Justus hielt ihn jedoch fest. Einige Passanten hatten sich um die beiden herum versammelt, so als sei es ein Schauspiel. Justus warf ihnen ärgerliche Blicke zu. Immer diese Schaulustigen, dachte er. Irgendwann kam einer der Zuschauer auf die Idee, die Polizei zu rufen. Die kam dann auch schnell und nahm den Mann mit. So richtig erleichtert war Justus nicht. Draußen liefen noch immer viel zu viele dieser Gestalten herum. Wieder dachte er an Louise und ihren Entführer. Der Mann hatte ihn Zeit gekostet, zu viel Zeit. Das Mädchen schwebte in Lebensgefahr.

Sie merkte, wie die Kraft aus ihren Gelenken wich. Robert war jetzt schon stundenlang fort und sie hatte Angst zu verhungern. Ja, das würde sie, ganz sicher. Er würde sie verrecken lassen in diesem Kellerloch. In ihrem Kopf rauschte es. Sie sah vor sich einen hohen Baum mit Früchten, musste sich nur strecken, um danach zu greifen. Aber sie war nicht groß genug. Sie hustete, konnte kaum noch atmen. Gedanken holten sie ein, Gefühle überrumpelten sie. Es kam alles so plötzlich. Ein Schmerz durchfuhr sie. Der Bauch tat so weh. Sie hatte so Hunger. Wie lange hielt ein Mensch durch, ohne Essen, ohne Trinken? Sie fuhr mit den Händen durch den Saft auf den Boden und leckte sich über die Finger. Drei Minuten ohne Sauerstoff, drei Tage ohne Trinken, drei Wochen ohne Essen. Das hatte sie mal gelesen. Sie wollte leben. Warum ließ er sie hier? Sie war noch zu jung zum Sterben. Wo war Robert? Noch nie hatte sie sich sehnlicher gewünscht, ihn wiederzusehen. Hilfe, dachte sie und hielt die Luft an.

Gott, Justus spürte, wie sein Rücken sich verspannte, er musste dringend wieder zur Massage. Aber nachdem die hübsche Thailänderin durch den dicken, nach Zwiebeln riechenden Mann ersetzt worden war, konnte ihn selbst nicht das wohlige Gefühl danach entschädigen.

»Alles in Ordnung, Justus?« Seine Kollegen waren sofort gekommen, nachdem er sie gerufen hatte. »Körperverletzung.« Den Mann hatten sie natürlich gleich mitgenommen. Was fiel dem überhaupt ein, den Jungen einfach anzugreifen? Na klar, der Rotzlöffel war alles andere als höflich gewesen, aber naja ... So waren die Kinder doch heutzutage. Justus drückte den Arm des Kerls fester, gleich würde er ihm das Blut abquetschen.

Im Auto fragte er ihn erneut. »Wollen Sie mir nicht doch Ihren Namen verraten?«

Keine Antwort. So wie er erwartet hatte.

»Sie erleichtern uns damit sehr die Arbeit.«

Der Typ warf Justus einen genervten Blick nach dem Motto Und-was-juckt-mich-das zu.

»Uns ersparen Sie damit eine Menge Zeit. Wir finden Ihren Namen eh heraus. Früher oder später.«

Missbilligend wandte der Typ seinen Blick von Justus ab. Sie fuhren ein Stück über die Autobahn. Justus konnte an nichts anderes denken, als an Louise. Und solche Kerle kosteten ihn so viel Zeit. Das Mädchen könnte schon längst gefunden sein. Und ihr Entführer ... Verbrecher ... Alles Verbrecher! Er warf einen Blick zu dem Mann neben ihm. Ja, von solchen brutalen Leuten gab es definitiv zu viele. Sie gehörten hinter Schloss und Riegel. Verärgert kratzte er sich am Kopf. Sie fuhren auf den Parkplatz des Polizeireviers. »Du Arschloch«, hätte er am liebsten gerufen, als der Typ neben ihm aus dem Wagen kroch. Er sah so gelangweilt, so desinteressiert aus. So als lebe er in seiner eigenen Welt. Wie ihn so etwas aufregte. Schon wieder kam Louises Bild in seinen Kopf. Ob sie gerade um ihr Leben rang? Justus musste sich beeilen. Er schob den Mann mit den Handschellen ins Gebäude, wo ihn weitere Kollegen begrüßten.

Der Typ hatte immer noch nicht seinen Namen gesagt. »Na, den kriegen wir schon raus.« Kollegin Rufers lächelte vielversprechend und tippte etwas in den Computer.

»Ja«, dachte Justus. »Wenn das alles immer so einfach wäre.« Einerseits wäre er dann arbeitslos, andererseits gäbe es dann solche Fälle wie bei Louise nicht mehr ... Und seine Nichte wäre vielleicht heute noch am Leben.

»Ich sterbe.« Louise hatte sich mit dem Gedanken abgefunden. Zumindest versuchte sie, sich dies einzureden. Wenn ich sterbe, höre ich bald auf zu denken. Wenn ich sterbe, dann habe ich keine Angst mehr.

Der Hunger kroch immer höher. Aber sie durfte nicht sterben. Sie hatte Familie. Sie musste dafür sorgen, dass irgendwann alles so sein würde wie in einer echten Familie, sie war doch dafür verantwortlich. Ihr kleines Herz schlug immer schneller und schneller. Tränen rannten die Wangen hinunter, sammelten sich an ihren Kinnladen, um dann im Sekundentakt auf den kalten Boden zu tropfen. »Mama«, wimmerte sie, als könne ihre Mutter sie hören. Sie war es doch gewöhnt auf Familie zu verzichten, aber nicht so. Sie waren nie bei ihr gewesen, aber dennoch irgendwie da. Sie schluckte, versuchte gegen den Kloß in ihrem Hals anzukämpfen. Robert musste wiederkommen. Er musste einfach. Und obwohl sie in dem Mann ein Monster sah, war er ihre einzige Chance auf Leben. Auf Überleben. Sie wusste, wie absurd das klang. Ihr Entführer sollte ihre einzige Chance sein?! In ihrem Kopf spielten sich die ungeheuerlichsten Situationen ab. Was, wenn er einen Unfall gebaut hatte? Sie steigerte sich so in ihre Vorstellungen hinein, dass ihr ganz schwindelig wurde. Je mehr sie darüber nachdachte, umso mehr wurde ihr klar, dass sie hier enden würde. Bald. Ihr Hals ausgetrocknet und starr, ihre Kehle zugeklebt und ihre Augen leer vor Hoffnungslosigkeit. Wie lange würde es dauern, bis sie nicht mehr weinen würde? Ging einem nicht irgendwann die Flüssigkeit aus? Sie nahm sich vor, einzusparen. Sie musste endlich aufhören zu heulen. Das würde das Ganze nicht besser machen. Aber sie konnte nicht. Es schien, als sei es die einzige Möglichkeit, irgendetwas loszulassen. Dabei würde sie doch bald alles verlieren, alles loslassen müssen. Alles, sogar ihr junges Leben. Sie hörte Schritte, ganz deutlich. Halluzinierte sie? Ihr Atmen wurde schneller, Kräfte, von denen sie in den letzten Stunden nicht geahnt hatte, dass sie noch existierten, bündelten sich und sie sprang auf. »Hilfe«. Die Worte hasteten über ihre Lippen. »Klara«, hörte sie eine Stimme und ihr wurde kalt vor Angst, vor Schmerz und in diesem Augenblick aber auch vor Erleichterung. »Ich bin wieder da.« Robert. Er war zurückgekommen.

29. Kapitel

Klara war mittlerweile an dem Punkt angekommen, an dem sie sich furchtbar langweilte. Einerseits hatte sie große Angst, anderseits wusste sie einfach nicht mehr, was sie tun konnte. Sie hatte die Steine auf dem Boden mittlerweile ganze 38 Mal gezählt. Jedes Mal waren es 345 Stück gewesen. Also hatte sie sich nicht verzählt. Sollte sie das Ganze dennoch erneut überprüfen?

Sie zählte. Eins, zwei, drei ... Da brach sie ab. Nein, es war doch Unsinn, auf den Boden zu starren und das zu tun, was sie fast 40 Mal hinter sich hatte.

Fast wünschte sie sich mittlerweile, Nils würde zurückkehren und sich mit ihr unterhalten. Sie war immer noch so wütend auf ihn, konnte ihren Hass gar nicht im Kopf sortieren, geschweige denn in Worte fassen. Jemand war gestorben. Nils hatte jemanden getötet, der Klara wichtig war. Er hatte nicht gelogen. Er war einfach nicht der Typ dafür. Nils hatte ihr klar und deutlich gesagt, was er vorhatte. Mit einem Strick erhängen wollte er diese Person.

Klara zitterte, wenn sie daran dachte. Wie konnte er nur so grausam sein? Bitte nicht, hatte sie ihn angefleht. Sie hatte ihn, den Menschen, der sie vor Abneigung fast zerspringen ließ, die Füße geküsst, ihn festgehalten und vergeblich geschrien, er mögen sich erbarmen.

Aber er hatte schlicht und ergreifend geantwortet, IHR würde (noch?) nichts zustoßen, sondern jemand anderem. Sollte sie das wirklich beruhigen?

Nun war es zu spät. Wer auch immer derjenige war, von dem Nils gesprochen hatte, dieser Jemand war tot. Die Sache war entschieden. Die Tat war verbracht. Nichts war so end-gültig wie der Tod selbst.

Sie ruderte heftig mit den Armen, krallte sich an dem Rettungsboot fest, merkte, wie sie langsam, aber sicher abrutschte. Die Kraft schwand aus ihren Muskeln und sie verwandelte sich von einem Moment auf den anderen in ein hilfloses Etwas. Dann schwamm sie wie ein lebloses Ding auf der Meeresoberfläche herum, spürte, wie das Leben von Sekunde zu Sekunde mehr aus ihrem Körper sickerte. Plötzlich rang sie nach Luft.

Als sie die Augen aufschlug, sah sie sich um. Ihre Finger waren in das kalte Leder des Schreibtischstuhls gekrallt, ihr Blick war starr zur Decke gerichtet und sie atmete schwerfällig.

Katrin saß in ihrem Büro. Sie hatte geträumt. Alles nur ein böser Albtraum, dachte sie. Ihr nächster Gedanke war Louise. War die Entführung ihres Kindes ebenfalls Teil dieser Fantasie gewesen oder war es die grausame Wirklichkeit?

Sie verkrampfte sich, konnte ihre Finger nicht von dem Leder lösen, weil sie so angespannt war. Wie war sie nur eingeschlafen? Wie viel Zeit hatte sie verloren? Sie sah auf die Uhr. 17 Uhr, dachte sie. Aber sie konnte sich partout nicht mehr erinnern, wie spät es vor ihrem Schlaf gewesen war. 17 Uhr war jedenfalls definitiv zu spät. Louise konnte längst tot sein.

Während ich geschlafen habe, schoss es ihr durch den Kopf. Sie sprang auf, steckte ein paar lose Blätter, die auf dem Schreibtisch gelegen hatten, in ihre Tasche und eilte zurück zum Auto. Dann fuhr sie hastig nachhause.

Lars und Christoph waren immer noch nicht da. So viel Zeit war also sicherlich nicht vergangen. Katrin ging davon aus, dass sie nicht den ganzen Tag mit dem Grauen alleine sein wollten. Schlechte Zeiten stand man zusammen durch.

Katrin fühlte sich nicht einfach nur elendig, sie hatte ausschließlich noch den Wunsch zu sterben. Sie lief durch das Haus, räumte etwas auf, putze den Schuhschrank, bezog alle Betten neu und saugte die Kinderzimmer.

Sie schlug einen neuen Nagel in die Wand, um das Bild im Flur, das Louise unbedingt dort hängen haben wollte, zu befestigen. Sie stellte einen Tisch um, sortierte die CDs im Wohnzimmer und räumte die Tassen in der Küche von links nach rechts.

Wenn Louise wiederkam, musste alles perfekt sein. Sie sollte sich wohlfühlen, froh sein, dass sie wieder zuhause war und endlich bedingungslos glucklich werden.

Die Luft war stickig im Haus, sie beschloss, die Fenster zu öffnen und ein wenig zu lüften. Der Wind würde ihr guttun.

Sie lief zu der Gartentür, um sie aufzumachen, als sie erschrak. Was war das? Hinter der Gartentür bewegte sich etwas. Gleichmäßig, in einem Takt. Ihr Herz begann wild zu klopfen.

Bitte nicht, jederzeit, nur jetzt nicht, flehte sie. Immer wenn sie alleine war, geschah ein Unglück. Von der Angst getrieben, schlug sie die Tür zu, öffnete sie dann wieder. Wenn sie sich vergewissern wollte, dass nichts Schreckliches geschehen war, musste sie wohl oder übel nachsehen gehen.

Sie trat hinaus, ging auf wackeligen Beinen zu der Stelle, aus der die Bewegung gekommen war. Sie kam sich vor wie auf Watte, als könnte sie ihre Füße nicht mehr spüren. Ihre Hände zitterten. Wer spielte hier ein Spiel mit ihr?

Mittlerweile fühlte sie sich wie der Hauptdarsteller eines Kinofilms. Während sich die Zuschauer angespannt das Popcorn in den Mund schieben und am Strohhalm ihrer Cola ziehen würden, bangte sie seit Stunden um das Leben ihrer Tochter.

Ein Ruck holte sie zurück auf den Boden der Tatsachen. Du lieber Gott, schoss es ihr durch den Kopf. Sissi ist tot! Die alte Katze baumelte mit einem dicken Strick um den Hals an der Mauer, die das Grundstück zu den Nachbarn abgrenzte. Das kann nicht wahr sein! Sie rannte völlig hysterisch zurück ins Haus, schlug die Tür zu und hastete fix und fertig zum Telefon.

Wen sollte sie nur anrufen? Die Polizei war keine Möglichkeit. Der Typ machte wahr, was er sagte.

Katrin fluchte. Sie musste sich endlich erinnern. Hatte sie das Ende des Buches überhaupt gelesen? Sie schlug verzweifelt mit der Hand auf den Kopf. »Erinnere dich«, schrie sie sich selber an.

Ja, wahrscheinlich hatte sie das Manuskript zur Seite gelegt, nachdem sie es für »unzureichend gut« befunden hatte.

Das Tier war tot. Die geliebte Katze, die sie all die Jahre durch das Leben begleitet hatte, war ermordet worden. Und dieser Mensch hatte ihr Mädchen in seiner Gewalt.

Die Angst brodelte wie Lava in einem Vulkan. Sie musste Christoph anrufen. Er sollte kommen. Sie schaffte das alleine nicht. In ihrer Tasche musste das Handy sein, dort war seine Nummer eingespeichert.

Sie wühlte sich durch die Unterlagen, die sie in der Agentur eingepackt hatte. Was war das? Ihr Herz begann wieder heftig zu klopfen. Sie hatte einen Namen gelesen. Robert Schiffer. Wie viele Robert Schiffers kannte sie wohl? EINEN, beantwortete sie sich die Frage selber.

Die Hoffnung stieg wieder in ihr auf. Vielleicht war alles Beten doch nicht umsonst gewesen. Sie zog das Blatt, auf dem der Name gestanden hatte, aus dem Stapel und überflog die Sätze. Plötzlich konnte sie ihr Glück kaum fassen. Erich-Kästner-Straße 23. Ihr Puls raste. Das war seine Adresse.

Sie sprang auf, nahm ihren Autoschlüssel und lief aufgeregt nach draußen. Es waren ungefähr 30 Minuten zur Erich-Kästner-Straße. 30 Minuten, in denen sie ein Gebet zum Himmel schickte. Als Katrin in die Straße einbog, fiel es ihr schwer, ruhig zu bleiben. Was, wenn Louise tatsächlich dort gefangen war? Was, wenn sie ihre Tochter durch das Fenster sehen würde, weinend, und wenn sie ihm chancenlos ausgesetzt war? Würde sie dann wirklich die Polizei rufen?
Er hätte noch genug Zeit, Louise weiß Gott was anzutun. Sie merkte, wie die Angst ihr die Kehle zuschnürte. Wie weit würde sie nur gehen?

Sie parkte einige Meter von dem kleinen Haus entfernt. Es war noch hell draußen und sie überlegte, wie es gerade wohl für einen Fremden aussah, was sie tat.

Sie lief direkt auf die Nummer 23 zu. Die Frau geht Herrn Schiffer besuchen, würden Nachbarn denken. Aber sie ging ihn nicht besuchen. Sie musste ihr Kind befreien.

Wieso, dachte sie. Weil sie sein Manuskript abgelehnt hatte. Das tat sie tausendmal am Tag. Sie hatte vorgefertigte Texte am Computer.

Sehr geehrte Frau Müller, leider muss ich Ihnen mitteilen, dass wir in unserer Agentur keinen Platz für die Vermittlung Ihres Manuskripts gefunden haben.

Es waren immer die gleichen Phrasen.

Es tut mir leid, Ihnen diese Nachricht zukommen lassen zu müssen. Bei der Suche nach einer anderen Agentur wünsche ich Ihnen alles Gute und viel Erfolg für die Zukunft. Katrin Wich, Literaturagentin

Den Text kannte Katrin längst auswendig. Es war doch nichts Persönliches gewesen. Beruf und Privates musste man trennen. Das galt in jeder Hinsicht. Hierzu zählte natürlich auch, dass die Absage an einen Autor niemals von seiner Persönlichkeit abhängig gemacht wurde.

Er hätte doch nur weitersuchen müssen. Vielleicht hätte er irgendwann, möglicherweise schon bald einen passenden Verlag gefunden, der sein Buch publizieren würde.

Niemals aufgeben! Dieses Motto galt auch in ihrem Vorhaben: Louise befreien!

In ihrem Auto lag ein Messer. Sie hatte es liegen gelassen, weil sie sich nicht getraut hatte, damit durch die Straße zu laufen. Aber nun fühlte sie sich unbewaffnet, dem Gegner hilflos ausgesetzt.

Sie ging zurück, öffnete eilig die Tür und steckte das Messer vorsichtig in ihren Mantel, um sich an der Klinge nicht zu schneiden. Tatsächlich fühlte sie sich etwas besser, als sie wieder auf das Haus zusteuerte.

Was tue ich hier nur?, fragte es immer und immer wieder in ihrem Kopf. Für dich, mein Schatz. Vor ihrem geistigen Auge spielte sich ein Film ab, der aus lauter schönen Momenten bestand, in denen ihre Tochter bei ihnen, bei ihrer Familie gewesen war. Dort, wo sie hingehörte. Katrin atmete tief ein und aus, versuchte nicht unkontrolliert zu handeln, aber Angst und Verzweiflung raubten ihr trotzdem jede Art von Verstand.

»Bitte sei doch hier«, wisperte sie. Sie stand direkt vor der Tür. Diese war grau und hatte einen großen Löwenkopf als Türknauf. Was war nun zu tun?

Ihr Herz klopfte bis zum Hals. Louise fühlte sich so weit weg an. Sie konnte sie nicht mehr spüren. Das Mädchen konnte einfach nicht hier sein. Trotzdem wollte sie es nicht bei einem Bauchgefühl belassen.

Plötzlich ging alles ganz schnell. Sie brauchte Gewissheit. Neben der Haustür waren zwei Fensterspalten, deren seidige Vorhänge zugezogen waren. Trotzdem konnte Katrin erkennen, dass es im Flur dunkel war. Sie versuchte, an dem Vorhang vorbeizusehen. Sie konnte jedoch keine Regung wahrnehmen. Sie machte einen Schritt zurück und blickte an der Hauswand hoch. Die Fenster waren dunkel und überhaupt wirkte das Haus abgestorben. »Hier ist sie nicht«, stellte Katrin fest und merkte, wie all die Hoffnung, die sie verspürt hatte, verschwand.

Plötzlich ... Sie hatte gar nicht weiter nachgedacht, hatte weder ihre Handlung noch ihre Gedanken bändeln können. Fest umklammert hielt sie in der Rechten einen spitzen Stein. Messerscharf, dachte sie. Das Messer in ihrer Jacke kühlte ihre Brust und ihr Kampfgeist erwachte.

Wie automatisch schleuderte sie den Stein gegen die Fensterscheibe. Mehrfach. Immer wieder einen neuen vom Boden greifend, sah sie zu, wie diese in tausend Stücke brach.

Ihr Herz klopfte schnell, der Puls raste. Was tat sie hier nur? Für meine Tochter, war ihr nächster Gedanke. Es ging hier um Leben und Tod.

Vorsichtig brach sie mit einem Stück Glas einen Zugang frei und trat ein in das Haus. Es war immer noch still, hieß, dass er hier tatsächlich nicht war. Ansonsten hätte er bei den lauten Geräuschen auf jeden Fall Alarm geschlagen. Wohlmöglich hatte er Louise irgendwo eingesperrt und den Mund zugebunden, dass sie nichts sagen konnte.

Langsam schlich sie durch den Flur und horchte immer wieder. Als sie die untere Etage durchsucht hatte, näherte sie sich der Küche.

Mittlerweile traute sie sich sogar hin und wieder, Louises Namen zu rufen. Obwohl sie sicher war, dass, wenn sich das Mädchen hier aufhielt, sie keine Antwort geben konnte. Aber vielleicht würde sie ein Zeichen geben, mit Händen und Füßen auf sich aufmerksam machen können.

Sie näherte sich der Tür zu einem Zimmer, welches sie ausgelassen hatte. Es war fast im Keller, eine Art Abstellkammer, dachte sie. Die Tür war aus einem Stein, was ihr Herz höher schlagen ließ. Wer, der nichts zu verbergen hatte, hatte schon zuhause eine Steintür?

»Louise, bist du da?«, flüsterte sie, drückte die Türklinke runter.

Der Raum, der sich ihr offenbarte, war dunkel. Der Boden und die Wände waren ebenfalls aus Stein. Es war unheimlich kalt, sie fröstelte. Während sie sich dem Geschirr, das in einer Ecke stand, näherte, nahm sie wahr, wie draußen ein Auto vorfuhr.

30. Kapitel

Er trug Klara in sein Auto. Sie schlief tief und fest. Er musste sie wegschaffen. Bald würden sie hier auftauchen und vorher mussten sie verschwunden sein. Er wollte es sich nicht eingestehen, aber er verspürte einen leichten Hauch von Angst.

Nils wollte nicht ins Gefängnis. Er war doch noch so jung. Für die Liebe sollte niemand zur Rechenschaft gezogen werden, niemand, auch er nicht. Denn er war doch selber machtlos gegenüber diesen Gefühlen.

Die Handschellen fühlten sich kalt an. Sie merkte, wie sie anfing zu zittern und suchte nach den richtigen Worten.

»Aber ...«, krächzte sie. Ihre Stimme war verschwunden.

Sie brachte keinen weiteren Ton mehr aus ihrem Mund. Katrin war doch keine Einbrecherin. Auch Justus Meckhoff sah sie mit einem Blick voller Verständnislosigkeit an. Sie zuckte mit den Schultern, atmete dann einmal tief ein und aus und versuchte dann erneut sich mit ihm zu verständigen.

»Er hat sie. Er hat meine Tochter«, platzte es dann aus Katrin heraus. Justus Meckhoff blickte sie überrascht an. »Sie sprechen von ...?«

»Sein Name ist Schiffer, Robert Schiffer. Er ist mit seinem Manuskript in meine Agentur gekommen, aber ich musste ihm leider absagen.«

Ihre Worte überschlugen sich fast. »Der Mann ist psychisch nicht ganz normal. Er wirkte völlig verstört, als er hörte, dass sein Buch nicht in das Programm der Agentur hineinpasst. Und nun hat er meine Tochter.«

Der Kommissar, der während der hastigen Worte nachdenklich geschwiegen hatte, fand die Sprache wieder.

»Und woher nehmen Sie diesen Verdacht?«

»Es geht um seinen Roman. Sie müssen den Ausdruck finden. Dieser Mann stellt seine eigene Fantasie nach. Das Mädchen in seinem Buch ist die Vorlage für die Taten, die meiner Tochter drohen.«

Plötzlich wurde der Kommissar lebendig.

»Wir brauchen einen Durchsuchungsbeschluss. Jemand muss dieses Haus durchsuchen«, rief er durch den Lärm der Polizeisirenen.

Katrin riss die Augen auf. »Sie können doch jetzt nicht auf irgendeinen Richter warten, der dann nach Lust und Laune entscheidet, ob Sie das Haus dieses Monsters stürmen dürfen. Meine Tochter ist in größter Gefahr.«

Sie riss sich aus den Armen zweier Polizisten, die verblüfft stehen blieben, und lief zurück zu der Haustür. Dann kletterte sie durch die Absperrung und kämpfte sich durch die auf dem Boden liegenden Scherben.

Irgendwo muss doch ein Ausdruck sein, dachte sie. Ihr war klar, dass sie nur wenige Sekunden hatte, bis man sie verhaften würde, deshalb musste sie schneller denken. Dieser Mann war verrückt. Verrückt nach seinen Büchern. Sie waren sein Schatz. Wo hütete man Schätze?

Sie hastete die Treppe nach oben. Irgendwo musste doch sein Schlafzimmer sein. Rechts oder links? Sie entschied sich für das Zimmer neben dem offenstehenden Bad. Volltreffer!

Ihr Herz klopfte schneller denn je. Ihre Finger zitterten und sie hatte Angst vor Aufregung umzukippen. Zuerst musste sie das Buch finden.

Auf einmal nahm sie laute Geräusche auf der Treppe wahr. Sie hatte nur noch maximal eine halbe Minute, dann hätte sie versagt.

Als die Tür aufging, schrak sie so heftig zusammen, dass sie rückwärts auf den Teppich fiel und sich den Kopf an der Bettkante stieß.

»Verflucht«, drang es aus ihrem Mund. Verflucht, dass sie sich den Kopf gestoßen hatte, nein! Verflucht, dass man sie so schnell gefunden hatte.

»Bitte«, flehte sie.

Die beiden Polizisten näherten sich ihr. »Bleiben Sie ganz ruhig. Wir finden Ihr Kind. Sie müssen sich nur ruhig verhalten. Nur so können wir kooperieren.«

Katrin war zu schwach, um etwas zu erwidern. Am liebsten hätte sie etwas Zorniges, Hilfloses geschrien, aber sie konnte einfach nicht.

Plötzlich spürte sie etwas. Es fühlte sich so an wie eine Mappe. Als sie sich umdrehte, um das Etwas zu identifizieren, sah sie, dass es tatsächlich ein kleiner Ordner war, der unter dem Bett gelegen hatte.

Sie nahm erst alles nur noch verschwommen wahr, aber dann verstand sie, was sie gefunden hatte.

»Ich habe es«, flüsterte sie.

Gierig nach dem Wissen stand sie auf, drückte das, was sie gefunden hatte, fest gegen ihre Brust und lief gefolgt von den Polizisten nach unten.

»Ich habe das Buch gefunden, Herr Kommissar. Sie müssen sich das ansehen.«

Auf einmal schloss dieser die Augen, atmete ein und aus und blickte sie dann an.

»Das ist gegen das Gesetz.«

Katrin hörte sich schreien. Ihre Stimme hallte durch die ganze Straße.

»Das kann nicht sein!«, rief sie mehrfach.

Hastig öffnete sie die Mappe, blätterte mit zitternden Händen in der Blättersammlung herum und überflog die Zeilen. Immer wieder schlug sie eine neue Seite auf. Niemand konnte sie abhalten. Dazu musste man sagen, dass selbst der Kommissar vor lauter Aufregung einmal vergaß, was seine Pflichten waren.

»Die alte Schule. Er bringt sie zu der alten Schule.« Auch Katrins Stimme bebte voller Sorge um Louise.

»Sie müssen meine Tochter finden«, wiederholte sie.

Auf eine Anweisung ihres Vorgesetzten wartend, blickten die Einsatzleute zu dem Kommissar, der sich in einem Konflikt zwischen »Falsch und Falsch« befand.

»Na los«, kam es schließlich von ihm.

Katrin kam nicht dazu, sich zu bedanken. Sie stürmte zu ihrem Auto, um die Verfolgung aufzunehmen.

»Rufen Sie erst einmal bei ihrem Mann an.«

Katrin wusste, dass alles andere unfair Christoph gegenüber war. Deshalb wählte sie eilig seine Nummer, schilderte ihm auf eine etwas verwirrende Art und Weise, was geschehen war, und startete dann den Motor.

Hektisch fuhr sie aus der Straße heraus und folgte den Polizeiwagen. Jede Hoffnung war wiedergeboren. Vielleicht würden sie Louise nun finden. Und dann wäre alles wieder gut.

31. Kapitel

Und plötzlich verstand er, dass das Leben mehr zu bieten, aber er in dieser Hinsicht versagt hatte.

Sie hatte plötzlich angefangen zu schreien. Wild geworden war Louise, man konnte ihr die Angst von den Augen ablesen, aber Robert hatte ihr auch gesagt, dass Schreien zwecklos war und dass er sie deshalb dann fortbringen musste. Und nun hatte er sie hinter diesen alten Mauern versteckt. Die alte Schule. So wie in seinem Roman.

Sie hatte schon damals, während er das Buch geschrieben hatte und bevor er auch nur ahnen konnte, welch wundersame Schablone die Geschichte für ihn sein würde, als seine Inspiration gedient.

»Wo bin ich?«, fragte Klara, aber er antworte nicht.

»Dort, wo dich niemand hört. Wir sind alleine hier. Es ist zwecklos.«

Sie wurde noch weißer als zuvor. Auf ihrer Stirn bildete sich Schweiß und sie zitterte.

»Schweig still und sei brav!«, sagte er, blickte aus dem Fenster auf den Waldweg. Hierhin würde sich sicherlich nicht einmal ein Radfahrer verirren. Hier war er einst wirklich zur Schule gegangen. Seine Erinnerungen waren verschwommen, aber mit jeder Sekunde, die er in seinem ehemaligen Klassenzimmer verbrachte, kamen sie wieder.

»Wahnsinn«, murmelte er.

32. Kapitel

Und dann war da dieses Feuer. Alles ging so schnell. Julia wusste nur, dass sie große Angst hatte. Angst um Klara. Angst vor dem Polizisten, der ihr sagen würde, was mit ihr geschehen war. Angst vor der Zukunft.

Katrin vergaß für einen kurzen Moment, dass sie atmen musste. Sie hielt die Luft an, parkte neben einer hohen Eiche. So war es abgemacht. Justus Meckhoff hatte sie angerufen und gewarnt, sie solle nicht direkt vor dem Gebäude parken. Es war zu gefährlich. Robert Schiffer könnte sie hören. Er durfte nicht gewarnt sein. Dies könnte Louises Tod bedeuten.

Sie warf einen Blick durch die Scheibe und schluckte. Dann drückte sie die Tür auf und sah sich um. Plötzlich nahm sie einige Meter hinter sich ein Auto wahr. Es war das Polizeiauto. Das Martinshorn auf dem Dach leuchtete, aber blieb stumm. Sie wollten schließlich nicht bemerkt werden.

Als Erstes entdeckte Katrin den Kommissar, aber dann stürmte auch sein Gefolge heraus. Erst da sah sie mehrere Männer in schwarzen Monturen. Sie trugen Schutzkleidung und auch um Kommissar Meckhoffs Oberkörper war eine schusssichere Weste.

»Sie müssen hier warten. Wir stürmen das Gebäude. Setzten Sie sich am besten zurück in Ihren Wagen.«

Als Katrin widersprechen wollte, setzte der Kommissar sofort an: »Halten Sie sich an die Anweisung, wir machen so etwas nicht zum ersten Mal. Glauben Sie mir, andererseits gefährden Sie sich und das Leben Ihrer Tochter.«

Das wirkte. Unruhig und von Sorge umklammert ging sie zurück zu ihrem Auto. Christoph musste auch bald da sein.

Von ihrem Sitz aus beobachtete Katrin, wie die Polizisten die Schule umzingelten. Es kam ihr vor wie in einem Krimi. So etwas hatte sie schon oft gesehen. Aber noch nie im echten Leben. So etwas gehörte nur auf die Leinwand, auf den Fernsehbildschirm, zum Tatort.

Ach, was wusste sie schon. Tatsache war, dass so etwas nicht in das wirkliche Leben gehören sollte. Sie hörte auf einmal einen Knall einen Schuss.

»Hilfe«, dachte sie. Aber dann kam das beruhigende Signal eines uniformierten Mannes. Noch war nichts verloren. Sie schloss die Augen, am liebsten würde sie nun in einen tiefen Schlaf fallen. Erst wieder wach werden, wenn Louise gesund und munter vor ihr stünde. Andererseits würde sie lieber nie mehr wach werden. Sie dachte an Lars, daran, dass sie auch ihm eine gute Mutter sein müsste und daran, dass sie kaputtgehen würde.

**

Über den Notruf war Justus ein Anruf auf sein Handy weitergeleitet worden.

»Mein Name ist Schiffer. Robert Schiffer«, hatte der Anrufer gesagt und Justus war fast das Herz stehen geblieben.

»Sie sind in mein Revier eingedrungen«, kam es dann aus dem Apparat gedrungen. Justus fand schließlich seine Sprache wieder.

»Lassen Sie das Kind gehen«, erwiderte er in einem energischen Tonfall.

»Sie verstehen das nicht, Herr Kommissar. Sie müssen das Buch lesen.«

Justus dachte nach. Im Kopf dieses Menschen musste einiges schieflaufen, aber vielleicht war es ihm trotzdem möglich, dem Mann zu helfen.

»Uns bleibt keine Zeit mehr. Denken Sie doch einmal an die Eltern des Mädchens. Sie hat auch einen Bruder. Überlegen Sie doch einmal, welch eine Prägung so eine Tat für immer im Kopf eines Kindes hinterlassen wird. Sie ist erst zwölf.«

»Klara war erst elf, als sie entführt wurde. Und sie wurde geliebt. Nils hätte alles für sie gegeben.«

Justus wollte rufen, dass sie nur eine Figur war. Sie war nicht wirklich auf der Welt. Das Mädchen war erfunden. Louise lebte! Noch …

Aber er wusste, dass er Robert Schiffer nicht provozieren durfte. Er musste diesen Mann wie ein rohes Ei behandeln. Alles andere wäre ein fataler Fehler.

»Und was hat Klara dabei gedacht? Was ging in ihrem Kopf ab, als Nils sie eingesperrt hat?« Viel wusste Justus nicht über den Inhalt des Romans, aber wichtig war, dass er mit den wenigen Informationen, die er hatte, das Beste anstellte.

»Was denken Sie wohl? Klara hat fürchterliche Angst gehabt.«

»Und was ist mit Klara passiert? Ich spreche von dem Ende.«

Eine Art Lachen drang durch das Handy in Justus' Ohr.

»Was verstehen Sie schon von der Sache? Niemand weiß, was in meinen Gedanken abgeht. Feststeht, dass ich Nils schuldig bin, sein Werk zu Ende zu bringen.«

Was sollte das bedeuten?

»Klara ist also am Leben geblieben?«

Wieder dieses Lachen.

»Nils hatte nie vor, das Mädchen zu töten. Er hat sie geliebt.«

»Aber Sie sind nicht Nils. Sie heißen Robert.«

»Verschwinden Sie einfach! Lassen Sie mich und das Mädchen hier. Niemand wird mich abhalten können.«

Nein, dachte Justus. Er musste ihn hinhalten. Robert Schiffer durfte das Gespräch nicht beenden. Dann hätte er sicherlich verloren. Er durfte nicht versagen. Schon einmal hatte er jemanden enttäuschen müssen. Er dachte an damals, als seine Nichte entführt worden war.

»Stopp«, rief er. »Legen Sie nicht auf. Wir finden eine Lösung.«

Stille.

»Meinen Sie nicht, dass Sie aufgeben sollten? Es geht hier um mehr als um mich? Es geht um ihn.«

Justus suchte nach den richtigen Worten.

»Aber Sie dürfen ihn nicht gewinnen lassen. Seien Sie doch Sie selbst!«, rief er verzweifelt.

Dann hörte er dieses Piepen. Hastig wählte er die Nummer, die ihn angerufen hatte, und lauschte.

»Zurzeit ist niemand erreichbar. Bitte hinterlassen Sie eine Nachricht nach dem Signalton.« Dann wieder ein leises Piepen.

Sein Handy war ausgeschaltet. Das Hämmern in seinem Kopf zwang ihn, nicht aufzugeben. Justus drehte sich um. Die Schule war umstellt von Einsatzleuten. Ihm wurde klar, dass jemand wie Schiffer sich nicht von diesen Leuten einschüchtern lassen würde. Er musste selber eingreifen.

Ehe er weitergedacht hatte, eilte er zum Eingang des Gebäudes, riss die Tür auf, zog seine Waffe heraus und schlich dann die Treppe hoch. Er wusste nicht genau, was er tat. Und noch weniger wusste er, ob es richtig war, was er dort tat.

»Du bist nicht wie er«, hörte er plötzlich eine Kinderstimme rufen dann ein lautes Schnaufen. Justus kämpfte sich die Stufen nach oben. Sein Herz schlug ihm bis zum Halse.

Plötzlich sah er sie. Louise war gefesselt, hatte eine nasse Stirn und war totenblass. Robert Schiffer war dabei eine große Strohschicht vor sich aufzubauen. Die Masse wurde zusehends mehr.

»Was willst du denn dann tun? Ich meine ... nachdem du mich hier eingesperrt hast und dann verhungern und verdursten lässt?«, fragte Louise.

Er lachte.

»Du wirst weder verhungern noch verdursten.«

Louise verstand nicht, was er damit meinte.

»Was dann?«

Eine Antwort blieb er ihr schuldig. Doch auf einmal hielt er ein Streichholz in der Hand.

»Feuer«, sagte er nur.

Justus riss die Augen auf. Er wollte die Schule abbrennen.

»Stopp«, wollte er rufen, doch seine Zunge war wie gelähmt.

»Was tust du da? Bist du wahnsinnig?«

»Wir werden beobachtet«, meinte Schiffer. »Wenn unser Beobachter nicht innerhalb der nächsten Sekunden verschwindet, wird dieser Raum bald lichterloh brennen.«

Justus spürte, wie seine Beine die Treppen wieder hinunterrannten. Er überschlug sich fast, so schnell war er unten. Als er wieder draußen stand, hätte er sich am liebsten selbst geohrfeigt. Und dann sah er es. Die Flammen! Durch ein Fenster im oberen Stockwerk konnte er das Feuer sehen. Um

Himmels willen, dachte er. Der Schock ging ihm durch alle Glieder.

»Jemand muss die Feuerwehr rufen«, hörte er sich schreien.

Er brauchte einige Sekunden, ehe er wusste, dass es keine andere Wahl gab, als sich der Gefahr zu stellen.

Er stürmte zurück in das Gebäude, hastete die Treppe erneut nach oben.

Der Flur war bereits von Rauch erfüllt. Er hustete, rang nach Luft und versuchte weiter voranzukommen.

»Louise?«, schrie er, aber sein Rufen ging im Poltern eines herabfallenden Balkens unter.

Plötzlich nahm er das Klirren von Glas wahr. Dann sah er, dass die Scheiben der Fenster bereits von der unglaublichen Hitze zersprungen waren.

Er spürte, wie auch seine Haut schmerzte, aber das war ihm in diesem Augenblick egal. So, als wäre er betäubt. Vor der Tür des Raumes, in dem Louise sich befinden musste, tanzte eine riesige Flamme.

»Louise, hörst du mich?« Diesmal schrie er lauter. Er bekam keine Antwort.

Draußen hörte er dann die Sirenen der Feuerwehr. Halte durch, dachte er, während seine Gedanken bei dem Mädchen waren. Wie lange würde sie dem hier standhalten?

Er betete inständig, dass Schiffer ihr noch nichts angetan hatte. Die Strohschicht kam ihm wieder in den Sinn, die beiden würden innerhalb kürzester Zeit verbrennen.

Ein starker Strahl von Wasser ergoss sich plötzlich über den Flammen. Justus drehte sich um. Ein Mann mit vollständiger Ausrüstung stand vor ihm.

Justus wurde schwindelig. Er stützte sich an der Wand ab, hustete in den Kragen seines Hemdes und rief dem Feuerwehrmann zu, wo er löschen sollte.

Die Luft wurde immer schlechter. Er merkte, wie ihm der Sauerstoff ausging. Aber schließlich war das Feuer vor seinen Augen erloschen. Er kämpfte sich durch die Tür, sah sich suchend nach dem Mädchen um. Da saß sie. Schluchzend. Um sie herum erneute Flammen.

Ein heftiger Wasserstrahl löschte diese. Justus reichte ihr seine Hand und zog das Mädchen hoch. Obwohl er selbst merkte, wie ihm die Kraft verloren gegangen war, nahm er sie und legte sie über seine Schultern. Sie hustete stark.

»Wir müssen hier raus. Suchen Sie den Mann!«, rief er den Feuerwehrmännern zu.

Justus stellte sich vor, wie er mit Louise gemeinsam nach draußen treten und die Erleichterung auf Katrin Wichs Gesicht sehen würde. Sein Herz hüpfte, aber seine Angst war noch da.

Der Weg nach unten war wesentlich einfacher, als nach oben, da die Einsatzkräfte das Feuer unter Kontrolle hatten.

»Sie lebt«, schrie er, als er die Luft spürte.

Ein Krankenwagen hatte neben dem Gebäude geparkt. Justus nahm gar nicht mehr genau wahr, was um ihn herum geschah. Er sah nur noch, wie die ganze Familie Wich auf ihn und das Mädchen zustürmte.

»Sie sind mein Held«, hörte er Katrin Wich flüstern.

Ein Held, dachte er. Er hatte das Kind gerettet. Ich bin ein Held, ging es durch seinen Kopf. Dann wurde alles schwarz.

Epilog

Robert sah an sich hinunter. Er trug eine Art Kleid. Es war weiß, hatte hinten einen kleinen dezenten Knopf und war aus dem Material eines Nachthemds.

Er blickte sich um. Es war angenehm warm, aber eine leichte Brise ging ihm um den Kopf. Robert wusste, dass er gestorben war. Er wusste zwar nicht woher, aber dieser Gedanke war sofort in seinem Kopf gewesen, nachdem er die Augen wieder aufgeschlagen hatte.

Louise hatte überlebt. Er hatte nie vorgehabt, sie zu töten, aber es wäre nötig gewesen, um Nils' Tod rächen. Er war wie Nils. Nils war für Klaras Leben gestorben. Also musste Louise für ihn sterben. Aber sie hatte überlebt.

In seinem Roman hatte Nils das Mädchen gehen lassen, nachdem die Flammen das Haus ergriffen hatten. Er selbst war der Hitze erlegen. Aber es war besser gewesen.

Was stand ihm auch bevor? Ein Mensch wie Nils konnte nicht in einem Gefängnis eingesperrt werden. Genauso wenig wie er selber. Und nun waren sie beide tot.

Die Mädchen waren am Leben. Vielleicht war es einfach so vom Schicksal gewollt gewesen, dachte Robert. Aber er hatte keine Angst vor dem Tod. Für ihn war es in Ordnung. Und er fand es im Himmel auch nicht schlimm. Er sah auf seine Füße.

Er war barfuß, unter ihm befanden sich Wolken. Robert konnte durch diese jedoch die Erde sehen. Er bückte sich, schob mit den Fingern die Wolken etwas auseinander und betrachtete die Welt von oben. Wohlmöglich war er von Anfang an fehl an diesem Ort gewesen.

241

Und nun war er vereint mit Nils. Plötzlich sah er ihn. Er sah aus wie in seiner Fantasie. Er kam auf ihn zugelaufen. Robert musste nichts sagen, sie verstanden sich ohne Worte.

Nils setzte sich neben ihn. Er trug das gleiche Kleid wie er. Und so saßen sie nebeneinander auf den Wolken, schwiegen und blickten zurück auf das, was sie verlassen hatten.

»Die Erde ist ohne uns besser dran«, flüsterte Nils ihm zu.

Robert nickte.

»Du hast recht«, erwiderte er.

Und dann fanden sie Frieden mit der Welt. Und vor allem auch Frieden mit sich selbst.

Printed in Poland
by Amazon Fulfillment
Poland Sp. z o.o., Wrocław